노비스 탐정 길은목

노비스
탐쟁
길은목

김아직 장편소설

MONGSIL
BOOKS

차 례

01

사 진 한 장

보나 수녀는 사진을 수도복 주머니에 감추고는 성호를 그
었다.

"성부와 성자와… 말도 안 돼, 말도 안 돼…."

벌써 5년째 노비스의 생활지도를 맡고 있지만 이런 경우는
처음이었다.

집무실로 돌아와서 문까지 걸어 잠그고서야 사진을 다시
볼 용기가 났다.

날개를 펼친 악마가 턱을 괴고 있는 기이한 사진이었다.
엄밀히 말하면 누군가의 그림을 엽서 크기로 인쇄한 것이었
다. 악마 그림이야 동네 어린애들 티셔츠만 뒤져 보아도 수
십 개는 찾아질 테지만 문제는 이곳이 수녀원이며, 그림의
소유자가 입회한 지 반년밖에 안 된 노비스(정식 수녀가 되

7

기 전의 견습수녀)라는 점이었다.

노비스….

어느덧 불혹을 넘긴 보나 수녀에게도 그 미흡하고도 순수하던 시절이 있었다. 세속의 나날을 잊고 오직 신의 부름을 좇기로 한 일곱 소녀가 하얀 노비스 두건을 쓰고 이 수도원에 살았더랬다. 오가며 수녀님들께 혼나는 게 일상이었고 밤이면 엄마가 보고 싶어서 이불을 뒤집어쓰고 울기도 했지만 신을 향한 사랑만은 가장 뜨거웠던 시기였다. 일곱 중에서 보나 수녀를 포함한 셋은 남아서 수녀가 되었고 넷은 이런저런 사유로 입회 불가 통보를 받고 떠나갔다.

보나 수녀는 떠나간 동기들을 추억하며 다시 성호를 그었다.

그 착하던 동기들마저 돌려보내며 지켜온 수녀원의 신념이 고작 입회 반년 짜리 노비스 때문에 흔들리는 꼴을 두고 봐야 한다는 게 억울했다. 가장 열렬히 주님을 갈망해야 할 시기에 악마의 그림이라니! 치솟은 날개 끄트머리에는 갈고리 모양의 발톱이 있었고, 화가가 의도한 것인지 세월에 훼손된 것인지는 알 수 없으나 두 눈은 눈동자 없이 허옇게 비어 있었다. 신께서 자비로이 창조한 세상을 끝내 외면하겠다는 뜻인가? 보나 수녀는 미술에 조예가 깊진 않지만, 악마의 형상에 담긴 불경함은 충분히 감지할 수 있었다.

보나 수녀가 노비스였던 시절만 같았어도 생활지도 수녀의 권한으로, 원장 수녀에게 따로 요청할 것도 없이 바로 퇴소 조치를 하였을 사안이었다. 하지만 지금은 대규모 침수와 전염병이 휩쓸고 간 '작은 종말' 이후의 시대였다. 종교와 여타 형이상학들이 조롱거리로 전락한 시대이니만큼 수도원 입회를 희망하는 지원자 자체가 드물었고, 자질과 소양이 다소 부족한 노비스도 웬만하면 안고 가는 분위기였다.

유일한 방법은 생활지도 보고서에 조목조목 벌점을 매기는 것이었다. 이 아이가 수도 생활에 얼마나 부적합한 존재인지 최종 평가일에 귀납법으로 증명해 보이는 수밖에 없었다. 길들지 않은 짐승들도 교화의 여지가 있느냐 없느냐에 따른 차등이 존재했다. 사나운 유기견은 길들이고 보살피되 쥐새끼는 덫을 놔서라도 제거해야 한다는 게 보나 수녀의 신조였다.

매달 첫 번째 토요일에 노비스 숙소 점검이 있다는 걸 그 아이가 몰랐을 리도 없었다. 애초에 불필요한 물건이나 금지된 물건을 가지고 있어도 안 되거니와 의도치 않게 그러한 물건을 소유하게 되었어도 생활지도 전에 스스로 밝히거나 내다 버렸어야 했다. 그게 노비스의 상식이었다. 생활지도 수녀의 보고서에 불미스러운 일로 이름을 올려서 좋을 게 없지 않은가. 어쨌거나 보고서는 노비스를 정식 수녀로 받아들일

지 말지를 결정하는 주요 지표였고, 정식 입회 이후의 평판
을 좌우하는 자료기도 했다.

턱을 괸 악마의 그림은 책상 서랍에 보란 듯이 놓여 있었
다. 물건들 사이에 끼우거나 깊숙이 숨겨두었더라면 차라리
정상참작의 여지가 있었을 터였다. 적어도 부끄러움은 안다
는 뜻이니까. 에덴 시절부터 부끄러움이란 죄의식의 그림자
가 아니었던가.

보나 수녀는 인터폰으로 문제의 노비스를 호출하려다 말고
책상 가장자리에 놔두었던 노비스들의 신상기록 파일을 끌어
왔다.

길은목. 22세. 서해안 침수지역 W-19 출신. 전염병으로 양
친을 잃고 난민촌에서 떠돌이 생활을 하다가 12세에 지금의
양부이자 후원자인 라산그룹 정영배 회장을 만남. 본인의 거
부로 정식 입양 절차는 밟지 않은 탓에, 정 회장은 법정 후
견인으로 남아 있다.

이미 여러 차례 읽은 자료였다. 보나 수녀는 검지 손톱으
로 후견인이라는 단어를 긁적였다. 그 뻔뻔함의 믿는 구석이
이거란 말이지. 정영배 회장은 길은목의 후견인이자 이 수도
원의 가장 큰 후원자였다. 마리아의 증언자 프란체스코 수도

원의 주요 수익 사업은 출판사와 노인 요양원이었는데 정 회장은 두 곳에서 나는 수익금에 맞먹는 후원금을 매년 기부하고 있었다.

보나 수녀는 길은목의 입회 상담 당시 원장 수녀의 표정을 기억하고 있었다. 좀체 기분을 드러내지 않기로 유명한 원장이 그날따라 면면에 웃음을 띠고 있었다. 원장 수녀에겐 길은목의 출신지 따윈 문제 될 게 없었으리라. 그 아이가 수녀원에 있는 한 정영배 회장의 후원이 끊길 걱정 따위는 하지 않아도 될 테니까. 보나 수녀는 악마 그림을 신상기록 파일에 끼우며 콧방귀를 뀌었다. 재벌 후견인이 있어 봤자 침수지역 출신 특유의 천박함은 씻어내지 못한 게지. 열두 살이면 마냥 어리지만도 않은 나이인데 그때까지 무슨 짓을 하며 떠돌아다녔을지 알 게 뭐란 말인가.

침수지역 어린애들이 중국 쪽에서 넘어온 해적선과 난민촌을 오가며 마약을 배달한다는 소문을 보나 수녀도 여러 차례 접한 터였다. 작은 몸집을 이용하여 침수지역과 난민촌 사이의 개구멍을 드나드는 것이었다. 그러다가 몸집이 커져서 더는 개구멍을 통과할 수 없게 되면 해적단이나 침수지역 불량배들의 일원이 되거나 모종의 이유로 종적을 감춘다고들 했다. 내세울 건 없어도 평범하고 독실한 가톨릭 집안에서 양친의 보살핌 속에 성장한 노비스보다 침수지역 출신의 길은목에게 원장 수녀의 관심이 쏠려 있다는 건, 실로 부당한 일이었다.

이 사진을 보면 원장 수녀님도 그 아이에 대한 환상에서 깨어나시겠지. 물론 길은목이라는 인간이 아니라 그 애의 뒷배인 자본에 대한 환상이겠지만….

보나 수녀는 길은목의 파일과 악마 그림을 들고 원장 수녀의 집무실로 향했다.

02

호출

길은목이 원장 수녀의 호출을 받은 건, 수도원 후원의 잡초 제거 작업이 얼추 끝나가고 있을 때였다. 길은목은 불경한 물건을 소지한 벌로, 일주일째 혼자 뒤뜰의 모래지치와 씨름을 하고 있던 터였다. 본래 모래지치는 바닷가 모래밭에서 자라는 풀인데 침수지역이 늘어나고 수도원이 속한 경계지역의 담수에 염도가 올라가면서 올해는 모래지치가 유독기승이었다.

"차라리 잘 되었네요. 이참에 원장 수녀님과 깊이 있는 이야기를 나눠보시고, 진로를 바꾸는 것도 나쁘지 않을 겁니다. 자매님은 고집이 세고 호기심도 끓어 넘치고 또 남들은 꿈조차 꿀 수 없는 후원자도 있잖아요. 사실 수도자가 되려는 마음만 접는다면 젊디젊은 자매님을 돋보이게 해 줄 조건들인데 왜 이런 데서 사서 고생인지 모르겠어요."

원장의 심부름으로 길은목을 데리러 온 보나 수녀가 혀를 찼다.

"원장 수녀님 집무실로 가면 되나요? 아니면 상담실로 갈 까요?"

무표정하게 되묻는 길은목을 보고 있으려니 보나 수녀는 또 속이 뒤집혔다. 일개 노비스가 원장 수녀의 호출을 받고도 떨지 않는 것도, '불경한 물건'을 원장에게 갖다 바친 장본인이 누군지 뻔히 알면서도 지난 일주일간 변명이나 항변한 토막 없었던 것도 못마땅했다.

"룩스관으로 가 보세요."

보나 수녀는 시든 모래지치 더미를 일별하고는 휙 돌아섰다. 다른 노비스였다면 원장이 무슨 일로 부르는지, 어떤 태도로 면담에 임해야 하는지 이것저것 일러주었을 테지만 상대는 길은목이었다. 애초에 노비스라는 신분으로 이 공동체에 존재해서는 안 되는 아이였다.

길은목은 보나 수녀가 후원을 가로질러 도서관 건물 모퉁이를 돌아 사라지는 걸 말없이 보고 있었다. 내색한 적은 없지만 보나 수녀가 자신을 탐탁지 않아 한다는 걸 알고 있었다. 침수지역 출신들은 당연히 눈치가 빠르고 처세와 생존력이 남다를 거라고 넘겨짚는 사람들이 더러 있었다. 하지만 길은목이 기억하는 고향 사람들은 거의 무표정한 얼굴이었다. 눈치야 빠르지만, 그것만으로는 생존할 수 없었다. 그 음습한 동네에서 살아남으려면 자신을 사라지게 만드는 방법을 터득해야 했다. 중국 쪽에서 해적단이 들이닥치면 젖먹이들조차 입을 닫았다. 엄마들은 아기가 울음을 터뜨릴 기미를 보이면 얼른 공갈 젖꼭지를 입에 쑤셔 넣고 그 위에 붕대를 감았다. 이 도시의 사람들이 알면 기함할 일이겠지만 침수지역에서는 해적들이 머무는 동안 인기척이 담을 넘는다는 건 곧 죽음을 뜻했다.

그저 아기가 울어서, 노인네가 기침해서, 해적 한 놈이 하필 그 집 앞으로 지나다가 기분이 언짢아져서, 마침 칼로 신고식을 할 새내기가 있어서…. 온갖 구실로 사람들이 죽어 나가는 곳이 거기였다. 담수와 해수가 뒤섞인 그 지역에서 살아남은 자들은 쉬이 속내를 드러내지 않았고 웬만해선 타인에게 감정을 읽히는 법이 없었다. 길은목이 보나 수녀에게 '불경한 것'에 대해 따지고 들거나 항변하지 않은 것도 그래서였다. 어디서부터 오해를 풀어야 하는지 어떤 표정을 지어야 하는지 알지 못했다.

감정을 언어에 실어 전달하는 일 자체가 길은목에겐 쉽지 않았다. 길은목에게 말이란 주로 사실관계를 확인하기 위한 도구였다. 보나 수녀에게 일주일 만에 내뱉은 첫 마디가 면담 장소에 관한 질문이었던 것 또한 그런 연유였다. 원장 집 무실은 룩스관에 있고 상담실은 식당이 있는 성글라라관에 있어서 면담 장소를 정확히 해 두지 않으면 원장과 길이 엇 갈릴지도 몰랐다. 그저 그래서였다. 보나 수녀를 도발하려거 나 무시해서가 아니었다. '불경한 것'을 원장 수녀에게 보고 한 일을 원망하는 것도 아니었다.

길은목은 목장갑과 토시를 벗어서 외발 수레에 던져놓고 룩스관으로 향했다.

후원을 돌아 나와 도서관인 베리타스관을 지나는데 길은목 은 마음이 아릿했다. 남들은 고작 반년밖에 안 되지 않았느 냐고 할 테지만 그새 길은목은 이 길에 정이 들고 말았다. 보나 수녀가 누차 지적한 것처럼 신앙도 얄팍하고 수도 생활 에 대한 열망이 흐릿할지도 모르지만 적어도 이 길에 주었던 마음만은 진심이었다.

꽁무니에 서서 수녀님들을 쫓아가는 식후 산책은 수도원 일과 중 가장 좋아하는 것이었다. 길은목은 식당이 있는 성 글라라관 앞에서 출발하여 인문학 전문 출판사가 있는 소피 아관, 도서관 건물을 지나 후원을 돌아오는 20분짜리 산책 코스를 좋아했다. 그 길에는 침수지역 시절에는 감히 꿈조차 꿀 수 없었던… 형이상학이 존재했다. 길은목은 입회 후 처음 으로 식후 산책에 초대받았던 날 원장 수녀가 노비스들에게 들려준 이야기를 기억하고 있었다.

"우리 수도자들의 걸음은 암불라레(ambulare)여야 합니다. 주위를 살피며 걷는다는 뜻이며, 그 자체로 관찰과 모험을 함의하고 있지요. 원래 암불라레는 전쟁에서 다친 사람을 살피며 걷는다는 뜻이었고, 여러분이 잘 아는 앰뷸런스가 바로 이 라틴어 동사에서 유래한 말입니다. 우리는 비록 이 작은 공동체에 머물지만, 우리의 마음은 세상 어딘가에 있을 부상자들, 다친 이들을 향해 곤두서고 있어야 합니다. 자칫 우리의 일상과 걸음이 그라디오르(gradior)가 되지 않도록 경계해야 합니다. 그라디오르는 그저 길을 따라 발걸음을 옮기고, 걷고, 나아가고, 단계를 밟는, 사유나 통찰의 여지가 없는 물리적 공간의 이동, 기계적 걸음을 뜻합니다. 우리 공동체의 식후 산책 전통은 그라디오르가 아니라 암불라레의 전통을 잇는 예식입니다."

하여 오늘 원장 수녀에게서 퇴소 명령이 떨어지면 길은목은 다시 그라디오르의 세상으로 돌아가야 했다. 침수지역 출신에겐 좀처럼 곁을 내어 주지 않던 메가시티 셔울의 거리로, 정영배 회장의 유산을 둘러싸고 길은목을 눈엣가시처럼 생각하는 그 일가들 곁으로 복귀해야 한다는 뜻이었다. 길은목은 이 산책길의 형이상학을 두고 떠나는 게 마음 아팠다. 메가시티 셔울의 거리에선 형이상학이 퇴출당한 지 오래였다.

　해수면 상승과 전염병으로 '작은 종말'이 닥친 뒤로, 메가시티 서울에서 종교와 형이상학은 조롱의 대상으로 전락했다. 대규모 침수로 해안가 도시들이 물에 잠기고 팬데믹으로 사람들이 속수무책으로 죽어 나가는 사이, 너희 종교와 형이상학은 어디서 무얼 하였느냐. 의학과 공학, 자연과학이 '작은 종말'에 맞서 사투를 벌이는 사이, 안드로이드 노동자들이 위기에 처한 도시의 생산성을 높이기 위해 하루 스무 시간의 노동을 감행할 때 너희는 시체를 껴안고 묵주 알이나 돌리고 목탁이나 두들기며 사후약방문의 헛짓을 해대지 않았느냐. 그리들 야유했다. 불과 반년 전까지는 길은목도 그 목소리들 틈에 숨어 지낸 터였다.

　성글라라관을 지나 잔가지가 사방으로 뻗친 전정 나무들이 늘어선 뜰을 가로지르자 룩스관 입구가 나타났다. 길은목은 1층 손님용 화장실에서 손을 닦은 뒤 엘리베이터를 타고 원장 집무실이 있는 꼭대기 층으로 향했다.

03

면담

원장 수녀는 길은목의 찻잔에 차를 따르고 있었다. 후원에서 집무실까지, 길은목의 이동시간을 가늠하여 차를 우린 듯했다. 길은목은 속으로 난감해하며 묽은 풀빛 염료 같은 차를 내려다보았다. 길은목은 차 맛에 무지했다. 원장 수녀가 평소처럼 티백을 우리지 않고 다기를 꺼낸 것으로 보아 좋은 찻잎을 사용했을 텐데 길은목의 혀끝에는 그저 떨떠름할 터였다. 입맛이란 유년의 성장환경을 정직하게 반영하기 마련이었고, 침수지역 출신들이 다소 그러하듯 길은목도 짠맛과 단맛 외의 맛에는 무딘 편이었다.

"저녁 영성 지도 시간에 볼 텐데 낮에 따로 보자고 해서 놀랐죠?"

원장 수녀 앞에는 보나 수녀의 성실하고 헌신적인 작업물의 결과인 노비스 생활지도 일지가 놓여 있었다. 최근 길은목에 대한 기록들은 그 '불경한 물건'에 관한 우려와 해석들로 채워져 있을 것이며, 이 면담의 화제 또한 그것이리라. 하지만 길은목은 알은척하는 대신 차를 마셨다.

차는 예상보다 더 떫었다. 언젠가 노비스 단체 면담 시간에 동료들끼리 차를 마시며 했던 말들이 떠오르긴 했다. 어린 찻잎인가 봐요, 고지대에서 수확한 찻잎일 거예요…. 길은목은 차에 대한 소회 없이 잠자코 차를 마시기로 했다. 차맛은 모르지만 흉내 낸 말들이 제 것이 될 수 없다는 건 잘 알았다.

"아, 참! 본론에 들어가기 전에 이것부터 돌려드릴게요."

원장 수녀는 군데군데 모서리를 접어놓은 책들 더미를 한참이나 뒤지더니 사진 한 장을 꺼내 주었다. 보나 수녀가 길은목의 방에서 가져간 '불경한 물건'이었다.

"이걸 왜…."

길은목은 혼란스러웠다. 이 사진을 원장 수녀 편에서 이리 쉽게 돌려줄 만한 성질의 것이었다면 지난 일주일간 후원의 잡초 제거하는 일을 했던 것이 해명되지 않았다. 원장 수녀는 길은목의 의중을 간파한 듯 웃었다.

"아, 뭔가 앞뒤가 안 맞는다고 생각하는 거죠? 보나 수녀의 판단대로 이 사진이 불경한 물건이면 길은목 자매에게 돌려줄 리가 없을 것이고, 이 사진에 문제가 없다면 그동안 후원에서 일했던 게 조금 억울할 테지요. 제가 일을 이렇게 풀어간 데에는 두 가지 이유가 있었어요. 하나는 노비스 생활 지도 담당자인 보나 수녀의 판단을 존중해 주고 싶어서였어요. 보나 수녀는 뭐랄까, 충직한 전통의 수호자 같은 분이에요. 원칙주의자인 보나 수녀가 사진에 문제가 있다고 판단했으니, 원장인 저도 따를 밖에요. 두 번째 이유는 제 편에서 시간이 필요해서였어요. 통상적으로는 벌을 내리기 전에 면담하는 게 원칙인데, 자매님을 만나기 전에 생각을 정리해야 했거든요."

그러면서 원장 수녀는 또 어수선하게 책 무더기를 뒤졌다. 그 바람에 위쪽에 있던 책 두 권이 떨어져서 길은목의 찻잔 바로 옆에까지 미끄러져 왔다. 하나는 사회학 저널 <소셜로지컬 포커스>의 최근호였고 다른 하나는 수도회에서 발행하는 가톨릭 신앙 월간지였다.

가톨릭 월간지는 '안드로이드 노동 계층의 확대와 도시 노동자의 몰락'이라는 낡은 주제를 다루고 있었다. 인류의 삼분의 일을 증발시킨 팬데믹 이후 인공지능 노동자에 대한 윤리적 해석은 사실상 폐기되었다. 노동자들이 집단 감염으로 죽어갈 때 안드로이드들은 메가시티의 생산성을 일정 수준으로 유지하였고, 도시 문명이 재건할 수 없을 정도로 붕괴하는 걸 막아주었다.

<소셜로지컬 포커스>는 '물의 시대와 대중 담론'이라는 표제를 달고 있었다. 침수 이후 달라진 사회 지형을 진단하는 기사와 좌담 기록들로 채워진 듯했다. 원래 <소셜로지컬 포커스>는 '작은 종말'이라는 용어를 세상에 처음 소개한 저널로 유명했다. 십여 년 전 '침수와 팬데믹 이후의 세상을 논한다'라는 특집호에서 독일의 사회학자 아날레나 하베크가 현시대를 '작은 종말 이후'라고 표현한 뒤로 '작은 종말'은 수십 년간 전 세계가 거쳐 온 재난들을 설명하는 공식 용어가 되었다.

"내가 이렇다니까. 도대체 생각도 책도 정리가 안 돼. 제가 그래서 자매님을 부른 거예요. 날 좀 도와달라고. 아, 여기 있네요."

원장 수녀는 '잔류인 정신질환 실태 및 항우울제 처방에 따른 효과'라는 자료집을 내밀었다. 잔류인은 침수지역과 난민촌 사람들을 지칭하는 용어였다. 메가시티 시민들보다 잔류인들의 정신병리학적 유병률이 높다는 건 새로울 것도 없는 사실이었다. 그들은 30년 가까이 사회 안전망과 메가시티의 의료혜택에서 배제된 상태였다. 종교단체들과 시민단체 소속 의사들이 진통제와 항우울제를 처방하는 게 전부였다.

"자매님께 물어보고 싶었어요. 저 혼자 생각해서는 도저히

22

결론이 나질 않아서. 침수지역과 난민촌에서 최근 자살 사건
이 잇따르고 있어요. 지난 1년 동안은 한 달 평균 3건 정도
가 보고되었는데 지난 3주 동안에는 무려 8건이었어요."

"그게 이 자료집에서 말하는 정신병리학적 질환들과 관계
가 있는지를 물으시는 건가요?"

"일단은요."

"침수지역과 난민촌에 우울증 환자가 많다는 건 새삼스러
운 것도 없는데 지난 3주 동안 자살률이 급증했다면 다른 요
인이 있지 않을까요? 마침 봄이기도 하고요. 우울증 환자들
이 고립감을 가장 크게 느끼는 계절이 봄이라고들 하니까.
그리고 또 한 가지, 메가시티 측이 확보한 데이터가 정확하
지 않을 수도 있어요. 난민촌은 모르겠지만 침수지역의 일들
은 통계에 잘 반영되지 않는 경우가 많으니까요."

"알려지지 않은 자살 사건이 더 있을 수도 있다는 말씀이
지요?"

"네."

"사실 자살 사건 모두를 염두에 두고 있는 건 아니었어요.
제가 지난 3주간의 통계에, 물론 자매님 지적대로 한계는 있
겠지만, 거기에 주목한 건 자살 방식 때문이에요. 그전까지는
물에 뛰어들거나, 목을 매는 방식이 가장 많았다면 지난 3주
간은 투신자살률이 급증했어요. 8건 가운데 5건이 투신이었

어요. 건물에서 뛰어내리거나 달리는 트럭에 뛰어들거나 하는 식이었죠."

"일종의 베르테르 효과 같은 거였을까요?"

"그럴 가능성은 낮아요. 첫 투신 사건은 3주 전에 침수지역에서 있었어요. 두 번째 투신 사건은 난민촌에서 발생했는데 두 사건 사이의 시차는 불과 이틀이었어요. 당시는 침수지역의 투신 사건이 난민촌에 알려지기도 전이었고요. 첫 번째 사건, 편의상 1차 사건이라고 할게요, 1차 사건 사망자는 달리는 트럭에 뛰어들었어요. 2차 사건 사망자는 난민촌의 요양원 건물 옥상에서 뛰어내렸고요. 당연히 두 사람은 일면식도 없는 사이였어요. 1차 사건 사망자는 40대 여성이었고 2차 사건 사망자는 50대 남성이었어요. 두 분 다 항우울제를 처방받은 이력은 없는 것으로 보이고요. 음…, 그러니까 제가 자매님께 정말 물어보고 싶은 점은… 아, 먼저 이걸 보여드려야겠네요."

원장 수녀는 서랍에서 종이 한 장을 꺼내 놓았다. 굵직굵직한 글자들과 화살표가 난무하는 메모였다.

"다섯 건의 투신자살을 대충 정리해 본 거예요. 다섯 명다 개인적인 친분은 없는 것으로 밝혀졌어요. 하지만 투신이라는 방식 외에도 두 가지 공통점이 있어요. 하나는, 뭐 당연한 이야기인지도 모르지만 다섯 명의 두개골이 알아보기 힘

들 정도로 파열됐다는 점과 또 하나는…, 다섯 명 다 착하다
는 공통점이 있어요."

길은목은 뭐라 말을 해야 할지 몰라 차를 들이켰다. 착하
다는 게 사건의 공통점이 되려면 '착하다'의 명확한 개념 정
의가 필요할 터였다.

"저도 말해놓고 좀 그렇긴 한데, 그 다섯 분의 사망자 모
두 뭐랄까 주위에 선한 영향력을 끼치던 사람들이었어요. 그
러니까 제가 자매님께 묻고 싶은 건 착하다 혹은 선한 영향
력을 행사했다는 게 사건의 연쇄성을 성립시키는 조건이 되
느냐 하는 점입니다."

사건의 연쇄성…. 길은목은 원장 수녀가 건넨 메모를 훑은
뒤 입을 떼었다.

"원장님께서는 다섯 건의 투신 사고에 어떤 연쇄성이 있다
고 보시는 거예요? 연쇄성의 근거는 사망자들이 생전에 받았
던 '착하다'라는 평판이고요?"

"결론을 내린 건 없어요."

"그럼 원점으로 돌아가서, 자살이 아니었을 가능성은 없나
요?"

"그럴 가능성은 현재로선 낮아 보입니다. 다는 아니지만,
목격자가 있는 때도 있고 투신 장면이 담긴 CCTV가 있는
때도 있고요. 사망자들은 투신 지점까지 혼자 이동했습니다."

"메가시티 경찰에 알리는 건 어때요?"

침수지역과 난민촌은 메가시티의 공권력이 미치지 않는 곳이었다. 침수와 전염병으로부터 메가시티를 봉쇄하며 시 당국이 내세운 원칙 때문이었다. '구조하지 않되 징수하지도 않는다!' 침수지역과 난민촌 사람들을 구제하지 않는 대신 세금을 징수하지도 않겠다는, 일종의 배제 선언이었다. 하지만 메가시티의 안전과 관계가 있는 특수 사건이 발생하면 예외적으로 경찰 인력이 투입되기도 하였다.

"투신 사고의 연쇄성이 입증되지 않는 한 경찰을 움직이기는 힘들 겁니다. 우리 수도회가 경비를 책임진다는 조건으로 수사를 의뢰해도 기껏해야 안드로이드 경찰 몇을 파견해주고 끝날 겁니다. 제가 알기로 혈흔이나 족적 따위의 물리적 증거가 없는 사건에서 안드로이드 경찰은 거치적거리는 고철 덩어리에 불과합니다."

"메가시티 경찰도 반응하지 않는 일에 우리가 나서야 하는 이유가 궁금합니다."

"사실 이 일은 우리 수도원의 어느 수녀님과 관계가 있어요. 작년 한 해 동안 매주 한 차례씩 침수지역과 난민촌을 드나들며 상담과 의료 봉사를 했던 분이지요. 다섯 명 모두 착했다는 말을 꺼낸 것도 그분이시고요. 현재 수녀님은 투신 사건들의 충격으로 착란 증세를 보이고 있습니다. 저로선 수녀님을 위해서라도 사건을 다시 들여다볼 수밖에 없었고요."

"혹시 벨라뎃다 수녀님 말씀인가요?"

"어, 그걸 자매님이 어떻게 아시죠? 벨라뎃다 수녀님은 공식적으로는 다른 지역 분원에 파견된 것으로 돼 있는데."

"전정 나무들이요. 항상 말끔하게 다듬어져 있었는데 요즘 잔가지들이 꽤 많이 자랐더라고요. 정원 손질을 하시던 벨라뎃다 수녀님도 통 보이시질 않고요."

"역시 제 선택이 옳았네요. 자매님이 이 일의 적임자 같았거든요."

"적임자요?"

"네. 오늘 자매님을 따로 보자고 한 건 투신 사건들을, 물론 비공식적으로 조사해 달라고 부탁드리기 위해서였어요."

"제가 침수지역과 난민촌 출신이기 때문인가요?"

"그 이유도 무시할 순 없지만… 결정적인 계기는 그 사진이었어요."

원장 수녀는 길은목의 찻잔 옆에 엎어져 있는 사진을 가리켰다.

"주데카 얼음 연못에 있는 루시퍼 그림이잖아요. 단테 <신곡>의 한 장면이죠. 우리 수도원 도서관에도 윌리엄 블레이크 삽화본으로 몇 부 있을 거예요. 아무튼 주데카의 루시퍼가 자매님께는 특별한 의미가 있을 테고요. 저는 이 수도원의 노비스인 길은목 자매와 루시퍼 그림의 연관성, 겉으로 봐서는 아무 관련도 없어 보이는 존재들의 연결고리가 흥미로웠어요. 물론 그 연결고리가 무언지는 묻지 않겠습니다."

"다섯 건의 투신 사고에도 그런 연결고리가 있을 거라 보시는군요."

"확신은 없어요. 벨라뎃다 수녀님이 걱정되는 마음 반, 그리고 만에 하나 우리가 놓친 게 있지 않을까 하는 노파심이 반입니다."

04

누군가의 기억들

트램의 노선을 두 차례나 갈아타며 한 시간 넘게 달려온
뒤에야 길은목은 수도회가 운영하는 요양병원에 도착했다.
벨라뎃다 수녀가 입원해 있다는 곳이었다. 간밤 면담 때 원
장 수녀는 5일짜리 특별 외출권을 끊어준 터였다. 물론 보나
수녀를 비롯한 다른 수녀들에겐 노비스 생활 수칙을 위반한
벌로 닷새간 요양병원 봉사를 떠난 것으로 처리해 주었다.

마리아의 증언자 프란체스코 수도회가 운영하는 요양병원
은 다른 병원들과 달리 안드로이드 요양보호사나 간호조무사
가 없었다. 인간이 인간을 돌본다는 구시대의 방식을 고수하
는 병원이었다. 요양보호사나 간호조무사는 여전히 인간의
임금이 안드로이드의 임금보다 높게 책정된 분야이기 때문에

입원료는 다른 병원에 비해 센 편이었다. 벨라뎃다 수녀는 정신질환자를 수용하는 리투스 센터의 격리병동에 있었다.

라틴어로 '강'이라는 뜻의 '리투스'와 격리병동의 철창들이 어울리지 않는다고 생각하고 있을 때 간호사가 벨라뎃다 수녀의 휠체어를 밀고 나왔다.

"환자분을 자극하는 말은 삼가시고요."

담당 간호사가 벨라뎃다 수녀의 카디건 단추를 채워주며 말을 이었다.

"안전을 위해서 저희 직원들이 근거리에서 주시하고 있겠습니다."

벨라뎃다 수녀가 두 차례나 자해 시도를 했다는 사실은 원장 수녀에게 들은 터였다. 길은목은 직접 벨라뎃다 수녀의 휠체어를 밀고서 리투스 센터 정원으로 나갔다.

"수녀님이 안 계시니까 수도원 전정 나무들의 잔가지가 많이 늘었어요."

하지만 벨라뎃다 수녀는 이렇다 할 반응이 없었다. 길은목은 휠체어를 꽃이 핀 정자나무 군락지 옆에 세웠다.

"두건 좀 정리해 드릴게요, 수녀님."

길은목이 삐뚜름해진 검은 두건에 손을 뻗자 벨라뎃다 수녀가 얼굴을 일그러뜨리며 손을 내저었다.

"사람들이 어떻게 죽었는지 알아? 머리가 이렇게! 이렇게!

무른 과일처럼 터져서 죽었어. 무른 과일처럼 터져 죽었다
고."

벨라뎃다 수녀는 여러 차례 손을 오므렸다가 펼쳐 보였다.
방사형으로 터졌다는 투신 사고 사망자들의 두개골을 묘사하
는 것이었다.

"저도 소식 들었습니다. 안타까운 일이에요, 수녀님."

"하나같이 선한 분들이었어. 자매님은 그 사람들이 왜 죽
었는지 모르지? 내가 몇 날 며칠 궁리했다고. 대체 그분들에
게 왜 그런 일이 벌어졌을까 하고."

길은목은 숨을 죽이고 벨라뎃다 수녀와 눈을 맞추었다. 원
장 수녀는 단순히 안부 목적으로 길은목을 요양병원에 보낸
것이 아니었다. 벨라뎃다 수녀에게서 들어야 할 말이 있을
터였다. 원장 수녀가 정리한 기록에 따르면 벨라뎃다 수녀가
착란 상태에 빠진 건 4차 사건, 그러니까 네 번째 투신 사고
가 벌어진 직후였고 수도원의 거처에서 같은 소리를 반복했
다고 했다.

조만간 또 죽을 거야….

그 불길한 소리를 내뱉은 지 닷새 만에 5차 투신 사건이
벌어졌고 원장 수녀는 벨라뎃다 수녀를 요양병원으로 옮긴
터였다.

"그분들은 말이야…. 신이 없다는 걸 세상에 증명하기 위해

돌아가신 거야. 선한 자들의 죽음이 말하는 건 늘 그거 하나야."

"그런 건 증명 가능한 게 아닙니다, 수녀님."

신의 존재를 두둔하거나 불신자에 대한 불쾌감을 드러내려는 게 아니었다. 길은목은 물성을 갖춘 증거도 없이, 하다못해 반복해서 확인할 수 있는 범죄의 정황도 없이 무작정 뛰어들어야 하는 이번 미션이 불안할 따름이었다. 이건 바닥이 보이지 않는 곳에 착지하라는 요구와 다를 바 없었다. 도대체 무얼 찾고 무얼 구해야 한단 말인가.

"아니 아가, 네가 어려서 모르는 거야. 이건 완벽한 증명이야. 신께서 우릴 버렸다는 사실을 이렇게! 이렇게! 머리가 터져가며 증명해 보인 거야."

말이 끝나기 무섭게 벨라뎃다 수녀는 휠체어를 박차고 일어나더니 근처 이팝나무 기둥에 대고 이마를 찧기 시작했다. 대기 중이던 간호사들이 몸을 날려 벨라뎃다 수녀를 제압했다.

"면회는 이것으로 종료하겠습니다. 그만 돌아가 주세요."

벨라뎃다 수녀에게 안전복을 입히던 간호사가 길은목을 돌아보았다.

"잠시만 더요. 책임은 우리 수도원에서 지겠습니다. 이 상태로라도 조금만 더 대화하게 해 주세요."

길은목이 간호사와 벨라뎃다 수녀 사이를 비집고 들어갔다.

"수녀님, 말씀해 주세요. 다섯 건의 사고에 다른 공통점은 없었나요? 다섯 명 모두 선한 사람이었다가 전부예요? 수녀님이 그 다섯 명의 죽음을 이렇게까지 비통해하는 이유가 정말로 그들이 선한 사람이기 때문인가요? 그걸 알아야…."

하지만 간호사가 길은목을 떼어냈다.

"더 이상 환자분을 자극해선 안 됩니다. 돌아가 주세요."

간호사들은 벨라뎃다 수녀를 휠체어에 태우고는 리투스 센터 현관 쪽으로 이동했다.

벨라뎃다 수녀가 '선한 자'라 규정한 이들의 연이은 투신자살….

침수지역에서 나고 자란 길은목은 절망의 전염성에 대해 알고 있었다. 그들은 왜 머리를 터뜨리는 방식으로 죽어갔을까. 벨라뎃다 수녀와의 면담에 아주 소득이 없었던 건 아니었다. 길은목은 벨라뎃다 수녀가 그들의 자살 방식 혹은 자살로 인한 인체 파열에 유독 관심을 보인다는 점에 집중했다.

애초에 이 일은 투신자 다섯에게 '선한 자들의 죽음'이라는 공통의 서사를 부여한 벨라뎃다 수녀에게서 비롯된 일이었다. 1년간 침수지역과 난민촌을 드나들었던 벨라뎃다 수녀는 투신자들과 직, 간접적 친분이 있었을 확률이 높다. '선하다' 라는 표현은 그런 친분에서 비롯된 판단이었을 것이며 벨라 뎃다 수녀는 그들의 죽음에 죄책감을 느꼈을 터였다. 원장 수녀도 여기까진 충분히 고려했을 것이다. 그런데도 이 일에 길은목을 투입한 것은 간밤에 말한 '만에 하나'라는 가능성 때문이리라.

"만에 하나…."

바닥이 보이지 않는 곳에 발을 디뎌야 하는 지금으로선 길은목도 그 가능성에 기댈 수밖에 없었다. 타인을 납득시킬 만한 객관성을 확보하지 못한 증거에 대해서라면 길은목도 아는 바가 있었다. 정영배 회장의 수양딸이라는 외적 조건과는 무관하게 길은목에겐 자신만 아는 삶이 있었다. 정 회장은 분명 좋은 아버지였고 입양 당시의 약속대로 길은목에게 최상의 양육 환경을 제공했다. 하지만 어디든 사각지대는 존재하기 마련이었다.

정 회장의 눈길이 미치지 않는 곳에서 길은목은 멸시와 차별의 대상이었다. 가족의 대화에서도 노골적으로 배제되었고 길은목의 방에는 매주 두 차례씩 방역업체가 다녀갔다. 정 회장을 제외한 정씨 일가에게 길은목은 바이러스의 중간 숙주 그 이상도 이하도 아니었다. 가끔은 우연을 가장한 사고들을 겪기도 하였는데 그 배후에는 정 회장의 아내와 두 아

34

들이 있었다. 물론 물리적 증거는 없었다. 상속을 포기하고 수도원에 들어가겠다는 뜻을 밝히던 날 그네들의 입가가 절로 휘어지던 걸 보았을 뿐…. 객관적 증거로선 충분하지 않을지 몰라도 그들을 곁에서 지켜본 길은목에겐 비틀린 웃음보다 확실한 증거는 없었다.

만에 하나, 벨라뎃다 수녀 역시 그러했다면….

다섯 건의 투신 사고에 벨라뎃다 수녀만 알아차릴 수 있는 무형의 실마리가 존재한다면….

길은목은 벨라뎃다 수녀 일행을 쫓아갔다.

"수녀님, 그럼 이것만 말씀해 주세요. 이 사건이 누군가는 막아야 할 사건인가요? 아니면 신께서 우릴 버리셨다고 통곡하고 끝내야 할 사건인가요?"

그 순간 벨라뎃다 수녀가 고개를 틀었다.

"부… 부탁해요, 노비스 자매."

간호사들은 수녀를 데리고 병동으로 돌아갔고, 길은목은 그 모습을 끝까지 지켜보았다.

05

부탁

메가시티 서부행 트램.

요양원이 있는 동부 5지구에서 2지구 중심가를 거쳐, 도시의 외곽인 서부 9지구까지 횡단하는 자율주행 노면전차였다. 뒤쪽 창가에 자리를 잡은 길은목은 벨라넷다 수녀의 마지막 말을 곱씹었다.

부탁해요… 부탁해… 부탁해….

열두 살 때였다.

남들은 열 살만 되어도 일을 그만두어야 하는데 길은목은 몸집이 작아서 열두 살까지 배달 일을 할 수 있었다. 침수지역과 난민촌 사이의 경계벽에 있는 작은 개구멍을 드나들며 마약을 배달하는 일이었다. 중국 쪽에서 넘어온 해적들이 반강제로 떠넘긴 마약을 난민촌 사람들에게 가져다주고, 값을 받아서 침수지역으로 돌아오는 일이었다.

배달 일의 대가는 소금빵 두 덩어리와 인질 생환이었다.

개구멍으로 들어가는 아이의 이탈을 막기 위해서 가족 하나를 해적선에 잡아두는 것이었다. 배달꾼 아이가 이틀 안에 돌아오지 않으면 놈들은 인질의 몸에 자창을 낸 다음 해적선 측면에 매달고 다니는 수조에 던졌다. 수조에는 놈들이 어디선가 사들였다는 바다악어가 들어 있었다.

열두 살 길은목의 인질은 그 아이였다.

"한윤수….."

길은목은 입술을 깨물며 머릿속으로 주데카 얼음 연못의 루시퍼를 생각했다. 단테가 그려낸 지옥도의 맨 아래, 가장 깊고 음습한 곳, 친구를 배신한 자들이 간다는 거기.

열 살까지는 길은목과 한윤수가 번갈아 가며 인질 노릇을 하였다. 하지만 열한 살쯤부터 한윤수의 몸집이 커지기 시작하면서 배달 일은 길은목의 몫이 되었다. 열두 살 그날도 길은목은 여느 때와 다름없이 일을 마치고 돌아올 생각이었다. 개구멍을 통해서 난민촌으로 들어간 다음, 난민촌 화장터에서 기다리고 있는 사람들에게 약을 건네면 그만이었다.

하지만 그날 오후 길은목은 난민촌에서 만난 아저씨의 손을 잡고 메가시티로 들어갔다. 아저씨가 학교에 보내준다는 약속만 하지 않았어도, 함께 온 수행원들이 아저씨가 얼마나 좋은 사람인지 증언하지만 않았어도, 메가시티는 절대 해적들이 들어오지 못하는 곳이고 나쁜 심부름 같은 건 하지 않아도 따끈한 빵을 먹을 수 있다는 말만 하지 않았어도….

달착지근한 빵 한 덩어리에 윤수를 포기해버린 건 나였어.

아버지가 내 손을 잡았을 때도, 비서팀 아저씨들이 뭐라 뭐라 떠들었을 때도 난 침수지역으로 돌아가려고 했어. 돈을 가지고 다시 개구멍을 통과해서 윤수한테 돌아갈 생각이었어. 그런데 달달한 빵 이야기를 듣자마자 입에 침이 고이는 바람에, 고작 빵 한 덩어리에 그 애를 버린 거야. 부모님이 돌아가신 뒤 내내 나를 보살펴주던 그 애를 내가 버린 거라고. 그래서 나는 주데카 연못으로 가야 해. 친구를 배신한 자들이 간다는 그 지옥이 나의 종착점이야.

그날 침수지역을 떠날 때 윤수가 했던 말을 길은목은 기억하고 있었다.

은목아, 빨리 와야 해. 그리고 올 때 사탕 두 알만 부탁해. 지난주부터 난민촌 방역센터 앞에 가면 공짜로 사탕 준대. 그거 꼭 내 몫까지 챙겨 와야 해. 사탕 두 알, 까먹지 마라!

길은목은 차창에 머리를 박으며 지난 일들을 되짚었다.

수도원에 <신곡>의 삽화를 숨겨서 들어간 건 잊지 않기 위해서였다. 고작 열두 살이었다는 평계를 대기에는 그날의 판단이 얼마나 확실하게 매정했는지, 혀끝에 고인 침은 얼마나 달달했는지 곱씹기 위해서였다. 아직 스물두 해밖에 살아 보지 못했지만 길은목은 세상 곳곳에 지옥이 열려 있다는 것 정도는 알고 있었다. 그리고 제 발로 그 안으로 뛰어드는 자들이 있다는 것 또한. 십 년 전 열두 살의 그 여자아이는 순진무구하지는 않았다. 아저씨의 마음이 변할까 봐 조바심치며 따라가던 순간들을 길은목은 똑똑히 기억하고 있었다.

윤수야… 미안해.

길은목이 다시 차창에 머리를 찧으려는데 서늘한 손이 길은목의 머리를 감쌌다.

"그냥 울어요. 그게 나아요."

천천히 눈을 뜨고 상대를 올려다본 길은목은 하마터면 비명을 내지를 뻔했다.

길은목의 안색을 살피고 있는 여자는, 아니 여성형의 그것은 정수리가 깊이 함몰되어 있었고 오른쪽 어깨도 어정쩡한 각도로 틀어져 있었다. 그것은 자기 몸 상태에는 관심이 없다는 듯 손을 뻗어 길은목의 이마를 짚었다.

"36.4도. 체온은 정상입니다. 호흡과 심박이 조금 불안하니 이완 호흡법을 시도해 보시고, 창문을 열어 자연풍을 쐬는 게 도움이 될 것입니다. 원하신다면 이완 호흡법을 지도해 드릴 수도 있어요."

그제야 길은목은 그것의 손등에 새겨진 흰색 십자가를 보왔다. 그것은 CW(care worker, 요양보호사) 안드로이드 초창기 모델이었다. 길은목은 안드로이드에게서 눈길을 거두었다. 상대의 일그러진 외양과 상관없이 침수지역 출신들은 안드로이드에 호의적일 수가 없었다.

해수면 상승과 팬데믹으로 작은 종말이 닥쳤을 때 메가시티 행정부와 의회는 압도적인 감염률을 문제 삼아서 침수지역 구조작업을 포기했다. '구하지 않되 징수하지도 않는다!'라는 슬로건은 작은 종말의 혼란에서 다수를 지키기 위한 불가피한 선택이 되었다. 어려서는 길은목도 그 말을 믿었다. 사람들이 죽어 나가는 난리 통에 모두를 구해내기란 현실적으로 불가능했을 거라고. 하지만 슬로건의 배후에는 노동시장을 안드로이드와 인공지능 설비들로 대체 가능하다는 계산이 있었다. 침수 이전 메가시티 외곽의 주민들이 도시에 제공하던 값싼 노동력이 더는 필요하지 않은 시대가 도래한 것이었다.

"제 겉모습이 불편하셨다면 사과드리겠습니다. 저는 19개월 전에 간호업무를 종료하고 실험용 안드로이드로 개조되었습니다. 이 신체상해는 오늘 있을 실험을 위한 사전 준비의 결과입니다. 오늘 일을 마치면 다시 원상 복구될 것입니다."

메가시티 서부 지역에는 각종 연구단지와 공단들이 집중되어 있는데 안드로이드도 그곳 어딘가로 출근하는 모양이었다. 길은목은 안드로이드를 다시 보았다. 낡은 마네킹 같은 얼굴이었다. 한때는 인간에게 근접한 외양 때문에 불쾌한 골짜기라는 공학 이론까지 태동시켰던 안드로이드들이었다. 하지만 작은 종말 이후의 안드로이드들은 이모티콘 형태로 단순화된 얼굴이나 역으로 마네킹처럼 과장된 이목구비에 인공 백색 피부로 겉모습을 인간과 차별화시키며 그 논란에서 벗어난 상태였다.

길은목은 오늘따라 안드로이드들의 솔루션이 부러웠다. 저 허여멀건 존재들은 길은목이 가져보지 못한 단순한 답들을 가지고 있었고 여러 의미로 인간보다 강했다. 다섯 명의 '선한 사람들'은 건물 옥상에서 뛰어내리고 달리는 차에 뛰어들어 몸이 바스러졌는데 저 안드로이드는 온갖 실험에 동원되고도 수리 작업을 거치면 원래의 몸을 되찾을 수 있었다. 신의 피조물인 인간은 물러빠졌는데 인간의 피조물인 안드로이드는 저토록 단단했다. 놈들은 설계된 대로 살다가 폐기되면 그만이었다. 살면서 친구를 배신할 가능성은 원천적으로 봉쇄되어 있었다. 따라서 얼음 지옥 같은 걸 마음에 품고 살 필요도 없었다.

주데카 얼음 연못은 인간만을 위한 지옥이었다.

보나 수녀는 루시퍼의 그림을 두고 불경한 물건이라 했다. 하지만 진짜 불경한 것은 신의 구원을 향한 길은목의 불신이리라. 해수면 상승으로 바다가 땅의 가장자리들을 삼켰을 때 많은 십자가와 더불어 신께서도 그 땅을 떠나갔다. 변이에 변이를 거듭하며 치명률이 약해졌다고 하지만 여전히 적잖은 장애를 남기는 전염병과 폐허 속에 버려진 사람들. 그 어디에도 구원의 징후는 없었다. 버려진 것들끼리 남아서 또 살기 위해 누군가를 버리는 곳, 기댈 데라곤 종말론 교회들밖에 없는 젖은 땅. 침수지역에서 자살이란 그리 요란하게 반응할 것도 없는 선택지였다.

트램이 메가시티의 서쪽 끝을 향해 갈수록 길은목은 후회가 되었다. 이번 사건에 잘못 발을 들인 기분이었다. 애초에 난민촌과 침수지역으로 돌아가선 안 되었다. 수도원에서 쫓겨나는 한이 있어도 원장 수녀의 제안을 거절했어야 했다. 공단지대에 접어들자 길은목의 호흡은 더 거칠어졌다. 공단지대만 지나가면 도시의 끝이었다.

"저는 네 정거장 후에 하차합니다. 그 전에 언제라도 이완호흡법이 필요하면 말씀하세요."

CW 출신 안드로이드가 새삼스레 관심을 보이자 다른 사람들도 둘을 흘깃거리기 시작했다. 하얀 노비스 두건을 쓴 예비 수녀와 안드로이드의 투 샷, 무너진 형이상학과 작은 종말 이후의 새 시대를 상징하는 두 존재의 만남을 꽤 흥미로워하는 눈치들이었다.

젠장!

길은목은 시선들을 피해 차창 밖으로 눈길을 돌려버렸다.

안드로이드는 예고한 곳에서 내렸다. 산업단지가 위치한 곳이어서 대부분 승객이 하차하고, 철책 경비대로 보이는 승객 두엇과 길은목만 종점을 향해 가고 있었다. 길은목은 원장 수녀에게 받은 메모지를 다시 훑었다.

1차, 4차, 5차 사건은 W-19 침수지역에서 발생했고 2차와 3차 사건은 메가시티 경계벽을 사이에 두고 W-19 지역과 마주 보고 있는 난민촌에서 발생했다. 원장 수녀가 다른 침수지역 자원봉사 단체들에 문의한 결과 동쪽과 남쪽 침수지역에선 유사한 투신 사건이 따로 보고된 게 없다고 했다.

투신 형태의 자살 사건은 서쪽 지역에 집중되어 있었다. 그게 무슨 의미일까. 투신 사고 사망자들이 서로의 죽음을 인지했을 가능성은 정말 없는 걸까. 아직은 짐작조차 할 수 없는 모종의 사유로 이 충격적인 자살 행렬이 더 이어지는 건 아닐까.

숱한 의문들을 곱씹는 사이 트램은 종점에 다다랐다.

06

난민촌

서부 9지구의 트램 종점에서 난민촌까지는 도보로 움직여야 했다. 9지구와 난민촌을 오가는 대중교통은 존재하지 않았다. 9지구 경계 지역에는 난민들의 도시 진입을 막기 위한 철책과 초소들이 설치되어 있었고 방역이나 치안, 봉사활동 등과 관련하여 심사기준을 통과한 일부 등록된 차량만 철책을 드나들 수 있었다. 길은목처럼 개인 자격으로 난민촌에 들어가려면 초소에서 신분 확인 절차를 거쳐 통행증을 발급받아야 했다.

난민촌이 넘어다 보이는 철책 앞.

길은목을 맞이한 것은 지독한 소독약 냄새였다. 작은 종말을 초래한 팬데믹의 주범이 저따위 소독약으로 처치할 수 있는 게 아니란 걸 알면서도 메가시티 측에서는 강박적으로 난민촌을 소독하고 있었다. 안드로이드가 보호자의 동행 없이 출퇴근하는 세상이지만 사람들은 여전히 오감으로 확인할 수 있는 것들에 집착했다. 메가시티의 공영방송 뉴스 채널들이 소독 가스로 뿌예진 난민촌 풍경을 주기적으로 내보내는 것도 그 때문이었다.

길은목은 곧장 초소로 향하는 대신 철책을 따라 늘어선 벼룩시장으로 갔다. 난민촌을 드나드는 사람들을 대상으로 식료품과 잡화, 처방전 없이 살 수 있는 약품 등을 파는 시장으로 해 질 녘이 되면 초소 경비들의 묵인하에 난민들과 불법 거래가 이루어지는 곳이기도 했다. 난민들이 자루에 돌과 지폐, 필요한 물품 목록을 담아서 철책 너머로 던지면 상인들이 물건들을 자루에 담아서 철책 너머로 다시 던져주는 방식이었다.

침수지역과 난민촌을 오가며 마약을 배달하던 시절 길은목의 꿈은 철책 벼룩시장의 상인이 되는 것이었다. 철책 밑에서 커다란 옥수수 찐빵과 솜이 누벼진 점퍼들을 쌓아놓고 팔거라고 떠들고 다녔다. 그 시절 난민촌에서 넘어다본 벼룩시장은 구원을 물리적으로 구현해 놓은 공간 같았다. 끼니를 너끈히 채울 만한 먹을거리들, 체온을 지켜줄 옷가지와 온갖 주전부리들, 열을 떨어뜨리고 피를 멎게 해 줄 약들. 그것만 있으면 침수지역의 아이는 구원받을 자신이 있었다. 길은목은 스물두 살의 노비스가 되어 철책 시장으로 돌아왔다. 이제는 저 물건들을 원하는 만큼 가질 수 있게 되었는데도 길은목은 여전히 춥고 허기진 느낌이었다. 무신론자들의 비아냥처럼 구원은 영원히 또 다른 철책 너머에 있는지도 모른다.

길은목은 방수팩부터 넉넉히 장만한 다음 치아바타 두 덩이, 사과 세 알을 샀다. 한참을 고르고 고른 끝에 사탕도 한봉지 사 담았다. 배낭이 묵직해지고 나서야 길은목은 여태 사들인 품목들이 하나같이 침수지역과 관계있다는 걸 깨달았다. 배를 채울 것들과 방수 제품은 침수지역의 생존 물품이었다. 수도원에 들어가기 전에도 길은목은 괜히 방수포 따위를 사들이곤 하였다. 침수지역을 떠난 지 오래되었지만 물기로부터 뭔가를 지켜내야 한다는 강박은 여전히 꼿꼿했다. 정회장의 손을 잡고 메가시티로 들어온 뒤에도 길은목은 폭풍같은 식탐에 시달리곤 하였다. 눈앞에 쌓여 있는 저 따뜻해보이는 음식들도 바특이 다가가서 보면 푸른곰팡이가 피어 있고 나는 언제고 다시 배를 곯게 되리라는 부정적인 암시가 길은목의 무의식에 버티고 있었다.

다행히 다음 가게에서 인조가죽 케이스에 든 주머니칼을 집어 들자 묵은 상념들이 끊겨 달아났다. 방수 기능이 있는 손전등도 하나 사서 배낭 옆 주머니에 꽂고 생수도 여러 병

사서 욱여넣었다.

"수녀님이신가 봐요."

카드를 돌려주는 상인의 손등에 검은 수포 자국이 있었다. 전염병에서 살아남은 이들의 흔적이었다. 길은목의 목덜미 뒤에도 엄지 크기의 거뭇한 얼룩이 남아 있었다.

"아직은 노비스입니다. 견습 수녀지요."

"우리 친정엄마도 천주교 신자였는데…."

길은목은 이런 식의 화법에 익숙했다. 신을 믿는 자들이 희소해진 시대였고 그네들은 누군가의 어머니나 옛 친구, 고향의 아무개 삼촌 등 대부분 과거형으로 존재했다. 마지막으로 소염진통제 한 통과 붕대, 청테이프를 구매한 뒤 통행증 발급을 위해 초소로 갔다.

"방문 목적이… 의료, 심리 상담 맞죠?"

초소 경비원은 길은목이 제출한 서류를 넘겨보며 물었다.

"네. 그동안 우리 수도원의 강찬미 벨라뎃다 수녀님이 담당하시던 업무를 이번에 제가 대신하게 되었습니다."

"아, 벨라뎃다 수녀님 후임이시군요. 저도 두어 번 뵈었었죠. 그런데 방수포와 청테이프는 어디에 쓰시려는 겁니까? 침수지역에 들어갈 땐 저희 직원들이 동행할 것이고 물이 차지 않은 지역으로만 이동할 텐데요."

"배낭을 감싸는 용도로 쓰려고요. 습기에 대한 트라우마가 있거든요. 제가 침수지역 출신이어서."

"아…."

초소 문이 열리고 길은목은 난민촌으로 들어갔다.

난민촌의 공식 명칭은 '방역 완충지역'이었다. 침수지역 사람들의 도시 침입과 바이러스 유입을 차단하기 위한 중간지대였다. 방역 완충지역 거주민들은 메가시티 시민증은 없으나 방역관리와 의무교육 등 도시로부터 제한적인 지원을 받고 있었다. 그 처지가 전쟁과 재난으로 난민이 된 사람들과 흡사하다고 하여, 언제부턴가 방역 완충지역도 난민촌이란 이름으로 불리게 되었다.

첫 방문지는 원장 수녀가 미리 연락해 두었다는 CPLC 방송국이었다. CPLC는 메가시티의 4대 종단과 시민들의 자발적 모금으로 설립된 민간 방송사였다. 서부 침수지역과 난민촌에서 발생한 일련의 투신 사건을 유일하게 보도한 프로그램이 바로 CPLC의 메인 뉴스였다. 당시 사건 담당 기자는 정지혁이었다.

"안 그래도 원장 수녀님 연락을 받고 기다리고 있던 차였습니다. 생각보다 젊은 수녀님이 오셨네요."

그는 40대 중반의 몹시 피곤해 보이는 인상의 남자였다. 지난 식사 때 반주를 곁들였는지 입김에서 묽은 술 냄새가 났다.

"처음 뵙겠습니다. 길은목입니다."

길은목은 정지혁이 난민촌 출신이 아니라는 데 배낭을 통째로 걸 수도 있었다. 난민촌 특유의 우울과 피로감에 절어 있는 듯 보이지만 눈빛은 여전히 외지인의 것이었다. 그는 모래지치들이 보도블록이나 시멘트를 뚫고 자라는 꼴을 보아도 인생과 비밀이 들추어지는 느낌은 받지 못할 것이다. 입속의 사탕을 두고 이 고체 덩어리가 내 인생의 마지막 단맛일지도 모른다는 망상에 젖지도 않을 것이다. 눈앞의 온갖 것들이 불길한 암시로 읽히다가 종내에는 눅진한 수치심이 되어 심장에 차곡차곡 쌓인다는 것도 모르겠지. 그는 그저 젊음은 난민촌이라는 공간과 어울리지 않는다고 판단해버리는, 평범한 외지인에 지나지 않았다.

"후속 취재가 이루어지지 못한 건 저도 개인적으로 아쉽게 생각합니다. 예년에 비해 민간 후원이 반토막 난 상태라 윗선에서도 시청률에 도움이 되는 특집들 위주로 힘을 실어주거든요. 봄의 역설이죠. 자살률이 증가하는 시기이기도 하지만 사람들은 꽃이 피었더라는 이야기를 듣고 싶어 합니다. 꽃놀이 시즌이잖아요. 난민촌과 침수지역에 있는 민간 방송사도 예외는 아니거든요."

"다섯 건의 사고가 자살이었다고 확신하시는 거죠?"

"그거야 의심의 여지가 없죠. 동거인들과 목격자들도 만나

봤고요. CCTV 영상도 기자실에서 다 같이 재차 확인했습니다. 혹시 수녀님들 생각은 다른 건가요? 벨라뎃다 수녀님이 아프시다는 얘기만 들었는데."

"수도원에서 이견이 있었던 건 아닙니다. 그 사건들로 벨라뎃다 수녀님이 상심이 큰 상태라 그냥 지나는 일로 묻을 수가 없었을 뿐입니다. 일단은 유가족분이라도 만나 뵈어야 할 것 같고요."

"어떻게, 제가 안내라도 해 드려야 할까요?"

"아닙니다. 저희 원장님이 요청하신 사망자 주변인들과 목격자들 연락처만 주시면 제가 혼자 둘러보도록 하겠습니다. 그 전에 확보하고 계신다는 CCTV 영상을 좀 봤으면 합니다."

"투신 장면 말인가요? 수녀님이 보실 만한 영상은 아닐 텐데…."

"괜찮습니다."

07

마지막 동선들

CPLC 측에서 확보한 영상은 각각 4월 26과 5월 9일에 발생한 투신 장면을 담은 것이라 했다.

"추락 이후의 장면은 없습니다. 도로면 쪽을 비추는 카메라들이 없었거든요. 그러니까 영상에 담긴 것은 투신자들이 몸을 날리는 장면까지입니다."

간략한 설명 후 정지혁 기자는 순서대로 영상을 재생했다.

"먼저 4월 26일 영상입니다. 사망자는 홍한세 씨였고요."

다섯 건의 투신을 시간순으로 배열한다면 홍한세는 2차 사건의 사망자였다. 길은목은 원장의 메모지에 있던 정보를 복기했다.

2차 사건.

홍한세. 63세 남성. 난민촌에서 이발소 운영.

돈을 낼 수 없는 형편의 어린이들에겐 외상으로(사실상 무료로) 머리를 깎아주기도 했다고 함.

4월 26일 0시 30분. 난민촌 요양원 건물 옥상에서 투신.

2차 사건은 다른 사건들에 비해 비교적 번화가에서 발생했기 때문에 목격자들과 CCTV 기록이 모두 존재했다. 영상은 홍한세가 난민촌 방역센터 사거리를 혼자 지나가는 모습으로 시작되었다. 사각지대를 지나느라 화면에서 1, 2분씩 사라지기도 했지만 동선 자체는 명확했다. 그는 투신 지점으로 알려진 건물 쪽으로 이동하고 있었다.

홍한세가 투신한 건물은 침수 이전까지 암 전문병원이었다가 지금은 난민촌 공공요양원으로 사용되고 있었다. 메가시티 측에서 난민촌에 있는 고층 건물들을 안전상의 이유로 폐쇄했기 때문에 사람의 출입이 허락된 빌딩 중에서는 10층 높이의 CPLC 방송사 건물과 11층짜리 공공요양원이 최고층에 속했다. 홍한세의 투신 장면을 포착한 것은 CPLC 외벽에 설치된 카메라였다. 방송사 건물과 요양원 건물 사이에는 직선거리 10미터 정도의 다세대 숙박촌이 들어서 있어서, 투신 장면 자체는 원거리에서 잡힌 것이었다. 하지만 홍한세가 건물의 비상계단을 따라 옥상으로 이동하는 장면이 요양원 내부 CCTV에 잡힌 터라 실제로는 투신 1분 전의 홍한세 얼굴을 확인할 수 있었다. 옥상으로 이어진 계단에서 포착된 지 1분 만에 CPLC 측 카메라에 다시 등장한 홍한세는 옥상 가장자리 철제 난간에 올라서고 있었다. 난간에 서서 하늘을 잠시 쳐다본 후 홍한세는 그대로 몸을 날렸다.

"투신 지점으로 이동하기 직전까지 가족과 함께 있었고 술이나 약물은 하지 않았다고 합니다."

"우울증을 앓았을 가능성은 없나요?"

"유가족들 말로는 사고 당일에 평소보다 말수가 적었다고는 하는데 우울증 병력은 없었다고 합니다. 물론 가족들 모르게 힘들어했을 가능성은 얼마든지 있습니다."

"채무 관계는요?"

"특이한 건 없었습니다. 아들 명의의 빚이 조금 있긴 하지만 홍한세 씨는 인지하지 못한 상태였다고 하고요. 이발소 단골도 꽤 있었고 부인도 따로 밥장사하고 있어서 경제적 어려움은 없었던 것으로 보입니다. 생전 건강 상태도 양호한 편이었다고 하고요. 혈압약을 복용하긴 했지만 심한 고혈압도 아니었다더군요. 그 외 다른 기저질환은 없었던 것으로 보입니다. 가장 답답한 건 유서가 없다는 점이고요."

"결국 자살 동기는 밝혀지지 않은 거로군요."

"그렇다고 볼 수 있죠. 그럼 다음 영상으로 넘어가도 되겠습니까?"

"아, 한 가지만 더요. 홍한세 씨가 어린이들의 머리를 사실상 공짜로 깎아주었다던데 알고 계셨나요?"

"취재 갔을 때 주변 상인들한테 들었습니다. 안타까운 일이죠. 의인의 죽음을 보면 늘 생각이 많아지잖아요."

믿지 않는 이들에게 의인의 죽음은 탄식의 대상이자 씁쓸한 술안주였다. 하지만 종교인에게 의인의 죽음은 세상에 구원을 가져오는 초석이 되기도 한다. 만에 하나 이 사건들이 대속의 의미가 있다면, 의로운 자들 스스로 번제가 되기로 결심했다면…. 길은목은 W-19 침수지역의 검은 첨탑 종말론 교회를 떠올렸다. 종말론자들의 검은 십자가는 기독교의 신이 우리를 버렸다는 선언이었다. 실제로 5차 사건의 사망자는 종말론 교회의 첨탑에서 투신하지 않았던가.

"다음은 5월 6일 오채영 씨의 투신 장면입니다. 뭐, 여기서도 양상은 비슷합니다."

정지혁 기자가 무미건조한 설명을 곁들이며 다음 영상을 재생했다. 4차 사건의 CCTV 기록이었다.

4차 사건.

오채영. 31세 여성. 침수지역에서 건조 생선 공장의 관리인으로 일함.

왼쪽 다리에 장애가 있는 동생(오인석, 26세)을 어려서부터 혼자 돌보고 키웠음.

동생과 둘이 집 근처 폐건물을 개조하여 떠돌이 아이들 쉼터로 운영.

5월 6일 새벽 3시, W-19 지역 급수탑에서 투신.

오채영의 죽음은 길은목에게 익숙한 것들의 냄새로 가득 차 있었다. 건조 생선 공장과 급수탑 마을, 전염병으로 부모를 잃은 떠돌이 아이들 그리고… 발에 채듯 흔한 죽음. 길은목은 화면을 응시하며 작게 성호를 그었다.

홍한세와 달리 오채영의 경우는 투신 장소로 이동하는 장면이 따로 없었다. 그 일대에 CCTV가 설치된 곳이 급수탑 주변밖에 없었다. 마을 깊숙한 데까지 물이 치고 들어오고 시야가 닿는 곳이면 어디나 물이 출렁거리고 있는 동네지만 그곳에서 가장 귀한 것 또한 물, 식수였다. 급수탑은 해수 성분과 각종 오염물질을 걸러낸 식수를 공급하는 시설이자 구획별 중심지였다.

어릴 적 길은목은 만조 때의 급수탑을 좋아했다. 바닷물이 아무리 깊이 치고 들어와도 급수탑의 둥근 수조는 언제나 그보다 높이 솟아 있었다. 그래서 급수탑은 W-19 사람들의 자존심이었으며 어쩌면 교회의 첨탑보다 든든한 의지처였는지도 모른다. 하지만 W-19 주민인 오채영은 급수탑을 투신 장소로 택했다.

영상은 오채영이 급수탑 외벽 사다리를 타고 올라가는 장면으로 시작되었다.

"저 때가 5월 6일 새벽 3시였다는 거죠. 투신 직후 사망했다면 간조 때였을 테고요."

"네. 확인해 보니 투신 30분 전쯤에 물이 완전히 빠진 상태였다고 하더라고요."

흐린 영상 속 오채영은 급수탑의 수조 꼭대기로 올라섰다. 투신 직전 오채영은 손등으로 코를 두 차례 훔쳤고 그 직후 추락했다.

"울고 있던 걸까요?"

"그러지 않았을까요? 저도 그 장면이 신경 쓰여서 여러 번 돌려 봤습니다. 자살을 결심할 만큼 힘이 들었던 거겠죠."

정지혁은 오채영이 코를 훔치는 장면에서 영상을 정지해 두었다.

"유가족은 자살을 인정할 수 없다는 입장이더라고요. 뭐, 그렇다고 한들 할 수 있는 것도 없지만요."

"유가족이라면 남동생을 말하는 거죠?"

"네. 누나는 절대 자기를 두고 먼저 떠날 사람이 아니라면서 우는데 저도 참 할 말이 없더라고요. 동생분 입장에선 당연한 반응인 것 같기도 하고요. 주변에서 듣기로는 워낙 남매 사이가 좋았다고 하더라고요. 나이 차가 조금 나고, 동생 분이 어려서 다리에 장애를 입어서 그런지 누나 동생 사이라 기보다 거의 엄마랑 아들 같은 사이였던 모양이에요."

오채영 역시 유서는 남기지 않았다고 했다.

장애가 있는 동생과 떠돌이 아이들을 돌보았던 젊은 여자의 투신자살…. 하지만 길은목은 오채영의 사건 또한 '의인의 죽음'에 해당하지 않느냐고 묻지는 않았다. 벨라뎃다 수녀에게서 비롯되어 원장 수녀를 거쳐 온 '어떤 가능성'을 적확하게 담아낼 표현도 떠오르지 않았다. 지금까지는 단순하고 일반적인 방법으로 접근하는 수밖에 없었다.

"전문 수사 인력의 도움을 받을 수는 없겠지요?"

"경찰을 말씀하시는 거라면 기대를 버리시는 게 좋습니다. 메가시티 공권력이 난민촌 속사정에 관심이나 있겠어요? 사람들이 줄줄이 죽어 나간다 그러면 변이바이러스부터 의심할 겁니다. 저처럼 메가시티에서 출퇴근하는 사람들도 꼼짝없이 격리되고, 철책 벼룩시장에도 무기한 폐쇄 조치가 내려질 것이고요. 수녀님 말씀처럼 단순히 전문 수사 인력이 투입되는 거라면 좋겠죠. 하지만 메가시티의 공권력은 늘 응징하듯 문제에 접근합니다."

길은목은 유가족과 목격자들의 주소지와 연락처를 건네받

은 뒤 정지혁과 헤어졌다.

오후 5시 10분.

방역 차량이 방금 지나갔는지 방송국 근처 거리는 소독 연기에 갇혀 있었다. 길은목은 제 머릿속을 그대로 옮겨놓은 듯한 거리 풍경을 멀뚱히 바라보았다. 저 연기도, 속에 든 게 무얼지 가늠이 안 되는 투신자살 사건의 외피도 언젠가는 묽어질 때가 올 터였다.

길은목은 오늘의 첫 끼니를 먹기 위해 숙박촌으로 걸음을 옮겼다.

08

타인들의 기억-1

김치말이 국수를 한 그릇 다 비우고도 길은목은 젓가락을 내려놓지 않았다. 국물을 휘저으며 머릿속으로 동선을 짜는 중이었다. 다섯 건 중에 난민촌에서 벌어진 사고는 2차, 3차 사건이 전부였다. 그러니 오늘 내일은 난민촌에서 머물며 두 가지 사건을 조사해야 할 것이다.

하지만 날 선 조바심이 길은목을 침수지역으로 몰아가고 있었다. 오채영이 난민촌 급수탑에서 뛰어내린 지 사흘 만에 50세 공소희가 침수지역 종말론 교회 첨탑에서 몸을 던졌다. 두 사람 다 간조 시간을 노렸으며, 두 사건의 간격으로 보건대 공소희가 오채영의 일을 알고 있을 확률이 높았다.

침수지역에서 죽음이란 생선을 말리는 일만큼이나 흔한 일이었다. 익숙한 비릿함 그 이상도 이하도 아니었다. 하지만 누군가 급수탑에서 몸을 던졌다면 이야기가 달라진다. 침수 지역 주민들에게 급수탑은 최후의 심리적 보루였다. 급수탑이 만조 수위를 이기는 한 이곳의 삶도 이어지리라는 믿음 같은 것이었다. 그런 상징적인 곳에서 누군가 몸을 날렸다면 금세 소문이 퍼져나갔을 것이다. 오채영의 투신이 공소희에게 어떤 식으로든 영향을 끼쳤는지 확인하려면 직접 현장으로 가는 수밖에 없었다.

"주먹밥이라도 하나 더 드릴까? 배가 안 찬 모양인데."

밥집 주인의 말을 듣고서야 길은목은 젓가락을 내려놓았다.

"아, 아닙니다."

배가 안 찬 건 사실이었다. 난민촌의 소독약 냄새를 맡은 순간부터 어릴 적 식탐이 고스란히 되살아난 상태였으니까. 하지만 음식에 대한 집착에도 불구하고 길은목은 한 번도 몸이 둔해지게 버려둔 적이 없었다. 개구멍 마약 심부름꾼 노릇은 열두 살에 끝났지만, 인생은 또 어딘가에 개구멍을 파두고서 길은목의 몸을 밀어 넣으려 들지도 모르는 일이었다.

"야식 필요하면 언제든지 2층 초인종을 눌러요. 자다 깨서 밥하는 게 내 직업이니까. 내가 못 일어나면 우리 집사람이 일어날 테니까 걱정하지 마시고."

밥집 주인이 앞치마를 벗어서 주방 쪽 기둥에 걸었다. 길은목이 마지막 밥 손님인 모양이었다. 머리에 썼던 두건을 벗자 대머리 가득 거뭇한 흉터가 드러났다. 전염병이 남긴 수포 얼룩이었다. 길은목의 눈길을 읽었는지 밥집 주인이 손으로 머리를 훑었다.

"다들 죽는다 그랬어요. 우리 형님도 내가 죽을 줄 알고 집 근처 공터에 돗자리를 펴고 눕혀 놨었다니까. 그런데 결국 형님이 아니라 내가 살아남았소. 나는 머리카락이 빠지고 한 쪽 귀가 먹고 끝이 났는데 형님은 급성 뇌염으로 죽었지. 한 치 앞이 안 보이는 게 인생 아니겠소. 우리 집사람이 고마운 게 결혼해서 지금까지 우리 형님 기일을 챙긴다는 거요. 자기는 얼굴도 본 적 없으면서 말이오."

길은목은 밥집 건물 3층에 있는 방에 투숙한 터였다.

"수녀님 앞이라 그런지 나도 모르게 말문이 열렸나 봅니다. 바쁜 손님을 앉혀 놓고 내가 별 소릴 다 했어요."

"아닙니다. 이야기를 듣는 게 저희 일인걸요. 잘 먹었습니다."

길은목은 내부 계단을 올라 3층으로 갔다.

다세대 건물을 숙박시설로 개조해서인지 객실 세 개가 중앙의 거실을 공유하는 구조였다. 그래도 개별 화장실과 테라스를 갖추고 있어서 며칠 묵어가기에 불편함은 없어 보였다. 길은목은 손과 얼굴을 씻은 뒤 침대 옆에서 무릎을 꿇었다.

6시, 수도원 저녁기도 시간이었다. 지금쯤 동료 노비스들은 저녁기도와 미사, 렉시오 디비나로 이어지는 저녁 일과에 들어갔을 것이다.

다시 그들 곁으로 돌아갈 수 있을까.

원장 수녀가 허락한 닷새라는 시간이 길은목을 어디로 데려갈지 알 수 없었다. 불안한 상념들로 채워진 기도를 마친 뒤, 길은목은 라이크라 원단 티셔츠와 청바지로 환복을 했다. 사람들의 협조를 구하는 데는 노비스 차림이 낫겠지만 앞으로의 동선을 생각하면 편한 옷이 필요했다. 길은목은 배낭을 간소하게 다시 꾸린 뒤 흰색 바람막이 점퍼를 걸치고 숙소를 빠져나왔다.

일몰이 가까워지고 있었다.

길은목은 사탕 두 알을 입에 밀어 넣고는 공공요양원 쪽으로 이어지는 샛길로 접어들었다.

홍한세의 추락지점은 어렵지 않게 찾을 수 있었다. 요양원 후원과 닿아 있는 골목에 꽃다발이 놓여 있었다. 백작약 두 송이를 부직포로 감싼 단순한 형태의 꽃다발이었다. 길은목은 꽃다발 곁에 서서 요양원 옥상을 올려다보았다. 홍한세를 옥상 난간 너머로 밀어붙인 동기는 영영 밝혀지지 않을지도 몰랐다. 유가족과 주변인들의 증언을 수집하다 보면 어느 정도 추측이야 가능하겠지만 홍한세가 마지막에 품고 있던 생각이 무엇인지는 확인할 길이 없을 것이다. 길은목은 다시 고개를 돌려 꽃다발을 보았다. 난민촌에 화원이 있을 것 같진 않았지만 어쨌거나 지금은 작약이 피는 계절이었고 난민촌의 누군가는 홍한세의 죽음을 추모하고 있었다.

요양원 후원은 폐공장 부지와 마주하고 있었다. 작은 종말 이전까지는 제법 큰 규모의 가구 공장들이 있던 곳이었으나 지금은 건물들 자체가 폐쇄된 상태였다. 홍한세의 시신을 최초 발견하고 자율방범대에 신고한 사람은 가구 단지 너머의 민가에 사는 노인이었다.

길은목은 노인을 만나기에 앞서 요양원 건물로 발길을 옮겼다. 공식적인 일과 시간이 끝난 터라 의료진이나 사무원은 만날 수가 없었고 대신 출입구 경비실 직원에게 그날의 정황을 전해 들을 수 있었다.

"도어락이 그날따라 작동을 안 한 거야. 사실 그날 고장이 난 건지 그 전날 고장이 난 건지 알 수도 없고. 일 터지고 나서 살펴보니까 배터리가 헐거워져서 자동 방전이 됐더라고. 문만 제대로 닫혀 있었어도 극단적 선택을 막을 수 있지 않았을까 싶어서 다들 심란해했었다니까."

옥상 출입구를 늘 열어두느냐는 질문에 경비는 긴 답을 돌려주었다.

"뒤쪽 골목에 작약 꽃다발이 있던데 혹시 요양원 측에서 갖다 둔 건가요?"

"그거? 아들이 다녀가는 것 같더라고."

"유가족들 얼굴을 아세요?"

"며칠 전 밤에 키가 큰 남자가 왔다가는 걸 우리 직원 하나가 봤어. 듣기로 죽은 양반 막내아들이 난민촌 아마추어 농구팀 선수라더구만. 그런데 아가씨는 죽은 양반이랑 무슨 사이기에 이리 캐묻고 다니는 건가? 혹시 도시의 경찰서에서 나온 거요?"

경비의 얼굴에는 메가시티의 개입을 기대한 표정이 역력했다.

"아닙니다. 홍한세 씨 지인분께 개인적으로 부탁받은 일이 있어서 왔습니다."

요양원을 빠져나온 길은목은 폐공장들이 괴괴하게 늘어선 어둠 속으로 들어섰다. 난민촌의 치안 상태를 감안하면 돌아다녀서 좋을 게 없는 시간이었다. 하지만 길었던 오늘 하루의 하이라이트가 저 어둠 너머에 있었다.

목격자를 만나야 할 시간이었다.

높은 담장 위에 침입 방지 철책까지 설치한 집이었다. 마당에는 어설픈 절도범 정도는 우습게 찢어발길 것 같은 핏불테리어 서너 마리가 목줄도 없이 어슬렁거리고 있었다. 요새급 방어체계를 갖춘 데 반해 정원은 나직나직한 관목들과 봄

꽃들로 채워져 있었다.

"정지혁 기자님 소개로 온 길은목이라고 합니다."

"도시 분이라 겁이 없나 보군요. 혼자 다니기에 적당한 시간대는 아닌데."

노인은 매자나무 군락지 가운데 있는 파라솔 벤치로 길은목을 데려갔다.

"거실로 초대하는 게 예의지만 험한 동네에 살다 보니 의심이 많아요. 미안합니다."

"괜찮습니다. 잘 가꿔진 정원만큼 이야기하기 좋은 데도 없지요."

진심이었다.

말끔히 손질된 관목과 조경 바위들을 보고 있으니 수도원의 산책로가 떠올랐다. 물론 정원사인 벨라뎃다 수녀가 떠난 뒤로 전정 나무들의 윤곽이 다소 흐트러졌지만, 산책의 즐거움이나 집중력을 해칠 정도는 아니었다. 길은목은 자신이 정말 수도자로 살기를 원하는지, 해사한 얼굴의 노비스 동기들처럼 그리스도의 신부가 되길 바라는지 확신이 없었다. 다만 수도원이라는 공간을 좋아한다는 것만은 분명했다. 수도원은 길은목이 태어나서 처음으로 닻을 내려 본 곳이었다. 침수지역과 난민촌, 정 회장의 집을 거치는 내내 뗏목처럼 부유하던 마음이 수도원의 후원과 산책로, 도서관 구석 자리에 정박한 것이었다.

노인은 희끗희끗한 단발머리에 줄이 달린 금테 안경을 쓰고 있었다. 낡은 무채색의 원피스도 어느 시장통에서 막 고른 것 같진 않았다.

"난민촌 분은 아니신 것 같은데 왜 이 동네에 머무시는 거죠?"

"그 이야기가 요양원에서 투신한 양반과 무슨 관계가 있죠?"

목격자의 말에 날이 섰다.

"부조화에 대해 생각했어요. 그날 밤 홍한세 씨가 투신하던 시각에 목격자분은 왜 거기 계셨을까, 하는 점이요. 이 아늑한 정원과 난민촌이라는 공간만큼이나 어울리지 않는 일인 것 같아서요."

"그야… 다 사정이 있는 법 아니겠어요?"

목격자는 차를 두 잔 내 온 뒤에 답을 이어갔다.

"실은 아픈 아들이 있어요. 늦둥이라 특별히 바라는 것도 없고 그저 남들처럼 건강하게만 자라줬으면 했는데 네 살 때쯤 우리 애가 다른 애들과 좀 다르다는 걸 알았어요. 처음에는 ADHD 판정을 받았다가 일곱 살 때 지적 장애 판정을 받았죠. 그 애가 가끔 집을 뛰쳐나가는데 찾는 게 그리 어렵지는 않아요. 저 녀석들은 아들의 냄새를 잘 찾아내거든요."

목격자의 눈길이 마당을 어슬렁거리는 핏불테리어에게 잠시 머물렀다.

"그날도 아들을 찾고 있었어요. 그럴 때마다 개를 데리고 나가기 때문에 난민촌 부랑자들이나 건달들이 딱히 걱정되진 않았어요. 방역센터 쪽 사거리를 뒤지다가 헛걸음하고 다시 동네로 돌아오는데 갑자기 개들의 걸음이 빨라지더군요. 아들을 찾았나 보다 싶어서 저도 서둘러 따라갔죠. 그 뒤로는 그쪽이 예상하는 그대로입니다. 요양원 후원 쪽 인도에 웬 사람이 쓰러져 있는 걸 발견한 거죠. 그 사람이 이발소 홍 씨라는 건 나중에 뉴스를 보고 알았습니다."

"홍한세 씨와는 아는 사이셨어요?"

"우리 아들 머리를 깎아주던 이발사였죠. 우리 아들이 가끔 감정 컨트롤이 안 될 때가 있는데 그럴 때는 출장을 와주었어요. 바로 그 자리에 아들을 앉히고 홍 씨는 그 뒤에 서서 가위질했지요. 보기 드문 호인이었어요."

목격자의 눈이 길은목의 어깨 너머 어딘가에 닿았다.

호인…. 좋은 사람, 선한 사람, 착한 사람, 의인.

길은목은 엇비슷한 단어들 틈에서 공회전하는 기분이었다. 설정값처럼 기계적으로 따라붙는 평판들 말고, 홍한세를 자살로 몰아간 진짜 이유는 무엇일까.

"복기하기 힘드신 줄은 알지만, 발견 당시 홍한세 씨가 어뗐는지 궁금합니다."

대답에 앞서 목격자는 두 손을 오므렸다가 쫙 펼쳐 보였다.

"이렇게 터졌다고밖에 할 수 없는 상태였어요."

"자율방범대가 출동할 때까지 현장에 다른 사람은 없었고요?"

"네. 자율방범대보다 요양원 직원들이 먼저 오긴 했어요. 물론 뭘 알고 온 건 아니고 담배를 피우러 나왔더라고요. 직원 둘과 함께 자율방범대를 기다렸던 기억이 납니다. 홍한세 씨를, 그러니까 그 터진 조각들을 밟지 않으려고 다들 멀찍이 서 있었고요. 저는 개들이 날뛸까 봐 더 멀리 서 있었습니다.

"현장에 뭐 다른 물건들은 없었고요? 홍한세 씨의 소지품이라거나."

"제가 본 바로는 없었습니다. 안 그래도 개인 소지품은 없는지 요양원 직원들이 휘휘 둘러봤던 게 기억이 나네요. 찾은 건 없었습니다. 강풍에 잔가지가 떨어져 있었던 것 말고는 길 자체가 비어 있었어요."

"그날 아드님은 잘 찾으셨고요?"

"방송국 건물 뒷길을 따라가면 중학교가 하나 나와요. 거기 운동장에서 혼자 놀고 있는 걸 찾았지요. 중학교 때 친구들이 우리 아들을 잘 대해주었거든요. 그때 생각이 나는지 가끔 혼자서 그 먼 데까지 찾아가곤 하더라고요."

"그럼 그날 현장에 자율방범대가 도착한 뒤에 방송국을 지나 학교까지 이동하신 건가요?"

"그건 왜 물으시죠? 제 동선이 이번 일과 관계가 있나요? 저는 그냥 홍 씨의 시신을 우연히 맞닥뜨린 행인일 뿐인데요."

"아까 방역센터 쪽에서 아드님을 찾지 못하고 헛걸음했다고 그러셔서요. 방역센터에서 중학교까지는 5분도 안 걸리는데 요양원 쪽으로 다시 왔다가 가는 게 어딘가 비효율적인 동선 같아서요."

"노비스 수녀라 들었는데 난민촌 지리를 잘 아시는군요."

"어릴 적에 난민촌을 드나든 적이 있습니다. 침수지역에서 살았거든요. 경계벽의 개구멍을 드나들며 마약을 배달하다가 붙잡혔고, 그 후에 메가시티에 계신 지금의 부모님께 입양이 됐어요."

"뭐, 사연이야 누구에게나 있는 법이니까요."

이번에는 목격자가 남은 차를 다 들이켰다.

"그날따라 개들이 냄새를 못 맡더라고요. 봄꽃이 만개할 때면 종종 있는 일이에요. 여러 가지 냄새의 간섭이 있으면 개들도 산만해진답니다. 게다가 저놈들은 훈련받은 수색견도 아니에요. 그저 집에서 키우는 개들이죠. 그리고 아들에게 달아둔 위치추적기도 꺼져 있었어요. 아들놈이 툭하면 그걸 꺼버리거든요. 그날 자율방범대가 도착하면 나는 개들을 데리고 집 뒤쪽으로 더 올라가 볼 생각이었어요. 실제로 집 근처까지 갔었는데 위치추적기가 다시 작동하더군요."

"아드님이 다시 켠 건가요?"

"아마도요. 오늘 우리 아들 이야기까지 하게 될 줄은 몰랐네요."

"홍한세 씨의 자살 동기를 밝히려는데 눈에 보이는 단서가 없어서요. 그래서 그림의 범위를 조금 넓혀 보는 중입니다. 나중에야 알게 된 사실이지만 열두 살에, 그러니까 제가 침수지역에서 난민촌으로 마지막 잠입을 시도했을 때가 메가시티 경찰의 경계벽 집중 단속 기간이었어요. 저는 늘 궁금했었거든요. 늘 하던 대로 했는데 왜 경찰에게 잡혔을까. 왜 삶이 얌체 볼처럼 예상치 못한 방향으로 튀기 시작했을까. 그때가 메가시티 경찰의 집중 단속 기간이었다는 건 후에 알게 된 사실이에요. 이번에도 그림을 넓혀 보면 홍한세 씨의 죽음도 이해가 되지 않을까 싶어서요. 홍한세 씨의 투신을 두고 제삼자를 의심하거나 추궁하려는 의도는 아니니, 아드님에 대한 외람된 질문들을 용서해 주세요."

"수녀님."

"길은목입니다."

"그래요, 길은목 씨. 윗분들이 시켜서 이 일에 투입된 거지요?"

"네. 수도원이란 곳이 개인적인 관심사를 좇아 이리 나다닐 수 있는 데는 아니니까요."

"그러면 적당히 하고 돌아가세요. 이발사 일도 가슴 아파하지 마시고요. 공감과 헌신은, 적어도 이 난민촌에선 생존력을 떨어뜨리는 악조건일 뿐입니다. 착하게 살아서 좋을 거 없어요."

착하게….

목격자의 마지막 말에서 묘한 위화감이 느껴졌다.

길은목은 상대의 의중이 궁금했지만, 인터뷰는 거기서 종료되었다. 집 안에서 누군가 비명을 질러대기 시작했다. 집 2층 창가에 검은 그림자가 버티고 있는 게 보였다. 목격자의 아들인 모양이었다.

"실례지만 아드님 키가 어느 정도인지 알 수 있을까요?"

"160 후반대입니다. 대답이 되었으면 그만 나가 주세요, 길은목 씨."

목격자의 냉랭한 눈길이 대문 쪽을 향했다.

09

쥐떼

5월의 밤.

바람이 이팝나무 꽃향기를 실어 왔다.

그리고 이름을 붙일 수 없는 악취가 따라왔다. 난민촌의 하수구와 요양원 후원의 폐기물 처리장에서 뿜어져 나온 냄새에, 구원받지 못한 자들의 체취와 절망이 뒤섞인 것이었다. 밤거리는 스스로 잃을 게 없다고 여기는 십 대 부랑자들의 차지였다. 약탈과 갈취는 철책 바깥 아이들의 생존 기술이었다.

케케묵은 훈계는 통하지 않는다. 철책이 설치될 즈음 기성 종교들도 난민촌을 떠나갔고, 메가시티의 형이상학은 이 비루한 공간에는 눈길을 주지 않았다. 인공지능 안드로이드들이 초래한 종교적, 윤리적 문제들에 골몰하며 가까스로 명맥만 유지하고 있었다. 길은목이 부랑자들을 피해 건물 그늘로 몸을 숨긴 것도 그 때문이었다. 견습 수녀가 되었지만 길은 목도 답을 알지 못했다. 떳떳하게 내놓을 대안도 없었다. 어둠 속에서 자라난 버섯들에게 삶의 다른 가능성을 일러주는 게 무슨 의미가 있겠는가.

폐건물들의 출입구는 메가시티 측에서 용접으로 막아버렸기 때문에 벽 그늘 말고는 달리 몸을 숨길 곳도 없었다. 길은목은 숙소까지 동선을 머릿속으로 톺아보다가 폐건물 외벽의 가스 배관을 타고 빈 옥탑이 있는 옥상으로 갔다. 같은 구조로 지어진 다세대 건물들이라 옥상끼리의 간격과 높이도 일정해서 골목 끄트머리까지 이동하는 데는 무리가 없었다. 옥상 길을 타는 법은 침수지역에서 배운 것이었다. 만조 때가 되면 대부분 건물들이 꼭대기 층까지 잠기기 때문에 이동하려면 옥상과 옥상을 이은 줄다리를 타는 수밖에 없었다.

골목 끄트머리 그늘로 내려서자 숙박촌으로 이어지는 길이 보였다. 여자아이들의 웃음과 취객의 고함이 밤공기를 가르고 지나갔다. 길은목은 경계벽의 개구멍으로 몸을 날리던 그 시절처럼 전력으로 질주하여 숙소에 도착했다.

길었던 하루이자 비밀 휴가 첫날이 저물었다.

다음 날 아침, 길은목은 아침 기도와 묵상을 마친 뒤 치아

바타 반 덩어리와 사과로 간단히 아침을 해결했다. 1층 밥집도 아침 장사 준비를 하는지 사장 부부가 마주 앉아 채소를 다듬고 있었다.

오늘의 첫 일과는 2차 사건 유가족과의 면담이었다. 홍한세의 이발소 겸 살림집은 숙박촌에서 5킬로미터 거리였다. 도보로 이동하면 1시간은 소요될 터였다. 길은목은 CPLC에 들러 자전거를 한 대 빌렸다. 난민촌에는 대중교통이 따로 존재하지 않았다. 전염병의 재확산을 막기 위해 메가시티 측에서 버스 노선을 폐지하고 트램도 철거해버린 것이었다. 일반 차량도 공공단체나 경계벽 공사장 등 메가시티에서 허락한 일부 현장에서만 사용할 수 있었다. 일반 시민들에게 허락된 유일한 이동 수단은 자전거였다.

길은목은 자전거의 속도를 올리지 않았다. 사건 당일 홍한세의 이동 경로를 역으로 거슬러 가는 중이었다. 그날 홍한세는 이발소에서 요양원까지 도보로 이동한 것으로 밝혀졌다. 접근할 수 있는 고층 건물을 찾아서 5킬로미터의 밤길을 걸어온 것이었다.

CCTV에 홍한세의 동선이 포착된 최초 지점인 방역센터 사거리를 지나자 폐허가 된 책방 거리와 카페촌이 나왔다. 작은 종말 이전에는 베이커리 카페들과 소규모 테마 서점들로 유명했으나 어릴 적 길은목이 난민촌에 처음 발을 들였을 땐 이미 버려진 개, 고양이와 잡초들이 점령한 뒤였다. 십 년 만에 재회한 거리는 건물들의 외골격마저 풍화되고 주저앉아서 전체적인 분위기가 길고 긴 헛간 같았다.

한쪽 귀가 잘려 나간 개 한 마리가 따라오기에 아침에 먹고 남은 치아바타를 던져주었더니 개들이 순식간에 수십 마리로 불어났다. 고양이들도 건물 지붕을 타고 길은목을 쫓아왔다. 자전거 속도를 올려 보았지만, 개들은 집요하게 따라붙었다. 저 헐떡거리는 주둥이들이 원하는 게 정말로 빵 덩어리일까. 섬뜩한 의구심 끝에 길은목은 홍한세를 떠올렸다.

그날 밤 홍한세는 이 길을 어떻게 통과했을까. 그것도 도보로….

저 떠돌이 짐승들이 홍한세의 길을 어떤 식으로든 가로막았다면 그의 투신 시각은 미뤄졌을 것이다. 하지만 방역센터 사거리에서 처음 포착된 홍한세는 전혀 서두르는 기색이 없었다. 개들에게 쫓긴 후였다면 어떤 식으로든 티가 났을 터였다. 하지만 홍한세는 CCTV 화면에 등장한 이후 일정한 속도로 목적지로 이동할 뿐이었다. 마치 개들이 길을 터 준 것처럼….

선뜻 이해가 가지 않는 점이 그뿐만이 아니었다. 이발소에서 방역센터 사거리까지 5킬로 정도 떨어져 있다 하더라도 홍한세가 철책 주변 마을 지리를 몰랐을 리는 없었다. 방역센터와 CPLC 방송국, 외지인을 상대하는 숙박촌 등이 밀집된 동네였고 사실상 난민촌의 중심지였다. 홍한세도 떠돌이 개들이나, 중학교에서 방송국 뒷길로 이어지는 샛길을 알고 있었을 것이다. 그런데도 홍한세는 군이 개떼가 출몰하는 큰길로 돌아왔으며 개들은 그날따라 잠잠했다.

홍한세의 죽음이 자살이 아니라 살인이었고, 메가시티의 경찰들이 이 일에 투입되었다면 고도의 스테이징을 의심했을 만한 정황이었다. 누군가 홍한세가 무사히 죽음을 향해 나아가도록 무대를 세팅한 듯했다. 하지만 누가 그런 짓을 한단 말인가. 더구나 굶주린 개떼까지 통제해 가면서 말이다.

길은목의 자전거를 뒤쫓던 개들이 짖어대기 시작했다. 배낭이라도 던져서 개들의 주의를 돌려야 할까 고민도 되었지만 길은목은 배낭을 포기할 수 없었다. 이대로 가다가는 개들에게 따라잡힐 게 불 보듯 뻔했다. 결국 길은목은 간판이 내려앉은 은행 건물과 애초의 용도가 무엇이었는지 가늠이 안 되는 유리 건물 사이로 자전거 핸들을 꺾었다. 어차피 길들은 이어질 터였고, 중학교가 보이는 사거리까지만 가면 거기서부터는 내리막길이기 때문에 자전거에도 가속이 붙을 것이었다.

하지만 길은목이 골목으로 들어선 순간 약속이라도 한 듯이 개들이 멈추었다. 그러고는 낑낑거리며 길은목을 쳐다보고만 있는 것이었다. 개들은 통과할 수 없는 강력한 결계라도 존재하는 것인지 아니면 난민촌의 누군가가 개들을 길들인 것인지는 알 수 없었다. 개떼에 쫓길 때와는 또 다른 위화감이 길은목을 사로잡았다.

골목은 길은목의 기억 속 풍경과 아예 딴판이었다. 그때도 민가는 없었다. 건물 1층 출입구는 용접과 쇠줄 와이어로 폐쇄되어 있었지만 웃자란 잡초들만 빼면 대체로 깨끗한 골목이었다. 하지만 십 년 만에 다시 찾은 골목은 매캐한 악취가 가득했다. 정체 모를 오물들과 어디서 날아왔는지 모를 나뭇가지들이 어수선하게 길을 가로막고 있었다.

길은목은 자전거에서 내릴 수밖에 없었다.

쥐떼 때문이었다.

길을 뒤덮은 덩어리들의 절반은 쥐였다. 한껏 살이 오른 쥐들은 사람의 등장에도 놀라지 않고 골목 바닥만 훑고 다녔다. 사람들이 몰래 내다 버린 쓰레기와 무언가의 부산물이 놈들을 살찌운 모양이었다. 무언가 끈적끈적한 것이 눌어붙은 바닥과 자전거 바퀴가 기분 나쁜 마찰음을 냈다. 이 냄새와 비대해진 쥐들, 골목을 뒤덮은 점성 높은 액체들이 가리키는 것은 하나였다. 동물성 단백질의 부패였다. 무언가 이 근처에서 썩어가고 있었다. 하지만 개들은 왜 따라오지 않았을까. 쥐들이 배불리 먹는 것이라면 떠돌이 개들도 먹을 수 있는 종류의 것일 터였다.

길은목은 다시 자전거에 올랐다. 쥐들이 자전거 바퀴에 깔리거나 말거나 이 불길한 골목에서 1초라도 빨리 벗어나고 싶었다. 작은 삼거리가 나올 때까지 내쳐 달렸다. 이발소가 있는 집단거주지는 삼거리를 지나 직진해야 했고, 삼거리의 좌측 골목은 난민촌 화장터로, 우측 골목은 폐쇄된 빌라촌을 지나 중학교로 이어졌다.

어린 시절 길은목이었다면 화장터 쪽으로 자전거 핸들을 틀었을 것이다. 마약을 건네받고 돈을 쥐여 줄 사람들이 거기서 기다리고 있을 테니까. 화장터는 전염병 창궐 시대에 수도권 사망자들의 대규모 화장장으로 쓰이다가 폐쇄된 곳이었다. 당연한 수순처럼 괴담들이 생겨났었다. 대부분의 이야기는 밤만 되면 몸이 불타는 혼령들이 화장장 근처를 배회한다는 서사였다. 혼령과 마주치면 절대 눈을 마주치지 말고 길을 터주라 했다. 실수로라도 놈과 마주 보았다간 화장장 화로로 끌려 들어간다는 것이었다. 어릴 적 길은목이 가장 무서워했던 괴담은 일반적인 결말에 약간의 반전을 더한 버전이었다. 열두어 살짜리 여자아이가 어느 비 내리는 밤에 불타는 혼령을 만났는데, 아이는 어른들에게 들은 대로 고개를 숙여서 혼령의 눈을 피했다고 했다. 하지만 비에 젖은 도로가 번들거리고 있었고 여자아이는 물기에 되비친 혼령과 눈이 마주치고 말았다는 이야기였다. 요즘 아이들도 그 괴담들을 믿는지는 알 수 없지만 그때나 지금이나 화장터 삼거리에는 갈피를 잡을 수 없는 바람이 불었다.

여러 갈래의 골바람 속에서 잠시 숨을 고른 뒤 길은목은 다시 페달을 밟았다.

삼거리 너머로 폐쇄된 마을이 3킬로미터쯤 더 이어졌다. 난민촌의 공식 명칭이 '방역 완충지역'인 이유를 알 것 같았다. 이곳은 침수지역 혹은 작은 종말의 충격들로부터 메가시티를 보호하는 완충지대였다. 인구 밀도가 낮은 난민촌을 10킬로미터가 넘는 폭으로 만든 것도 그 때문이었다.

애초에 이 땅은 인간을 위해 설계된 곳이 아니었다. 난민촌의 존재 이유는 공간 그 자체였다. 가도 가도 사람의 그림자는 없었고 과거의 잔해들만 악몽처럼 뻗어 있었다. 이 황량한 중간지대는 침수지역에서 넘어온 악령들이 섣불리 메가시티에 눈길을 돌리지 못하도록 난민촌이라는 대체 공간을 배치해 두었다.

마침내 집단거주지가 보일 즈음 길은목은 실소가 터졌다.

홍한세 씨, 당신 정도면 이 폐허에서 오래 버틴 거 아닌가요. 몸을 날린 이유를 찾으라니…. 원장 수녀도 저 살찐 쥐새끼들과 골목의 얼룩들을 봤다면 투신의 이유 따위는 궁금하지 않았을 거예요.

웃음 끝에 구역질이 났다.
길은목은 자전거를 세우고 속엣것을 다 게워냈다.

10

타인들의 기억-2

홍한세의 이발소는 예상과 달리 영업 중이었다.

이른 시간이라 손님은 없었지만, 빨강, 파랑, 하얀색의 회전 간판은 맹렬히 돌아가고 있었다. 새 이발사는 홍한세의 아들 홍인규였다. 홍한세의 아내 김자영은 길은목에게 소파 자리를 권한 뒤 냉차를 내왔다. 이발소 내실 너머에 따로 살림집이 있었으나 김자영은 길은목을 집으로 초대할 마음이 없는 듯했다. 길은목도 별다른 불쾌함을 느끼지 않았다. 스프링이 주저앉은 소파는 사람의 긴장을 느슨하게 하였다. 길은목이 냉차의 첫 모금을 넘기는 사이, 김자영은 카운터 쪽에 있던 작은 스툴을 소파 앞으로 끌어왔다.

"오가며 일이나 거드는 정도려니 했는데 어깨 너머로 일을 익혔나 봐요."

김자영이 턱짓으로 아들을 가리켜 보이며 길은목에게 말했다. 김자영은 최근 밥집을 폐업하고 대신 이발소 자리를 반으로 쪼개고 내실 벽을 터서 작은 분식집을 낼까 궁리 중이라 했다. 길은목은 냉차를 마시며 홍인규를 지켜보았다. 그는 찜 솥에 수건을 찌고 있었다.

"애 아버지가 하던 방식이에요. 분무기 대신 스팀타월로 손님들 머리를 적셨거든요. 그게 좋아서 저기 방역센터 공무원분들도 찾아오고 그랬어요."

"아마추어 농구팀 소속이라는 아드님이 저분인가요?"

"맞습니다만 죽은 양반 이야기가 궁금해서 오신 거 아니었어요?"

길은목의 눈길 하나하나에 설명을 곁들이던 김자영은 아들에 대한 직접적인 질문에는 날을 세웠다.

"요양원 뒷길에 꽃다발이 놓여 있었어요. 젊고 키가 큰 남자가 꽃을 두고 가는 걸 요양원 직원들이 목격했고요. 직원들은 당연히 그 사람이 홍한세 씨 아들일 거로 생각하더군요. 아마추어 농구팀 선수라는 이야기를 어디선가 들었다면서요. 아드님을 직접 본 적이 없는 상태에서 농구선수면 당연히 키가 클 거라는 편견이 작동한 것이죠."

"소문이 와전된 것 같은데 저 애가 속한 농구팀은 유소년 팀이에요. 저 애는 작년부터 팀 감독을 맡고 있어요. 내가 알

기로 그 팀에 꽃다발을 갖다 둘만한 사람은 없어요. 쟤 빼고
는 다 애기들이라."

"그럼 홍한세 씨 주변 인물 중에 짚이는 사람은 없으세요?
꽃다발을 가져다 둘 만한 사람이오. 제가 본 건 백작약 꽃다
발이었습니다."

"글쎄요. 남편 단골들을 일일이 꿰고 있진 않아요. 나는 나
대로 장사가 바빴던 사람이라. 사실 이발소에서 버는 돈은
그 양반이 자기 오지랖대로 다 쓰고 살았거든. 그래서 내가
안 벌면 우리 세 식구 길바닥에 나앉게 생겼는데 여기 단골
들이 내 눈에 들어오겠냐고."

길은목은 냉차를 마시고는 말머리를 돌렸다.

"사고 당일 남편분에게 평소와 다른 점은 없었나요?"

지나치게 직접적이고 사무적인 질문이라 생각하면서도 길
은목은 추모의 말을 따로 보태지 않았다. 화장터 삼거리 근
처에서 보았던 쥐떼 때문이었다. 그 미심쩍은 불결함이 감정
중추를 장악해 버려서 길은목은 어떤 감정도 드러낼 수가 없
었다. 사소하게라도 감정을 부풀렸다간 아까 쥐떼가 끓던 골
목에서 내지르지 못했던 비명이 뒤늦게 터져 나올 것 같았
다. 길은목의 냉랭한 얼굴을 바라보던 김자영은 카디건의 보
풀을 뜯어내며 한숨을 쉬었다.

"겉으로 봐선 별다를 게 없었는데 사람 속을 어찌 알겠어

요."

"그즈음 홍한세 씨의 건강은 어땠나요? 그러니까… 음, 컨디션이라는 말이 더 적당하겠군요."

"아프거나 그러진 않았어요. 며칠 재채기를 좀 하긴 했죠. 몇 년에 한 번씩 알레르기로 된통 고생하곤 했어요. 그런데 뜻밖이긴 하네."

김자영이 돌연 대화의 주도권을 채 갔다.

"어제 정 기자 전화를 받았을 때만 해도 이런 대화들이 오 갈 줄은 몰랐지. 벨라뎃다 수녀의 수도원에서 누가 찾아올 거라기에, 당연히 손 붙잡고 통곡해주러 오는 줄 알았지. 애 아버지 일로 벨라뎃다 수녀가 상심이 컸을 테니까. 그런데 아가씨는 벨라뎃다 수녀가 아니라 정 기자 쪽 사람 같단 말 이지."

"제가 너무 취재하듯이 굴었나 봅니다. 죄송해요."

"아니에요. 차라리 맘이 편해. 그 양반이 생전에 얼마나 남 한테 베풀고 살았는지 구구절절 읊어 대는 것도 신물이 나던 차였으니까."

김자영은 선반에서 담금주를 꺼내 와서 찻잔 가득 따라 마셨다. 평소에도 자주 있던 일인지 홍인규도 힐긋 쳐다보기만 할 뿐이었다.

"남 좋은 일만 하는 거, 나는 그것도 욕심이라고 생각해.

여기 오는 사람들 태반이 공짜 손님이었어. 길 가다가 배를
곯는 애들이 보이면 무작정 내 밥집으로 떠밀었어. 우리 세
식구 먹고사는 일은 안중에도 없었다니까. 쟤도 뭣을 좀 해
보려다가 빚을 졌는데 그 양반은 아들이 뭘 어쩌고 사는지도
몰라. 하나뿐인 아들이라도 잘 건사해서 도시로 보내야 할
거 아니냐고 입이 닳도록 얘기하면 뭐 해. 기껏 한다는 말이
난민촌이 뭐 어때서 그러느냐 그건데. 그 착해빠진 사람이
왜 갑자기 목숨을 끊었느냐고 우리한테 그만 좀 물었으면 좋
겠어. 그 사람은 평생 해 오던 방식 그대로 떠났어. 처자식은
뒷전이고 자기 내키는 대로 간 거야."

김자영은 술을 한 잔 더 따라 마셨다.

"미안해. 괜히 아가씨한테 불똥이 튀었네. 아까 꽃다발 얘
기를 듣자마자 열불이 나서 말이야. 그 인간은 죽어서도 자
기 꽃다발은 챙기는구나 싶더라고."

"결례인 줄 알지만, 말씀이 나왔으니 꽃다발과 관련해서
아드님께 좀 더 여쭤봐도 될까요?"

"좋을 대로."

김자영은 담금주와 잔을 챙겨 이발소 내실로 들어갔다. 문
짝이 헐거워진 찬장에다 수건을 쌓던 홍인규는 듣고 있다는
듯 속도를 늦추었다.

"누가 꽃다발을 갖다 뒀을지 혹시 짐작 가는 사람 없으세

요?"

"제 친구나 지인은 아닐 겁니다. 저한테 알리지 않고 그렇게까지 할 만한 친구들은 없거든요. 젊고 키가 큰 남자라 하셨죠? 아버지 도움을 받은 사람 중의 한 명일 수는 있겠네요."

"떠오르는 얼굴은 없으시고요?"

"주말에 잠깐씩 이발소 일을 거들긴 했지만 십 년째 따로 살기도 했고, 아버지랑 대화가 많은 편도 아니었어요. 데면데면한 사이였죠. 그래도 어디 가서 아버지 아들이라는 이유로 손가락질 받을 일은 없어서 좋았어요. 아시겠지만 워낙 두루 평판이 좋았던 분이잖아요."

"이발소를 물려받기로 한 건 홍인규 씨 본인 결정인가요? 아니면 생전에 홍한세 씨가 바라던 일인가요?"

"아까 어머니가 제 빚 이야기를 했던 것 같은데."

홍인규는 이발기를 휴지통 모서리에 대고 탁탁 털며 말을 이었다.

"사업을 하다가 진 빚은 아니고요, 브로커한테 큰돈을 내고 메가시티로 들어갔다가 도로 나온 겁니다. 도시에서 오셨으니 아시겠네요. 도시는 여기보다 할 일이 더 없더라고요. 사람이 인정받는 직종을 가지기엔 가방끈이 턱없이 짧고 몸을 써서 일하려니 웬만한 데는 다 안드로이드들이 차지하고 있고요."

길은목도 수도원 입회 전에 수영강사로 일한 적이 있었다. 당시 길은목의 일터였던 생활 체육센터도 안드로이드 요가 강사와 피트니스 코치를 고용하고 있었다. 일부 노인을 제외하고는 굳이 '인간 강사'를 고집하는 회원도 없었다. 기능적으로 충실하다면 사람이든 안드로이드든 가리지 않는 추세가 정착된 지 오래였다.

영국의 종교학자 헤더 캐버너가 《인간의 모상》이라는 책에서 '서늘한 기적'이라고 표현한 현상이었다. 오직 신의 모상인 인간만이 할 수 있는 일이라 여겨졌던 것들을 안드로이드들이 기능적으로 해내고 있었다. 길은목은 전날 트램에서 마주쳤던 요양보호사 출신 로봇을 떠올렸다. 금속 뼈대와 인공 신경계, 단백질 폴리머로 이루어진 손도 사람을 보살피고 위로할 수 있다는 사실을 인정할 수밖에 없었다. 딥러닝의 결과일 뿐이라 하더라도 로봇의 손길은 길은목이 아는 인간의 호의와 그리 다르지 않았다. 헤더 캐버너는 서늘한 기적은 더 가속화될 거라고 경고했다. 그런 상황에서 가짜 신분증의 난민촌 출신 노동자가 발붙일 곳을 찾기란 쉽지 않았을 것이다.

"솔직히 말하면 이젠 도시에 미련도 없습니다. 결국 배운 게 도둑질이라고 이 자리로 돌아왔죠. 적어도 여기선 안드로이드 이발사 눈치를 볼 일은 없잖아요."

홍인규는 홍한세의 유품이 분명한 이발기를 돋우어 보이며 억지웃음을 지었다.

길은목은 형식적으로 원장 수녀의 연락처를 남기고 이발소를 빠져나왔다. 이 길에서 찾아야 하는 게 무엇인지, 다섯 건의 투신 사고를 꿰뚫는 뭔가가 존재하긴 하는지 여전히 의문이었다. 차라리 드넓은 황무지에 구슬 하나를 떨어뜨려 놓고 찾으라 하면 맘이 편할 것 같았다. 적어도 구슬이 존재한다는 믿음은 가질 수 있을 테니까.

이 여정은 디노 부차티의 소설 한 구절처럼 있음 직하지 않은 목적지를 향해 매일매일 서서히 나아가는 일과 다를 바 없었다. 원장 수녀는 그 심정을 모를 것이다. 맘 같아선 당장 수도원으로 복귀하고 싶었다. 하지만 길은목이 자전거 키 체인을 풀고 있을 때 홍인규가 이발소 문을 열고 나왔다.

"저기요, 무슨 결론이 나오면 우리한테도 알려 주세요. 부탁입니다."

홍인규의 지친 얼굴 위로 벨라뎃다 수녀의 얼굴이 겹쳤고, 그 위에 다시 윤수의 마지막 눈빛이 스쳤다. 하나의 부탁은 지킬 수 없게 되었고 두 가지는 아직 유효했다. 길은목은 홍인규에게 고개를 끄덕여 보이고는 자전거에 올랐다.

11

비둘기의 죽음

3킬로미터 가까이 이어지던 집단거주지는 공장형 가건물들을 개조한 유흥가에서 끝이 났다. 파손된 태양광 패널들과 속에 무엇이 담겨 있는지 모를 철제함들, 바람에 넘어진 채 방치된 주류광고 입간판들이 을씨년스러웠지만, 밤이 되면 골목도 생기를 되찾을 터였다.

"여기 넘어가면 경계벽 공사장까지는 아무것도 없는데."

볕에 나앉아서 다리를 주무르던 중년 여자가 말을 걸어왔다. 여자는 한쪽 다리가 다른 쪽에 비해 현저히 가늘었다. 종아리의 거뭇한 수포 자국으로 보아 바이러스 때문에 근골격이나 신경계가 손상된 듯했다. 침수지역에서도 흔히 볼 수 있는 형태의 후유증이었다.

"공사장 쪽에 볼일이 있어서 가는 길입니다."

길은목은 자전거에서 내렸다. 오지랖 넓은 상대를 만난 김에 몇 가지 확인할 게 있어서였다.

"혹시 정일문 씨를 아십니까?"

3차 사건 사망자인 정일문은 난민촌과 침수지역을 오가는 심부름꾼이자 부랑자였고, 난민촌 유흥가의 종업원 중에 침수지역 출신이 많다는 건 공공연한 비밀이었다. 그건 곧 정일문이 이곳 유흥가 사람들의 심부름으로 침수지역을 드나들었을 가능성도 있다는 뜻이었다.

"정일문? 우리는 이름 석 자를 들이밀면 외려 알던 사람도 못 알아본다니까. 서로 이름을 부를 일이 있어야지. 정 씨는… 대충 떠오르는 사람만도 열이 넘는데 그중에 정일문이 있는지는 모르겠네."

"지난 5월 1일에 경계벽 공사장 부근에서 투신 사고로 돌아가신 분입니다. 보통은 비둘기라는 별명으로 불린 것 같고요."

"비둘기? 아, 비둘기 정 씨! 통 안 보인다 싶더니 저번에 뉴스에 나오더라고. 달리는 차에 뛰어들었다면서. 그런데 아가씨가 비둘기 정 씨 일을 왜 묻고 다녀?"

"정일문 씨의 지인분이 비통해하고 있습니다. 절대 차에 몸을 던질 만한 분이 아니라면서."

"그러게. 나도 뉴스 보고 괜히 눈물이 나더라니까. 이 골목

사람들 일 봐주고 밥도 얻어먹고 그랬는데, 그게 다야. 하루치 밥값만 챙기고 나면 더는 품삯도 안 받았어. 누가 고맙다고 따로 돈을 챙겨주면 찐빵 같은 걸 사 와서 이 동네 아이들한테 다 뿌리고 가."

"정일문 씨는 좋은 사람이었네요."

이번에는 길은목 스스로 그 진부한 결론에 다다랐다.

"혹시 정일문 씨가 우울증을 앓고 있었나요? 아니면 자살의 징후를 보였다거나."

"무슨 소리를 하는 거야, 아가씨. 비둘기 정 씨가 왜 자살해? 그냥 그때, 뭔가 정신이 획 뒤집혀서 그랬겠지. 아가씨는 그럴 때 없어? 갑자기 세상만사가 다 귀찮고 시시하고 머릿속이 흐물흐물해져서 확 관두고 싶어질 때 말이야. 정 씨도 그냥 그랬을 거야. 꼭 자살하려던 게 아니고 그냥 그 순간에 속에서 치받는 거를 감당 못한 거지."

길은목은 반박하지 않았다. 여자가 말하는 상태를 여러 차례 몸으로 겪어본 바였다. 돌연 발밑의 땅이 해체되고, 기반암이 없는 곤죽의 땅에 서 있는 느낌. 속이 울렁거리고 식은땀이 흐르는데 버텨봤자 가망 없을 것 같고, 차라리 깔끔하게 포기선언을 해 버리는 게 낫지 않을까 싶은 순간들….

원장 수녀였다면 잔류인들의 정신병리학적 문제라고 명명했을 것이다. 실제로 원장 수녀는 가톨릭 월간지에 이 주제를 다룬 칼럼을 발표한 적도 있었다. 길은목은 '잔류인'이라는 용어 자체를 받아들일 수 없었다. '잔류인'은 작은 종말 이후 메가시티 시민권을 갖지 못한 침수지역과 난민촌 사람들을 지칭하는 사회 용어였다. 하지만 메가시티 철책 밖에 남은 것은 절대 그들의 선택이 아니었다. 그들은 여타한 이유로 메가시티 입장을 거절당한 사람들이었고, 따라서 그들이 침수지역과 난민촌에 살게 된 건 잔류가 아니라 배타와 추방의 결과였다.

여자에게 감사의 인사를 남긴 뒤 길은목은 다시 자전거에 올랐다.

집단거주지에서 경계벽 공사장까지는 자전거로 한 시간 거리였다. 해수와 담수가 섞인 특유의 비린내가 점점 짙어졌고, 작은 종말 이전의 문명을 조롱하듯 모래지치들이 포장 노면을 뚫고 올라와 있었다. 산모퉁이를 따라 이어지던 길은 넓은 황무지를 만나 끝이 났고, 황무지 너머로 경계벽이 보였다.

정지혁 기자가 일러준 대로 길 가장자리에 철근으로 만든 십자가가 꽂혀 있어서 사고지점을 찾기는 어렵지 않았다. 사고를 목격한 인부들이 정일문의 죽음을 애도하며 철근을 자르고 용접하여-직접 십자가를 제작했다는 것이었다.

정일문은 황무지와 포장도로가 맞물리는 지점에서 사망했

다. 그건 곧 트럭이 공사장 황무지를 빠져나가는 순간을 기다렸다가, 어쩌면 가속이 붙기를 기다렸다가, 길가에서 튀어나와 트럭으로 돌진했다는 뜻이었다. 길은목은 원장 수녀의 메모를 복기했다.

3차 사건.
정일문. 38세, 남성.
부랑자. 난민촌과 W-19 침수지역을 오가며 우편물이나 서신을 배달해주고 푼돈을 벌거나 밥을 얻어먹었던 것으로 알려짐. 난민촌에선 비둘기라는 별명으로 불림.
5월 1일, 저녁 8시 15분경, 달리는 트럭에 뛰어들어 사망.
트럭 블랙박스 고장으로 영상은 없으나 퇴근길 인부들이 사고 현장을 목격함.

주변 인물들과 접촉해 보았자 원장 수녀가 룩스관 꼭대기 층에 앉아서 끼적인 이상의 정보를 얻어내긴 힘들 터였다. 기껏해야 정일문에 관한 추억담 정도가 추가되겠지. 길은목은 십자가 옆에 퍼질러 앉아 배낭에서 사과를 꺼냈다. 바지 뒷주머니에 꽂아두었던 접이식 칼로 사과를 반으로 쪼갠 다음 그중 더 매끈한 쪽을 십자가 아래에 두고 남은 것을 거칠게 베어 물었다. 아침에 먹은 것들을 다 게워버렸으니 이 사과 반쪽이 사실상 오늘의 첫 끼였다. 사과즙이 주린 배를 각성시키자 미칠 듯한 허기와 식탐이 밀려왔다. 그 순간…, 화장터 삼거리 근처에서 보았던 쥐떼가 떠올랐다. 바닥의 끈적거리는 얼룩과 정체 모를 부산물에 영혼을 빼앗긴 채 길은목의 등장에도 무반응이던 쥐새끼들. 길은목은 욕지기가 치밀었지만, 사과를 마저 먹었다.

꼭지와 씨방만 남은 사과의 잔해는 어딘가 무참한 구석이 있었다. 무언가 읽어내지 못하고 놓쳐버린 은유가 있는 듯했지만, 머리가 돌아가지 않았다. 그 또한 쥐새끼들 때문이었다. 자전거를 타고 오는 내내 땅바닥을 보지 않으려고 애를 썼다. 길을 내려다보면 점성 높은 얼룩이 눌어붙어 있고 그 위를 쥐떼가 뒤덮고 있을 것만 같았다. 그래서 길가에서 철근 십자가를 발견할 때까지 내처 앞만 보고 달려온 터였다. 하지만 포트홀과 모래지치로 엉망이 된 아스팔트 어딘가에, 사과의 잔해처럼 뜯기고 뭉개진 무언가가 있었다. 본래의 모습이 남아 있진 않았지만 길은목은 마땅히 알아보아야 했던 무언가….

길은목은 사과 꼭지를 풀숲에 던져버린 뒤 왔던 길을 되밟아 갔다. 묘한 위화감과 함께 곁눈 시야를 스치고 지나갔던 무엇. 그것을 찾아야 했다. 100미터 가까이 도보로 이동하며 바닥을 훑던 길은목은 마침내 손가락 두 마디 길이의 무언가를 찾아냈다.

하얀 부직포 조각이었다.

깨진 아스팔트 틈새에 부직포가 끼어 있었다. 부직포는 으깨진 풀줄기 서너 개를 감싸고 있었다. 길은목은 성호를 긋고는 부직포를 잡아당겼다. 꽃다발이었다. 트럭 바퀴에 갈렸는지 형태가 뭉그러져 있었지만 길은목이 아는 꽃이었다.

백작약….

누군가 정일문의 사망 지점에도 백작약 꽃다발을 두고 간 것이었다.

홍한세와 정일문의 죽음을 하나의 맥락으로 이해하는 사람은 벨라뎃다 수녀 말고도 또 있었다. 젊고 키가 큰 남자. 요양원 뒷길에서 목격된 그 남자는 적어도 두 사람의 정확한 사망 지점을 알고 있는 게 분명했다. 꽃다발이 이 몰골로 찻길에서 발견되었다는 건 그가 꽃다발을 철근 십자가 아래에 두지 않고 길 복판에, 정확히는 정일문의 사망 지점에 놓고 갔다는 증거였다.

당신 누구야….

젊고 키가 크고, 홍한세와 정일문의 사망 지점을 알고 있고, 흔치 않은 백작약 꽃다발을 두고 가는 남자. 드디어 길은목에게도 찾아야 할 물리적 실재가 생긴 것이었다.

12

타인들의 기억 3

경계벽 수문 공사장 인부들 서넛과 면담을 하였으나 정일
문의 평판에 대한 증언은 유흥가 골목에서 여자에게 들은 것
과 그리 다르지 않았다. 비둘기 정일문은 선량한 부랑자였고,
특히 침수지역에 친지를 두고 있는 인부들에겐 여러모로 도
움이 되는 존재였다. 길은목은 투신 당일의 정황에 집중하기
로 했다.

"눈알이 가렵다면서 안약이 있는지 이 사람 저 사람한테
묻고 다니긴 했어요. 약을 못 얻었는지 새삼스레 긁고 다녀
서 제가 소금물을 조금 타 줬어요. 아쉬운 대로 그걸로라도
좀 씻어내면 나을까 해서요. 그게 끝이었어요. 급히 가 볼 데
가 있다면서 그날따라 저녁도 안 먹고 가더니…."

현장 식당 조리장 장효경은 낡은 토시를 낀 팔뚝으로 눈물

을 훔쳤다.

"그전에도 비슷한 증상을 보인 적이 있나요?"

"자주 그랬어. 침수지역에 다녀올 때마다 자잘한 후유증이 있긴 했지. 제대로 된 길로 다니는 것도 아니고. 침수지역 갈 때는 늘 물길을 타는 모양이더라고."

"여기 인부들과 정일문 씨가 친분이 있었다면 경계벽 공사장을 통해 침수지역으로 들어갈 수도 있지 않았을까요?"

"어림도 없지. 같은 공사장이어도 난민촌 쪽 현장소장하고 침수지역 쪽 소장은 다른 사람이야. 그쪽 소장은 어떤지 몰라도 여기 소장은 쫄보에 원리원칙주의자야. 비둘기 정 씨가 그런 부탁을 할 사람도 아니고 설사 부탁을 했다손 치더라도 소장한텐 씨알도 안 먹혔을 거야. 참고로 그 잘난 소장이 우리 신랑이야."

여자는 멀건 웃음을 훔치고는 말을 이었다.

"정 씨도 참 그래. 내가 위험한 심부름 관두고 여기 식당에서 일이나 배우라고 몇 번이나 말했는데 들은 척도 안 하더라고. 바람병이 단단히 든 거지."

"바람병이요?"

"역마살이 뭐 대단한 사람한테만 끼는 건 아니거든. 같은 자리에 앉아 있으면 불안하고 무섬증도 도지고 사는 것도 갑갑해서 한뎃잠을 자고, 여기 갔다 저기 갔다 떠돌아다녀야

숨통이 트이는 사람들이 있어. 우리 아버지가 평생을 그랬거든. 그래서 내가 바람병에 대해 좀 알아."

"그럼 정일문 씨가 사고 전날에도 침수지역에 다녀왔던 건가요?"

길은목은 말머리를 다시 사고 당일의 정황으로 돌려놓았다.

"바로 전날은 아니고 한 사흘 전이었지. 눈이 간지럽다는 소리는 그전에도 했었어. 그런데 그날은 좀 심한 것 같긴 하더라고."

"알레르기 증상 같은 거였나요?"

"그건 모르겠고, 정 씨가 원래 남한테 아쉬운 소리를 못 하는 사람이었거든. 심부름해 주고 나서 나 밥 한 끼 줘요, 하는 소리나 겨우 할 줄 알았지. 그런데 그날은 안약이 있느냐고 묻고 다니더라고."

길은목은 홍한세가 투신 며칠 전부터 재채기했다는 증언을 복기했다. 정일문과 홍한세만 알레르기 증상을 보였다면 단순한 계절 탓으로 넘겼을 터였다. 하필 봄이었고 눈병이나 재채기는 봄철의 흔해 빠진 질환이었으니까. 하지만 4차 사건의 사망자 오채영 역시 투신 직전 코를 훔치는 장면이 CCTV에 포착되었다.

메가시티 경찰이 동행하지 않은 건 다행이었다. 길은목은 그들이 이쪽에서 어떤 반응을 보일지 알고 있었다. 사망자 중 세 사람에게서 알레르기 의심 증상이 드러나면 경찰들은 분명 변이바이러스부터 떠올렸을 것이다. 변이바이러스에 감염되면 초기에는 알레르기 증상을 보이다가 중증으로 진행된 이후에는 자살을 유발하는 정신착란을 일으키게 된다는 보도들이 실시간으로 쏟아질 터였다. 경찰들은 메가시티의 공무원이었고, 메가시티는 난민촌에서 발생한 사건의 진위보다는 난민촌과 침수지역을 차별하고 배제할 수밖에 없었던 정당성을 확보하는 걸 중요시하는 편이었다.

길은목은 머릿속으로 원장 수녀의 메모에다 새로 알게 된 정보들을 추가한 다음, 다시 사고 당일 정황에 집중했다.

"정일문 씨 사고 시간이 여기 인부님들 저녁 식사 시간쯤이었던 거죠?"

"6시에서 7시 사이였을 거예요. 자전거로 출퇴근하는 인부들은 밥을 안 먹고 가고, 여기 현장에서 먹고 자는 인부들은 그 시간쯤에 저녁을 먹거든요. 그날 메뉴가 정 씨가 좋아하는 묵은지 생선찜이었는데…."

5월 1일 저녁, 정일문은 퇴근길 인부들이 보는 앞에서 트럭에 뛰어들었다. 사고지점을 철근 십자가 앞 도로라 생각하면, 공사장에서 500미터쯤 떨어진 곳이었다. 공사장 공터를 지나면서 트럭에 슬슬 가속이 붙었을 만한 거리였다. 오채영이 물이 빠지길 기다렸다가 급수탑 위에서 뛰어내렸던 것처럼 정일문도 트럭이 속도를 끌어올리길 기다렸다. 둘은 생존 가능성이 없는, 확실한 죽음을 설계했다.

대체 왜….

길은목이 장효경 다음으로 만난 사람은 현장소장이자 장효경의 남편인 백진식이었다.

"운전기사분은 괜찮으신가요?"

"그게… 워낙 어린 친구라 충격이 컸던 모양입니다. 자율방범대 조사 끝나고 나서 일을 관뒀어요."

연락처는 따로 없다고 했다. 난민촌이나 침수지역에선 흔한 일이었다. 자율방범대 같은 특수한 경우나 홍한세의 시신을 발견했던 목격자처럼 경제적 여유가 있지 않은 한 개인 연락처나 휴대폰을 가진 경우는 드물었다.

"이력서에 있던 주소지로 찾아가 봤더니 그 친구랑은 전혀 상관없는 가정집이었어요. 자기 말로는 덤프트럭을 몰기 전까지 집단거주지 시장통에서 장사를 했다는데 그것도 믿을 수는 없고."

"거짓말이었을까요?"

"누굴 속일 작정으로 한 말은 아니었을 겁니다. 어디서 뭐 하다가 왔느냐고 인부들이 물어대니까 자기도 둘러댈 말이 필요했겠지. 저는 처음부터 침수지역에서 넘어온 친구려니

하고 있었어요.”

“그 운전기사분 혹시 키가 큰 남자분이었나요?”

“왜소한 친구였어요. 그래도 운전도 잘하고 손도 야무지고 행동거지도 빠릿빠릿해서 그 일만 없었다면 이 바닥에서 잘 자리 잡았을 사람이었어요.”

“그럼… 여기 인부 중에 키가 크고 젊은 남자들이 더러 있을까요?”

“키가 큰 사람들이야 꽤 있지만 젊은 사람은 별로 없어요. 그나마 덤프트럭 운전사 그 친구가 젊은 축이었는데 관뒀고, 공사장 인부들이 쉰 줄은 예사로 넘은 사람들이라.”

사실 현장에 도착한 순간부터 길은목은 젊고 키가 큰 남자를 찾고 있었다. 이 공사장의 누군가가 비둘기 정일문을 추모하기 위해 혹은 죄책감으로 백작약 꽃다발을 사고 현장에 갖다 두었을지도 모른다는 가설이었다. 하지만 그 사람이 요양원 뒷길 홍한세의 추락지점에도 꽃다발을 가져다 둔 ‘젊고 키가 큰 남자’와 동일 인물이라는 데는 논리적 비약이 존재했다. 행동의 동기를 설명할 길이 없었다. 결국 백작약 꽃다발을 가져다 둔 사람은 공사장 외부에 존재하는 인물이어야 했다. 마찬가지로 그는 홍한세와도 상식적으로 교류하던 인물이 아닐 가능성이 컸다.

모종의 연결고리로 홍한세와 정일문의 주변을 오간 사람….

키가 크고 젊은 남자.

그는 벨라뎃다 수녀와 비슷한 방식으로 움직이는 사람일 가능성이 농후했다. 결국 길은목이 찾아야 할 대상은 '외부인'이었다.

"혹시 벨라뎃다 수녀님을 아세요? 정일문 씨와 가까이 지냈던 수녀님인데."

"수녀? 난민촌 의료센터에 수녀들이 봉사를 나온다는 이야기는 들었지만 만나본 적은 없어요. 별로 마주치고 싶은 분들도 아니고. 작은 종말 전까지 나도 천주교 신자였습니다. 사도 요한입니다, 내 세례명. 그런데 본당 신부님, 수녀님 할 것 없이 다 짐 싸서 떠나버린 겁니다. 메가시티의 대응이 강경했다 하더라도 대를 위해 소를 버리는 건 정치의 방식이지 종교의 방식은 아니잖아요. 처음에는 나도 이해해 보려고 했지. 조만간 난민촌에 공소라도 하나 지어줄 줄 알았소. 마지막 미사 때 신부님이 통곡하셨거든. 나는 그 눈물을 믿었던 거요. 그런데 웬걸. 의료봉사를 한답시고 수녀들 몇이 드나드는 게 전부였소. 그나마도 이런 깊숙한 현장까지는 오지도 않고. 그래서 나도 사도 요한이라는 이름을 버렸어요."

길은목은 소장의 눈을 똑바로 보기가 힘들었다. 마음이 추를 달고 바닷속으로 가라앉는 느낌이었다. 뭍을 잠식하는 모래지치처럼 절망과 불신이 옛 신자들의 마음마저 먹어 들어가고 있었다.

"그래도… 우리를 보호하는 어떤 선의가 있지 않을까요?"

차마 신이라는 말을 건넬 용기는 없었고, 주데카 얼음 연못을 가슴에 품고 사는 처지로 구원을 입에 담을 염치도 없었다. 그런데도 백진식을 위로하고 싶어서 꺼낸 말이 '선의'였다.

"선의란 게 있다면 친정 오빠가 메가시티로 같이 들어가자 하는데도 나 같은 놈 옆에 남아준 우리 안사람을 말하는 거겠죠. 아니면 밥 한 끼에 목숨 걸고 심부름해 주던 비둘기 그놈을 말하든가. 하지만 돌아온 게 뭔지 아시오? 우리 마누라는 친정 식구들과 생이별했고, 비둘기 정가 놈은 트럭에 뛰어들었소. 오래전에 유행했던 말로 신은 죽었고 선의는 부질없소, 아가씨."

길은목은 신이 없다는 걸 증명하기 위해 이 모든 일이 벌어졌던 벨라뎃다 수녀의 탄식이 떠올랐다. 선한 자들의 죽음이 말하는 건 늘 그거 하나라던 말…. 길은목은 다시 발밑의 땅이 물러지고 꺼지는 느낌이 들었지만 버텼다. 어차피 신이 존재하느냐 아니냐의 답을 찾기 위해 나선 길이 아니었다. 그리고 길은목에겐 붙잡고 가야 할 물리적 실재가 존재했다.

"난민촌에서 백작약 꽃다발을 구할 만한 데가 있을까요?

실은 오는 길에 정일문 씨의 사고지점 근처에서 꽃다발을 보았습니다. 트럭에 깔렸는지 형태가 망가지긴 했지만 분명 백작약 꽃다발이었습니다."

"백작약이면 아무 데나 피는 꽃은 아닌데. 흰 국화 정도는 난민촌에서도 구하겠지만 백작약 꽃다발은 글쎄요."

장효경, 백진식 부부를 비롯하여 대여섯 명의 사람들과 면담했으나 정일문의 인생은 재구성되지 않았고, 자살 동기는 오리무중이었다. 세상에 바라던 게 밥 한 끼밖에 없던 사람이 속도가 붙은 덤프트럭에 몸을 던졌다. 이제 남은 건 그의 주검을 간접적으로나마 대면하는 일이었다.

길은목이 마지막으로 만난 사람은 자율방범대가 도착하기 전까지 정일문의 시신을 지켰던 인부 중 하나인 박지현이었다. 현장에 있었던 인부 중에 말주변이 제일 나을 거라며 백진식이 소개해 준 인물이기도 했다.

"아주 엉망이었지. 아가씨한테 세세하게 설명하긴 좀 그렇고…."

"괜찮습니다. 유사한 사례도 이미 조사한 이력이 있고요."

박지현은 미심쩍은 눈으로 길은목을 훑어보고는 담배를 꺼내 물었다. 길은목으로선 케케묵은 카드를 꺼낼 수밖에 없었다.

"열두 살까지 침수지역에서 자랐습니다. 훼손된 시신이라면 코흘리개 시절부터 신물 나게 보았고요. 눈앞에서 해적들 손에 팔이 잘려 나가는 동네 어른들도 보았고, 눈알 하나가 도려내진 채 돌아온 사람도 봤습니다. 정일문 씨의 시신이, 특히 두개골이 심하게 파열되었다는 건 이미 들어서 알고 있습니다. 그러니 기억하시는 대로 말씀해 주시면 됩니다."

박지현은 담배 연기를 급히 뱉어내고는 큭큭 웃었다.

"그렇게 떠들고 다니는 모양이네요. 누가 믿는다고. 침수지역이 그런 떠도는 말들로 설명되는 곳인 줄 알아요? 눈알이 도려내진다니, 웃겨 진짜. 메가시티 안쪽까지 그런 소문이 들어갔나 보네요."

"안 믿으셔도 상관없어요. 사실 정일문 씨가 어디를 통해 침수지역에 잠입하고 난민촌으로 돌아올 땐 어느 통로를 이용했는지 알고 있습니다. 여기 오기 전부터 짐작하던 루트가 있거든요. 십 년 전까지 저도 경계벽 개구멍을 드나들었던 사람이라."

그제야 박지현은 웃음기를 걷고 담배를 깊이 빨았다.

"저는 어느 수녀님의 개인적인 부탁을 받고 여기 왔고 거짓말은 하지 않습니다. 열두 살까지 개구멍을 들락거리며 마약을 배달해 밥값을 벌었어요. 운이 좋아서 메가시티 어느 독지가에게 입양이 되었고요. 그리고 다음 사건을 조사하기 위해 내일 아침에 정일문 씨와 똑같은 루트로 침수지역에 들어갈 겁니다. 이쯤 하면 대답이 되었을 테니, 이제 말씀해 주세요."

"좋아요. 구역질하건 말건 그쪽 사정이니. 아마 가장 큰 게 이 정도였을 겁니다."

박지현은 엄지손가락을 쑥 내밀었다.

"손가락이 아니라 이 손톱 말입니다. 머리가 터졌는데 아주 가루가 났어요. 사람 머리통이 갑각류의 외골격과 비슷하다는 걸 이번에 처음 알았네요. 다 흩어져서 몸통만 겨우 수습했어요. 몸통도 뭐, 아주 멀쩡한 건 아니었어요. 머리는 충돌하면서 바로 터졌고 몸통도 튕겨 나가면서 많이 상했더라고."

"제가 궁금한 건 머리 쪽입니다."

"듣자 하니 어느 수녀님이 보내서 왔다던데, 관심사는 아주 독특하네요. 꼭 뭘 찾고 있는 것처럼요."

"네?"

"아니 그렇잖아. 머리가 박살이 났다고 말했는데 궁금한 게 머리 쪽이라는 말이 왜 나오냐고. 아무것도 남은 게 없이 탁 터져버렸는데."

박지현은 주먹을 쥐었다가 확 펼쳐 보였다. 일찍이 요양원에서 벨라뎃다 수녀가 해 보이던 손동작과 거의 유사했다.

"사고 직후 현장에 다녀간 사람은 없습니까? 여기 분들 말고요."

"여기 우리 말고 누가 있겠어? 트럭을 몰던 애는 놀라서 차 밖으로 나오지도 못하고 벌벌 떨고 있었고, 우리도 경황이 없어 멀찍이서 발만 동동 구르고 있었지. 우리 중에 발이 날랜 사람이 현장 사무실로 뛰어가서 자율방범대에 연락했고."

"자율방범대가 도착하기 전까지 자리를 비운 적은 없으시고요?"

"아, 다들 어디서 본 건 있어서 금줄을 가지고 오네 마네 하면서 우왕좌왕하긴 했지. 나도 금줄로 쓸 밧줄이나 테이프를 찾으러 갔고. 폴리스 라인 같은 게 필요할 것 같아서. 다른 사람들은 조명으로 쓸 것들을 챙기러 갔고. 아가씨도 알다시피 이쪽 전력 사정이 좋지 않아서 공사장만 벗어나면 밤에는 아주 칠흑 같거든."

"현장이 빈 순간이 있었을지도 모른다는 뜻이군요."

"그때는 덤프트럭 기사가 있으니까 맡겨놓고 왔다 갔다 한 거지. 나중에 알고 보니까 그 녀석은 초장에 졸도했더라고. 바지에 오줌까지 싸고 운전대에 엎어져 있는 걸 우리가 끄집어냈으니까. 얼마나 놀랐겠어?"

"그 운전기사분을 보호하려고 하셨던 거죠? 폴리스 라인을 치려고 한 이유 말입니다."

"어, 이 아가씨 눈치가 백 단이네."

"정일문 씨가 일방적으로 차에 뛰어들었다는 증거를 보존하려던 거겠지요. 운전기사 과실로 혹시라도 그분이 침수지역으로 내쫓길까 봐서요."

"맞아요. 산목숨은 살아야 하는 거 아니겠어요."

"다시 돌아오셨을 때 처음과 달라진 건 없었습니까?"

"달라진 거? 글쎄요. 바람 때문에 나뭇잎이랑 나뭇가지가 흩어져 있던 것 말고는 눈에 띄는 게 없었는데. 그런데 비둘기 정 씨가 왜 자살했는지 궁금해서 온 거 아니었어요? 말을 하다 보니까 꼭 무슨 범인을 찾는 사람 같네."

"아닙니다. 자살 동기를 알아내려고 온 것 맞습니다. 마지막으로 하나만 더 여쭤볼게요. 혹시 난민촌에서 백작약을 구하려면 어디로 가면 될까요?"

"백작약? 그런 꽃을 파는 데는 없을걸요. 누가 취미로 키우면 또 모를까."

13

중간보고

밥집으로 돌아온 길은목은 침대에 고꾸라졌다.

저녁기도와 끝 기도를 바치지 못한 채 그대로 잠이 들었다. 체감하기로는 다음 날 아침까지 내처 잤어야 할 피로였으나 새벽 두 시쯤 눈이 떠졌다. 부랴부랴 몸을 씻고 밀린 기도 시간을 가진 뒤, 주인집 문을 두드려서 밥을 청했다.

"새벽참은 원래 가격보다 두 배를 받는데, 그이한테 설명 들었죠?"

주인 여자가 하품 끝이 물린 소리로 물었다.

쌀뜨물에 말린 생선을 우려내어 끓인 수제비였다. 따끈한 걸 속에 들이자 두 시간 가까이 밤거리를 달려왔던 피로가 달아났다. 지름길 격인 화장터 삼거리를 피하느라 멀리 둘러온 데다 부랑자들 눈에 띌까 봐 인적이 뜸한 곳으로만 달렸더니 시간이 곱절로 걸린 터였다.

"무슨 악령이라도 퇴치하고 다니는 거예요?"

내내 장승처럼 곁에 섰다가 그릇을 챙기며 주인 여자가 물었다.

"네?"

"그렇지 않으면 노비스 수녀가 밤이슬을 밟고 다닐 일이 뭐가 있을까 싶어서."

"차라리 악령을 쫓는 일이면 좋겠네요. 저도 제가 누굴 쫓고 있는지 잘 모르거든요. 맛있게 잘 먹었습니다. 종일 배가 고팠는데 덕분에 살았어요."

"수녀님들은 성서 말씀이랑 기도문만 먹고 사는 사람들 아닌가요?"

"그랬으면 좋겠는데 전 늘 식탐과 싸워요. 먹어도 먹어도 배가 고프고요."

"수녀님들은 배고픈 것 가지고도 고민을 하나 보네. 배가 고프면 뭐든 먹어야죠. 그래야 움직이고 또 살아가고, 우리 같은 밥장사들은 돈도 벌고 하는 거지. 식탐이 뭔 죄라고. 배를 곯게 하고 먹을 것에 집착하게 만드는 세상이 잘못이지."

여자는 혀를 차며 방을 나갔다.

3일 차 아침, 길은목은 배낭을 다시 방수포로 감싼 뒤 밥집을 나섰다. 난민촌에서 벌어진 2차와 3차 사건을 조사하였으니 1차, 4차, 5차 사건을 조사하러 침수지역으로 들어갈 차례였다.

출발에 앞서 길은목은 CPLC 방송국 전화로 원장 수녀에게 중간보고를 했다. 2차와 3차 사건을 조사하는데 꼬박 이틀이 걸렸다는 길은목의 말에 원장 수녀가 선을 그었다.

"그래도 닷새로 마무리하세요, 자매님."

길은목의 의중을 간파한 것이었다.

"닷새를 찾아도 보이지 않는다면 처음부터 없는 겁니다. 그 이상은 위험해서 안 됩니다. 이 사건이 아니라 난민촌과 침수지역 자체가 위험해요."

길은목은 백작약 꽃다발 이야기와 키가 큰 젊은 남자 이야기는 하지 않았다. 아직은 원장 수녀에게 제대로 설명할 길이 없어서였다. 홍한세와 정일문 사건에서 발견한 물리적 실재임에도, 그 두 가지는 다른 정보들과 짜 맞춰지지 않는 구석이 있었다. 중간보고 단계에선 좀 더 확실한 것들을 되짚는 편이 나을 터였다.

"사고 직후 시신의 형태가 좀 이상하긴 해요. 홍한세, 정일문 두 사람 다 머리가 심하게 파열된 채 발견되었어요. 벨라뎃다 수녀님도 그 사실을 괴로워하는 것 같았어요. 사망자들의 머리가 터졌다는 걸 유독 강조하셨거든요."

"투신 당일 정황들은 어떻던가요?"

"두 사람 다 재채기, 눈 가려움증 같은 알레르기 증상을 보였어요. 우연일 수도 있으니까 다른 사건들도 조사해 봐야 할 것 같고요."

"만약 그 알레르기 증상과 이 일이 관련 있다면 그건 무슨 의미일까요?"

"메가시티 측에선 변종 바이러스를 의심하겠죠. 난민촌에 대한 경계가 강화되고 지원은 더 줄어들겠죠. 뭔가 확실해지기 전까지는 메가시티 경찰이나 의료진과의 접촉은 피하는 게 좋을 것 같습니다. 의혹만으로 필요 이상의 선제 대응을 일삼았던 선례들이 있잖아요."

메가시티의 문제 해결 방식에 대해서라면 원장 수녀도 익히 알고 있었다.

"내가 자매님을 조용히 난민촌에 들여보낸 것도 그 때문이지요. 그럼 이제 침수지역으로 들어갈 차례군요. 통행증을 발급받으려면 또 하루가 소요될 테니 오늘은 조급해 말고 푹 쉬어요. 아, 그리고…."

원장 수녀가 뭘 또 뒤적이는지 전화기 저편에서 뭔가 무너지고 미끄러지는 기척이 났다.

"제가 사건을 다시 정리해 봤는데, 우리가 너무 정해진 곳으로만 가고 있단 생각이 들었어요. 자매님도 알다시피 이번 일은 벨라뎃다 수녀가 다섯 건의 투신 사고를 한 묶음으로

취급하면서 시작된 미션이에요. 하지만 만에 하나 투신 사고
의 연쇄성을 성립시킬 어떤 요소가 실제로 존재한다면….."

원장 수녀는 잠시 말을 끊었고 길은목은 돌연 구역질이 났
다. 그 짧은 여백에서 역겨운 냄새가 풍겼다. 현장을 누빈 길
은목이 애써 감추려 했던 것을 룩스관 꼭대기 층의 원장 수
녀가 들추어내려 하고 있었다.

"다른 사건들이 존재할 가능성도 배제해선 안 돼요."

"하지만 정지혁 기자님도 그 다섯 건에 대해서만 취재했잖
아요."

길은목은 일단 버텨 보았다.

"다른 사건이 있었다면 여기 정지혁 기자님이 알아내지 않
았을까요?"

"기자님도 애초에 벨라뎃다 수녀님한테 제보받고 이 일에
뛰어든 거예요. 정확히는 1차부터 4차 사건까지 제보받았고,
벨라뎃다 수녀의 예고대로 한 건의 투신 사고가 더 벌어졌고
요."

길은목은 사무실 구석 탕비실에서 커피를 내리고 있는 정
지혁 기자를 일별했다. 이제는 그 역겨운 것들과 마주해야
할 시간이었다.

"알려지지 않은 투신 사고들이 더 있을지도 모른다는 말씀
이군요."

"확실하진 않아요. 다만 사건의 연쇄성이 성립한다면 꼭 그 다섯 건만 존재하리라는 법은 없다는 겁니다. 우리가 그저 우연한 비극들을 붙잡고 있는 거라면 다 부질없는 추측이겠지만요. 벨라뎃다 수녀님의 정신만 온전해져도 뭔가 명확해질 텐데 오늘도 식사 시간에 자해해서 진정제 주사를 맞았다더군요."

"아…."

길은목의 입에서 저도 모르게 탄식이 새 나왔다. 벨라뎃다 수녀는 자책과 착란을 오가는 루프에 갇혀 있었다. 부탁해요, 노비스 자매…. 벨라뎃다 수녀의 마지막 말은 그 루프에서 꺼내달라는 신호기도 했다.

"아이고, 내가 괜한 말을 보냈나 봅니다. 현장에 나가 있는 자매님 입장은 생각도 안 하고 말이지요. 사실 제가 아직 정리가 안 됐어요. 5월이 문제인가 봅니다. 성모성월이라 수도원 행사도 많고 외부 강연도 잦아요. 안 그러면 내 당장 다른 수녀님 신분증을 빌려서라도 길은목 자매님 있는 곳으로 뛰어갔을 겁니다."

"안 됩니다, 그건!"

"왜죠?"

이유는 길은목도 알지 못했다. 다만 아직은 이름을 붙이지 못한, 모종의 위험이 있다는 것만 알았다. 그건 화장터 삼거리 근처의 쥐새끼들과 길은목이 공유한 비밀이었다.

"아무튼 안 됩니다. 여긴 원장님이 짐작하시는 것보다 훨씬 위험한 곳이에요. 누군가는 머리가 한여름 수박처럼 터져서 죽고, 누군가는 하루아침에 정신줄을 놓아버리는 곳이에요. 그런 일이 왜 일어나는지 알아내기 전까지는, 최소한 자살 동기라도 밝혀내기 전까지는 아무도 여기 와서는 안 됩니다. 저처럼 이 세계에 내성을 가진 사람이 아니라면요. 침수지역에 다녀와서 다시 연락드릴게요."

길은목은 급히 전화를 끊었다. 커피잔을 든 정지혁 기자가 뜨악한 눈길로 길은목을 보고 있었다.

"통화 중에 제 이름도 거론되던데 제가 뭐 잘못한 겁니까?"

"아닙니다."

길은목은 급히 커피를 마셨다. 탄 맛이 나는 커피는 다행히 욕지기를 가라앉히는 데 도움이 되었다. 커피를 서너 모금 마신 뒤 길은목은 정지혁의 컴퓨터로 백작약의 꽃말을 검색했다. 백작약의 꽃말이 따로 있진 않았고 대신 작약의 꽃말이 찾아졌다.

작약의 꽃말은 수줍음과 부끄러움이었다. 그 꽃말이 투신사고 사망자와 관련이 있을 것 같진 않았다. 꽃다발을 가져다 둔 자도 꽃말을 의식하고 백작약을 고른 건 아닐 터였다.

길은목은 커피를 한 잔 더 청한 뒤 정지혁과 마주 앉았다.

"부탁이 있습니다, 기자님. 원장 수녀님께는 비밀로 해 주시고요. 자율방범대분들의 도움을 받으셔도 좋습니다. 아니 그분들 도움이 필요할 겁니다."

"어디 들어는 봅시다. 나도 처자식이 있는 몸이라 목숨을 걸어야 하는 부탁이면 바로 거절할 것이고요. 어떻게 들리실지 모르지만, CPLC에 뼈를 묻을 생각은 없거든요."

"화장터 삼거리 아시죠?"

"중학교 뒷길 따라가다 보면 나오는 그 화장터 삼거리 말입니까? 거긴 폐쇄구역일 텐데."

"그 삼거리에 조금 못 미친 곳이에요. 중학교 뒷길을 따라가지 마시고 방역센터를 지나서 카페거리 쪽으로 계속 직진하다가 은행 골목으로 들어가야 합니다. 거기서 화장터 삼거리로 이어지는 오르막길을 따라가다 보면 누군가 쓰레기를 불법으로 투기한 곳이 있습니다. 냄새를 맡고 몰려든 쥐떼도 있고요. 그 부근을 좀 조사해 주셨으면 합니다."

"폐쇄구역 중에 불법 쓰레기장으로 전락한 데가 한두 군데가 아닐 텐데 굳이 거기에 가 봐야 하는 이유가 있을까요?"

"일반적인 생활 쓰레기가 아닙니다."

"그럼…."

"어릴 적에 건달패거리들이 동네 노인을 죽인 다음… 시신

일부를 갈아서 길바닥에 뿌린 적이 있어요. 세상에는 덤벼서는 안 되는 존재들도 있다는 걸 보여주겠다면서요. 하지만 그때 제가 배운 건 인간의 비극이 쥐들의 배를 불린다는 사실이었어요. 건달들이 동네를 빠져나가기 전에 쥐떼가 몰려왔어요. 바닥에 뿌려진 것들을 주워 먹느라 돌팔매에도 꿈쩍을 안 했어요. 어제 홍한세의 유가족을 만나러 가는 길에 화장터 삼거리 부근에서 쥐떼를 봤습니다. 쥐들이 뭐에 홀린 듯 바닥을 핥고 있었어요."

"떠돌이 개나 고양이의 사체를 처리 중이었던 게 아닐까요?"

"그렇다면 개나 고양이가 꽤 여러 마리거나 큰 짐승이 필요할 겁니다."

"그 부근에서 무슨 살인사건이라도 벌어졌다는 뜻입니까?"

"살인은 아닐 수도 있어요. 하지만 근처에 여러 구의 시신이 유기되었을 가능성이 있습니다. 어제 바로 확인했어야 하는데 무섭고 구역질이 나서 도망쳐 버렸어요. 죄송합니다."

"그게 수녀님이 죄송해할 사안은 아니죠. 음…. 혹시 화장터 삼거리에서 본 것들이 투신 사고들과 관계가 있다고 추측하시는 건가요?"

"다섯 건의 투신 사고 사망자들은 다 두개골이 산산조각 났습니다. 벨라뎃다 수녀님과 목격자들의 증언을 듣고 제가 상상했던 현장 상태가… 그 골목에 있었어요. 그래서 기자님께 부탁드리는 거예요."

"골목에 있는 혈흔이 사람의 것인지, 사람의 것이라면 한 사람의 것인지 여러 명의 것인지 조사해야 하는 거죠?"

"그보다 먼저 그 일대 폐쇄 건물들을 뒤져서 찾아봐야 할 게 있어요. 머리 없는 시신들이요. 만약 근처에서 머리 없는 시신이 발견된다면…, 그 현장은 다섯 건의 투신 사고와 무관하지 않을 겁니다."

"이거 갑자기 혈액순환이 빨라지는 느낌입니다."

"네?"

"사건의 냄새가 난다는 뜻입니다. 그건 그렇고 수녀님도 동행하시는 거죠? 어차피 통행증을 발급받으려면 오늘은 난민촌에 발이 묶일 테니까."

"저는 여기서 나가면 곧장 침수지역으로 갈 겁니다. 1차, 4차, 5차 사건들을 조사하려면 시간이 빠듯해서요. 실은 휴가가 5일밖에 안 되는데 오늘이 벌써 사흘 차거든요."

"통행증은 어떡하시려고요? 출발 하루 전에 신청하는 게 원칙인데."

"비공식 루트로 갈 거예요. 비둘기 정일문 씨가 드나든 개구멍을 저도 좀 이용하려고요. 혹시 화장터 삼거리에서 뭔가가 나오면 원장 수녀님께 연락 좀 부탁드립니다."

14

물길

난민촌을 떠나던 날 정영배 회장은 길은목에게 새끼손가락을 걸어 주었다.

"다시는 이 지옥으로 널 돌려보내지 않을 거다."

그날의 약속은 비서실 직원들이 찍은 사진 속에 다양한 각도로 박제되었다.

하지만 길은목에겐 침수지역과는 또 다른 지옥이 열린 날이기도 했다. 철책 너머 도시에서 갓 구운 빵이 길은목을 부르고 있었고, 윤수를 남겨둔 땅은 자꾸만 멀어져갔다. 침수지역으로 다시 돌아가기까지 십 년이 걸릴 줄은 길은목도 몰랐던 터였다.

D3 경계벽과 D4 경계벽 사이의 물길.

어른인 정일문이 난민촌과 침수지역을 드나들었다면 3번과

4번 경계벽 사이의 물길밖에 없었다.

메가시티의 생활 쓰레기들이 가장 많이 바다로 떠내려가는 폐수 구간이자 침수지역의 물때에 영향을 받는 유일한 물길이었다. 용존 산소가 거의 없어서 물고기가 살지 못하는 7등급 하천과 바닷물이 뒤섞여서 정수 과정을 거친다고 해도 식수로는 쓸 수 없는 수질이었다. 그 덕에 경계벽 관리 시스템도 가장 느슨하게 작동했고 정일문 같은 심부름꾼에겐 개구멍 구실을 하는 곳이었다.

CPLC를 떠나기 전 길은목이 마지막으로 확인한 정보는 W-19 지역의 만조와 간조 시간표였다. 바닷물이 서서히 밀고 들어오는 시간이 되면 한시적으로 수질이 개선되기 때문에 길은목은 그 시간에 맞춰 물길을 탈 예정이었다. 하지만 강물의 흐름이 두 갈래로 나뉘기 때문에 물의 성질을 모르는 사람들이 뛰어들었다간 목숨을 잃기에 십상인 시기이기도 했다.

3차 사건 사망자인 정일문은 아마도 만조와 간조를 가려서 물길을 타진 않았을 것이다. 생전에 정일문이 침수지역 방문 후에 앓았다던 여러 증상도 오염수로 인한 병증일 터였다. 죽음의 물길을 오가며 편지와 짐을 배달하고 정일문이 바란 대가는 고작 밥 한 끼였다. 그런 사람이 스스로 머리를 터뜨리는 방식으로 생을 마감했다면… 그 현실 자체가 순수한

'악'이 아니었을까.

일찍이 아우구스티노도 악을 선의 부재라 정의하지 않았던가. 의인이 죽어가던 순간 '선'은 어디에 있었단 말인가. 길은목은 노비스 생활관 벽에 붙어 있던 라틴어 경구를 생각했다.

Bonum Diffusivum Sui.

'선은 스스로 전파된다.' 혹은 '선은 자기 확산성을 지닌다.' 하지만 정일문의 선은 전파되지 않았고 가장 파괴적인 방식으로 종말을 맞았다. 길은목은 백작약 꽃다발의 잔해를 떠올리며 물길로 훌쩍 몸을 날렸다.

숨을 멈추기 전, 마지막 들숨에 윤수의 냄새가 섞여 있었다.

십 년 사이 많은 기억이 소실되었지만, 후각은 견고하게 그 시절을 기록해 두고 있었다. 육로의 개구멍을 드나들기에는 몸집이 커져 버린 대부분 아이들이 그렇듯, 윤수도 이 물길 끝에서 넝마주이 생활을 했었다. 메가시티에서 떠내려온 것들을 해작여서 쓸 만한 것들을 찾아내는 게 그 아이들의 유일한 생계 수단이었다.

윤수는 넝마주이 일에도 재능이 있어서 날마다 남들보다 곱절로 고물을 찾아내곤 하였다. 길은목이 열 살 생일선물로 받았던 대머리 바비 인형도, 열한 살 생일에 받은 한쪽 눈이

지워진 스마일 파우치도 다 윤수가 물길에서 건져낸 것이었다. 하지만 물길 바닥은 추억이 아련하고 뭉클한 방식으로 퇴적되는 걸 허락하지 않았다. 온통 미끈거리고 역겨운 냄새를 풍기는 슬러지 층이 강바닥의 주인이었다.

길은목은 물이 깊고 유속이 빠른 강 복판으로 헤엄을 친 뒤 몸에서 힘을 뺐다. 귓전에 꿀렁이는 물소리와 세찬 강물 소리의 이중주 속에서 메가시티에서 보낸 십 년이 빠르게 유실되고 있었다. 길은목은 본래 있어야 할 곳, 십 년 전에 돌아갔어야 할 곳으로 떠내려갔다.

유속을 견디지 못하고 몸이 수면 아래로 꺼질 때도 길은목은 수압과 무호흡을 담담히 버텨냈다. 잠수는 침수지역 아이들의 생존법 가운데 하나였다. 건달이나 해적들에게 쫓길 때면 물에 잠긴 도서관 뒷골목으로 잠수해 내려가서 창틀을 붙잡고 숨어 있거나, 길은목은 걸어본 적도 없는 어느 사거리의 찻집으로 잠수해서 철제 스툴에 앉아 있어야 했다. 폐가 터질 것 같고, 인간을 물어뜯는 기형 물고기와 물귀신의 괴담이 떠올라 소름이 돋아도 건달이나 해적에게 붙잡히는 것보다는 나았다.

유속이 느려지고 있었다.

암모니아와 황화수소가 뒤섞인 악취가 차차 염수의 비린내로 바뀌고 강바닥의 슬러지들도 나른하게 흔들릴 즈음 길은목은 침수지역에 도착했다.

강변으로 기어 나온 길은목은 십 분 가까이 속엣것을 게워 냈다. 이럴 줄 알고 속을 비워두었는데도 위액에 이어 갈색 의 쓸개즙까지 다 토해내고 말았다. 건축 폐자재로 만든 목 선들이 곳곳에 떠 있고 목선 가장자리에는 어김없이 빨랫줄 이 늘어져 있었다. 근처에 정박한 목선에서 남자아이 하나가 모습을 드러냈다. 넝마주이 아이일 터였다.

녀석은 용건이 있다는 얼굴로 해초가 들러붙은 널빤지에 걸터앉았다.

"뭐 좀 건졌으면 절반만 줘. 우리 할아버지가 오늘내일하 거든."

열두어 살쯤 돼 보이고, 앞니가 부러진 건지 썩은 건지 대 문니 자리가 온전치 않았다.

길은목은 배낭의 사탕 봉지를 기억하고 있었지만 딱 잡아 뗐다.

"나 넝마주이 아니야. 난민촌에서 그냥 떠내려온 거야. 볼 일이 좀 있어서."

"그럼 꺼지시고!"

아이는 가운뎃손가락을 세워 보이고는 목선의 내실로 들어 가 버렸다. 곧이어 늙은이의 기침 소리가 새 나왔다. 불과 몇 시간 전의 길은목이었다면 사탕의 절반을 아이에게 덜어주었을 것이다. 하지만 물길을 따라오는 사이에 길은목은 열두 살 시절의 그 아이로 돌아간 기분이었다. 모르는 애한테 사탕을 주는 건 헛짓이었다. 사탕 몇 알을 나누려다가 외려 배낭을 통째로 빼앗길지도 모르고, 병든 노인의 손자인 척하는 저 녀석이 실은 해적의 끄나풀일 수도 있었다. 그리고 무엇보다 사탕은… 윤수의 것이었다. 윤수가 이 세상에 없다는 걸 알지만 그래도 사탕은 한윤수만을 위한 것이었다. 다른 녀석에게는 한 알도 나눠줄 마음이 없었다. 1차, 4차, 5차 사건을 조사하며 돌아다니는 것은 스물두 살의 노비스 길은목일 테지만 그래도 사탕 봉지를 틀어쥔 것은 열두 살의 길은목이었다.

다른 목선에도 앙상한 몸의 주인들이 나앉아 있었다. 지팡이에 체중을 싣고 있는 중늙은이 하나는 길은목이 그 앞을 지나가는데도 아무런 미동도 반응도 없었다. 벌써 이 세상 너머의 것들과 눈을 맞추고 있는지도 몰랐다. 이 축축한 동네의 인생들은 성미가 급해서 애고 어른이고 할 것 없이, 몰라도 될 것, 못 보아도 될 것을 먼저들 보곤 하니까. 메가시티 아이들이 놀고 먹고 자라고 뭔가를 배우는 일에 골몰할 시기에, 이곳의 열 살 인생 하나는 동네 노인의 시신이 썰리고 갈려서 길바닥에 뿌려지는 꼴을 보았다. 그렇게 자라서 스물두 살이 되면 저세상에 속한 것들, 주데카 얼음 연못 같은 것들이 눈에 띄는 법이었다. 하물며 저 중늙은이의 인생 속도는 또 어떠했겠는가.

어찌 보면 원장 수녀가 길은목을 이 사건에 투입한 게 아니라 투신 사고로 인해 머리가 파열된 다섯 구의 시신이 길은목을 지목했는지도 몰랐다. 파괴되고 버려진 영혼들 스스로 이 일의 적임자를 고른 것이었다. 마리아의 증언자 프란체스코 수도원의 모든 분원과 본원을 다 뒤져도, 머리가 사라진 시신들을 무슨 텍스트 대하듯 차례로 일별할 수 있는 사람은 길은목밖에 없을 터였다. 그 다재다능하던 정원사 벨라뎃다 수녀님도 충격을 견디지 못하고 정신을 놓아버린 상황이었다.

등 뒤의 누군가가 또다시 발작하듯 기침을 토해냈다.

뻔하고도 꽤나 인상적인 환영식이었다.

목선 정박지를 벗어나 가파른 경사로로 접어들었다. 밀물 때면 상가건물 3층 높이로 물이 차는 곳이라 디딜 수 있는 땅이란 것들은 거의 수직 절벽에 가까운 계단 길로 이어져 있었다. 첫 번째 계단길이 끝나는 곳에 수도꼭지가 있었다.

길은목은 대야 가득 물을 받았다. 강물을 끌어와 중간 지점에서 활성탄으로 간소하게 정화한 물이었다. 마실 수는 없지만 일을 마치고 온 어부나 넝마주이에겐 손발을 씻을 요긴한 물이었다. 길은목은 머리에다 연거푸 물을 끼얹었다. 옷과 배낭은 그럭저럭 씻어내었는데 짧은 단발머리 사이에 들러붙은 슬러지가 문제였다. 그냥 물만 끼얹어서는 끝이 없을 듯하여 이번에는 아예 대야에 머리를 넣고 흔들었다. 실컷 머리를 문지른 다음 고개를 들었을 때, 대야 근처에 못 보던 뭔가가 놓여 있었다.

침수지역 사람들이 흔히 쓰는 비누였다.

메가시티에서 온 폐식용유에 가성소다를 넣어서 굳힌 것이었다. 길은목은 서둘러 얼굴의 물기를 훔치고는 주변을 둘러보았다. 목선 정박지와 마을의 출렁다리 쪽에 사람들이 더러 있었지만, 수돗가 근처에는 아무도 없었다. 비누는 아직 물기도 제대로 뒤집어쓴 적 없는 새것이었다. 길은목이 정신없이 머리를 헹구는 사이 누군가 비누를 가져다 둔 다음 계단 길 옆으로 곧장 입수했다면 불가능한 일도 아니었다.

뭐야….

넝마주이 아이의 가운뎃손가락과 노인들의 기침 소리로 환영식이 끝난 줄 알았는데 아직 뭔가가 더 남은 모양이었다.

15

급수탑 마을

메가시티 뉴욕의 전 시장이자 빅히스토리 학자인 요하나 밀락은 작은 종말 시기에 인류가 내린 결정을 '돌이킬 수 없는 현실과 타협'이라는 말로 요약했다. 다수의 생존을 위해 낙후지역의 생존자들을 포기한다는 선언이자 변명이었다. 물에 잠겨버린 리버티 아일랜드와 자유의 여신상은 인류의 뼈저린 선택을 대변하는 상징이 되었다. 작은 종말 이전의 서울과 경기도가 통합된 메가시티 셔을의 사정도 별반 다르지 않았다. 셔을의 철책 너머, 난민촌과 침수지역 사람들에겐 세금을 징수하지 않았으며 대신 메가시티의 시민증도 내어 주지 않았다.

요하나 밀락은 '돌이킬 수 없는 현실과 타협'이 인류에게 그리 새삼스러운 방식도 아니라고 했다. 인류는 사바나의 원숭이 시절부터 약자를 포기하는 방식으로 생존을 도모했으며, 1980년대에서 2020년대까지 한시적으로, 고전영화 <라이언 일병 구하기> 식의 낭만적인 휴머니즘이 득세했을 뿐이라는 것이다. 수녀원 서가에서 요하나 밀락의 책을 처음 접했던 날, 길은목은(보나 수녀가 들었다면 기함하고도 남을) 욕을 뱉었다. 저자인 요하나 밀락이나 세상을 향한 욕은 아니었다. 윤수에게 돌아가지 않고 정영배 회장의 손을 쥐었던 그날의 일을 그 책에서 마주해야 했기 때문이다. 낭만적 휴머니즘의 종언과 약자를 포기하는 방식의 생존은 길은목의 이야기였다.

1시간 가까이 걸어서 W-19 지역에 진입하자 멀리 급수탑이 보였다.

4차 사건 발생지이자 길은목의 고향 마을이었다.

건물의 옥상과 옥상을 이은 부표 다리들이 어지러이 하늘을 가로지르고 있었다. 급수탑 주변 마을은 밀물이 10미터 수위로 밀려오는 곳이라 건물과 건물 사이에, 부표를 터널 형태로 엮어서 공중다리를 설치해 두고 있었다. 아직은 물이 5미터 정도의 수위라 길은목은 골목에 떠 있는 부표 출렁다리를 사용했다.

출렁다리를 따라 1킬로미터쯤 가자 다리가 아팠다. 물에 엉성하게 떠 있는 구조물을 지나간다는 게 쉬운 일은 아니었다. 어린 시절에도 젖지 말아야 할 물건을 옮길 때가 아니면 웬만해선 출렁다리로 다니는 법이 없었다.

물이 편했다.

길은목은 출렁다리에서 뛰어내려 헤엄을 쳤다. 언제까지 견뎌 줄지는 미지수지만 어쨌거나 방수포 덕에 배낭의 무게도 변함이 없었다. 길은목은 작은 종말 전에 대형 그릇 도매상가와 극장이 있었던 사거리 앞에서 잠수했다. 극장 옆 골목을 따라가자 모아이 석상 모조품이 세워진 작은 상가건물이 보였다. 십 년 전까지는 목과 얼굴이 다 보였는데 그사이 개펄이 높아져서 지금은 윗입술 위쪽으로만 간신히 머리를 내놓고 있었다. 길은목은 모아이 석상을 돌아서 건물 뒤편으로 갔다. 윤수와 함께 숨어 있곤 하던 아지트였다.

출입구도 똑똑히 기억하고 있었다. 모아이 석상 건물, 2층 환풍기 오른쪽 창문.

하지만 창문은 반쯤 열린 채 방치되어 있었다. 아주 오래 전에 누군가 마지막으로 빠져나간 뒤로 다시 오지 않은 듯했다. 이곳에 다시 올 생각이었다면 창문을 제대로 닫아두었을 테니까. 길은목은 한 손으로 창틀을 짚고서 다른 손으로 손전등을 꺼내 들었다. 열린 문틈으로 개흙과 쓰레기들이 마구 치고 들어가서 길은목이 기억하는 아지트는 온데간데없었다. 바닥에 걸쇠를 박아서 고정했던 나무 탁자도 보이지 않았고, 둘이서 먹을 것을 숨겨두곤 하던 항아리도 사라지고 없었다.

버려진 시간과 뿌옇게 부유하는 것들뿐이었다.

"윤수야…"

길은목은 물속이라는 사실도 잊고 옛 친구의 이름을 불러 보았다. 공허한 기포들이 줄지어 수면 쪽으로 솟구쳐 올라갔다. 다시 올게. 이번 일 마무리한 뒤에, 어떻게든 다시 올게. 길은목은 성호를 긋고 나서 출렁다리가 있는 곳으로 올라왔다.

4차 사건.

오채영. 31세 여성. 침수지역에서 건조 생선 공장의 관리인으로 일함.

왼쪽 다리에 장애가 있는 동생(오인석, 26세)을 혼자서 키웠음.

동생과 둘이 집 근처 폐건물을 개조하여 떠돌이 아이들 쉼터로 운영.

5월 6일 새벽 3시, W-19 지역 급수탑에서 투신.

길은목은 4차 사건 기록을 복기하며 급수탑 쪽으로 이동했다. 헤엄을 치다가 숨이 가빠지면 출렁다리로 올라가서 걸었다. 오늘 안으로 4차 사건과 5차 사건을 모두 조사하자면 서둘러야 했다. 전기 사정과 치안이 불안한 침수지역은 해가

지면 이동 자체가 어려웠다. 해양 경비 시스템이 작동하고 있지만 소규모 어선의 형태로 침수지역을 드나드는 해적선까지 일일이 잡아내진 못했다. 세계 어딜 가나 침수지역 일부는, 특히 W-19처럼 팬데믹의 피해가 컸던 지역은 사실상 열린 바다나 다름없었다. 해적들은 대부분 침수지역 출신의 다국적 집단이었고, 약탈만으로는 생계가 불가능하기 때문에 오염지역으로 지정된 바다들을 오가며 어로 행위를 했다. 그들 역시 시민권을 얻지 못한 잔류인이었고, 작은 종말이 세상의 변두리에 버려둔 존재들이었다.

W-19 지역의 첫 목적지는 4차 사건 사망자 오채영의 동생이 일하고 있는 건조 생선 공장이었다. 공장은 급수탑에서 북서쪽으로 500미터 올라간 고지대에 있었다. 만조 때도 물이 차지 않는 언덕배기여서, 침수지역의 공장들이 몰려 있는 지역이기도 했다. 오채영이 관리인으로 일했던 곳이자 오인석의 일터이기도 한 공장은 찰광어 전문 작업장이었다.

"전에는 이게 외래종이어서 어쩌다 한 마리 잡히면 사람들이 와서 구경하고 그랬대요. 지금은 바다도 갈피를 못 잡는 시대라 북유럽에서 돌아다니던 놈들이 서해안에서도 잡히고 그래요. 우리 쪽에서 잡힌 놈들은 메가시티의 식용 기준으로는 다 걸러지는 것들이라 그나마 우리 차지가 된 거죠."

통성명 끝에 오인석은 찰광어의 머리를 자르며 묻지도 않은 이야기를 늘어놓았다.

"이거 보실래요?"

오인석은 찰광어의 몸속에서 자그마한 암갈색 덩어리를 꺼내놓았다. 덩어리는 젖은 시멘트 바닥에서 저 스스로 수축과 이완을 반복했다.

"심장이에요. 목이 잘리고, 몸통에서 분리해 놔도 한동안 이렇게 뛰더라고요."

오인석은 찰광어의 심장을 집어서 부산물 통에 던져버리고는 일어섰다. 작업장 가장자리에 있는 탕비실에 앞치마를 벗어서 걸고는 길은목에게 따라오라고 손짓했다. 의족이 잘 맞질 않는지 걸음걸이가 휘우듬해지곤 했지만 그래도 전체적인 움직임은 날랬다. 오인석이 길은목을 데려간 곳은 멀리 산이 보이는 쪽 테라스였다. 오인석은 목제 스툴을 길은목에게 권하고는 자신은 난간에 기대섰다.

"우리 누나 자살 아니에요. 누나랑 저만 아는 것들이 있어요. 누나는 나를 두고 죽을 수 있는 사람이 아니에요. 다리가 불편한 동생을 두고 갈 사람이 아니다, 그런 맥락이 아닙니다. 침수지역에서 다리 하나 없는 게 뭐 대수도 아니고요. 아까 찰광어 심장 봤죠? 저는 그걸 볼 때마다 누나를 생각해요. 머리가 부서진 뒤에 우리 누나의 심장도 그랬을 거예요. 나 때문에 쉽게 멎지도 못하고 찬 바닥에서 한참 뛰다가 천천히 멋었을 겁니다."

"오채영 씨의 투신이 자살이 아니라고 생각하는 이유는요?"

"그날이 제 생일이었어요. 미역을 불려놓고 나갔더라고요. 날이 밝으면 끓여주려고 그랬던 거죠. 그리고 생일선물이… 새 의족이었어요. 그날 휴가를 내고 저를 의족 기술자한테 데려가려던 거죠. 일종의 깜짝 생일선물 같은 거였어요. 물론 저는 나중에야 알았습니다."

"자살이 아니면 뭐였을까요? 오채영 씨가 혼자 급수탑에 올라가서 뛰어내리는 장면이 CCTV에 찍혔다고 들었어요.

"눈속임에 불과한 거죠. 누나는 협박받은 거예요."

"어떤…."

"저기 산 보이죠? 거기 산자락에 양귀비 온실이 있어요. 요즘 이 동네에서 해적들 장난질이 뜸해진 이유죠. 이쪽 사람들을 쥐어짜는 것보다는 양귀비를 키우는 게 돈이 되니까요. 전에는 마약을 가지고 와서 어떻게든 이쪽이랑 난민촌에 팔아먹으려고 난리를 치더니 이제는 아예 땅을 차지하고 양귀비랑 대마를 키우고 있어요. 누나는 온실의 존재를 못마땅해했어요. 메가시티 경찰들의 도움을 받아볼 생각으로 혼자 뛰어다닌 것 같아요."

"그럼 오인석 씨 말은 오채영 씨가 놈들의 뒤를 캐다가 당했다는 뜻인가요? 투신은 해적들의 협박 때문에 어쩔 수 없이 한 것이고요?"

"뭐, 뛰어내리라고 했겠어요? 협박해서 마약을 먹였겠죠. 제대로 부검했으면 마약이 나왔을 거예요. 그런데 그쪽은 모르겠지만 여기 사람은 죽으면 당일에 화장해요. 도시 놈들이 만든 원칙이죠. 우리가 어떻게 살든 말든 신경도 안 쓰겠다고 해놓고선, 방역 어쩌고 하면서 장례 절차는 간섭하는 거죠."

"알아요. 우리 부모님도 하루아침에 제 인생에서 사라졌거든요. 너무 오래전이라 기억도 희미하지만 두 분 다 몸에 심한 수포가 생겨서 격리구역으로 끌려갔고, 다음날 돌아가셔서 바로 화장했다더라고요."

"그쪽도 침수지역 출신이에요? 동쪽? 남쪽?"

"여기요. W-19가 제 고향이에요. 운이 좋았다고 해야 하나, 메가시티에서 침수지역의 열 살 이하 어린이들을 대상으로 치료제 임상실험을 했을 때, 저도 그 약을 먹었어요. 비인간적인 실험이라고 도시에선 말들이 많았던 모양이지만 어쨌거나 그 약 덕에 저는 살아남았고요. 감염됐었는데 수포 몇 개만 생기고 금방 나았거든요. 몇 년 뒤에 난민촌에 숨어 들어갔다가 붙잡혔고, 여차한 사정으로 십 년 동안 도시에서 살았어요."

"그런데 여길 다시 왔다고요? 남들은 못 빠져나가서 안달인 곳에?"

"조사할 것들이 있어서요. 오채영 씨의 죽음이 그중 하나죠."

"수녀님이라 했죠?"

"정식 수녀는 아니고 노비스입니다. 견습 수녀 정도로 이해하시면 돼요."

"하여튼요. 그쪽도 우리 누나의 죽음에 석연치 않은 구석이 있다고 믿는 거죠?"

"여기 오기에 앞서 난민촌에서 두 건의 투신 사고를 조사했어요. 사망자 둘 다 자살의 동기가 명확하지 않았어요. 오채영 씨와 마찬가지로 머리 부위가 유독 심하게 파열된 채 돌아가셨고요. 혹시 사고 전날이나 당일 오채영 씨의 몸 상태가 어땠는지 기억나세요?"

"기침을 좀 하긴 했어요. 심한 기침은 아니었고 그 전주에 감기를 앓았던 터라 잔기침이 조금 남았나 보다 싶은 정도였어요."

"혹시 잔기침이 아니라 재채기 아니었어요? 봄철 알레르기 질환 같은."

오인석은 스툴을 하나 더 가져와서 길은목과 마주 앉았다.

"기침한 뒤에 코를 훌쩍이긴 했어요. 지금 생각하니까 재채기였던 것 같아요. 그것도 모르고 나는 기침이 오래간다며 따뜻한 차를 좀 마셔 보라고만 했는데. 그 재채기라는 게 해적 놈들 마약과 관계있는 거죠?"

"난민촌 투신 사고 사망자 두 사람도 투신 전에 알레르기 증상 같은 걸 보였다는 증언이 있어서 여쭤본 겁니다. 두 사람 중 하나는 여기 침수지역을 들락거리는 부랑자였는데, 나머지 한 사람은 침수지역이나 해적과 접점이 있을 것 같지 않은 인물이에요. 현재로선 양귀비를 키운다는 해적들이 이 사건의 배후에 있을 확률은 낮아 보입니다. 물론 아직 조사를 더 해 봐야 하겠지만요. 그리고 접점 이야기가 나와서 말인데, 혹시 간조 시간에 사고지점에 다녀온 적 있으세요?"

"물이 빠지면 잠깐씩 가 봅니다."

이제 백작약 꽃다발 이야기를 꺼내야 할 차례였다. 눈대중으로 가늠한 오인석의 키는 170센티미터가 조금 못 되었다. 젊긴 하지만 요양원 경비가 말한 '키가 큰 젊은 남자'의 기준에 부합하진 않았다. 요양원 경비는 175센티미터 정도의 키였고, 그런 그가 누군가를 키가 크다고 표현할 때는 적어도 175센티미터 이상은 된다는 뜻이었다.

물론 요양원 경비도 목격자들에게 전해 들은 이야기이긴 했다. 하지만 꽃다발을 가져다 둔 남자가 175센티미터 전후의 키였다면 목격자들이 경비 앞에서 '키가 큰 남자'라는 표현을 사용하진 않았을 것이다. 키가 당신과 비슷했다 혹은 당신보다 조금 작았다 등이 더 자연스러운 표현일 터였다. 그리고 한쪽 다리를 전다는 건 쉽게 각인되는 신체적 특징이었다. 요양원 직원들이 오인석을 보았다면 걸음걸이에 관한 설명을 덧붙였을 것이다. 결국 오인석은 백작약 꽃다발과 무관하다는 뜻이었다.

"오채영 씨의 사망 지점 근처에서 꽃다발 같은 걸 본 적 있으세요?"

"꽃다발이요? 그러고 보니 누나한테 꽃 한 번 준 적이 없네요. 꽃다발은 본 적 없어요. 누나가 돌봐 주던 쉼터 애들이 손 편지를 써서 갖다 둔 건 봤지만."

역시나 오채영은 '좋은 사람'이었고 자살 동기는 불분명했다. 이야기는 다시 원점으로, 벨라뎃다 수녀의 탄식으로 돌아왔다. 오채영의 사망 지점에 꽃다발이 없었다면 굳이 오인석에게 키가 큰 젊은 남자 이야기를 들려줄 이유도 없었다. 길은목이 대화를 매조 지으려는데 오인석이 그제야 생각났다는 듯 덧붙였다.

"꽃다발은 아닌데 꽃잎은 본 적이 있어요."

"꽃잎이요?"

"네. 이 주변에서는 보기 힘든 희고 큰 꽃잎이어서 기억에 남았던가 봐요. 꽃잎이 하나 떨어져 있었어요."

"백작약 꽃잎이었나요?"

"그건 모르겠는데요. 제가 백작약을 본 적이 없어서."

누군가 백작약 꽃다발을 가져다 두었고, 또 다른 누군가가 꽃다발을 주워가는 과정에서 꽃잎이 떨어졌을 가능성도 있었다.

"그럼 사고지점 부근에서 키가 큰 젊은 남자를 본 적 있으세요?"

그러자 오인석의 안광이 번뜩였다.

"용의자인가요?"

그는 오채영이 살해당했다고 확신하고 있었다.

"아닙니다. 난민촌에서 발생한 투신 사망 사고지점에서 백작약 꽃다발이 발견되었거든요. 키가 큰 젊은 남자가 꽃다발을 가져다 두는 걸 본 목격자가 있고요. 용의자라기보다 이 죽음에 대해 뭔가 알고 있는 사람일 가능성이 큽니다."

"이 지역에서 키가 큰 젊은 남자들이 일하는 곳은 빤합니다. 종말론 교회나 양귀비 온실의 경비원들이죠. 켕기는 게 있는 놈들이 덩치들을 고용하잖아요. 덩치들은 이런 공장에 절대 안 와요. 아까 작업장에서 보셨잖아요. 저 빼고는 다 아주머니들이나 노인네들인 거. 그런데 그놈이 왜 꽃다발을 가져다 두는 거죠? 자살한 사람들 찾아다니며 추모라도 하는 건가요?"

"그건 아직 모릅니다."

길은목은 다시 연락하겠다는 말을 남기고 공장을 빠져나왔다.

오인석이 보았다는 희고 큰 꽃잎이 정말로 백작약 꽃다발에서 떨어진 거라면 그자는 난민촌과 침수지역을 오가는 인물이어야 했다. 합법적 경로로 경계벽을 오갈 수 있는 직업이거나, 비둘기 정일문이나 길은목처럼 물길을 탈 줄 아는 자여야 했다.

16

표류

어느덧 공장지대 아래쪽 마을은 옥상만 남겨놓고 물에 잠겼다. 오인석의 일터가 있는 언덕과 급수탑은 섬이 되었고, 아까 길은목이 걸어왔던 출렁다리는 어느덧 옥상 길의 터널식 공중다리들과 같은 높이에 떠 있었다. 바다가 땅의 가장자리를 어디까지 먹어 들어오는지, 작은 종말의 내상이 어디까지 미쳤는지 한눈에 보이는 시간… 만조였다.

급수탑은 둥근 머리를 내놓고서 등대처럼 불을 밝히고 있었다. 사람들은 일찌감치 옥상에 묶어두었던 살림 배에 올라타서 만조를 맞고 있을 터였다. 간조와 만조의 흐름에 맞춰 땅과 옥상의 살림 배를 오가며 지내는 건 침수지역 사람들에겐 익숙한 방식이었다. 어릴 적 길은목과 한윤수처럼 살림 배가 따로 없는 집 아이들은 만조가 되기 전에 공장지대 너

머로 피신했다. W-19의 주인은 해적도 원주민도 아닌 바다
였다.

길은목은 급수탑이 보이지 않는 쪽 언덕배기의 계단 길에
걸터앉아 늦은 식사를 했다. 오인석이 구운 찰광어 한 토막
을 싸주었다. 배낭의 방수포 틈새로 손을 집어넣어 지퍼를
연 다음 생수 한 병과 사탕도 서너 알 꺼냈다.

열두 살의 식탐에 구운 생선 냄새가 더해졌는데도 찰광어
의 살점은 쉽게 넘어가지 않았다. 뭐든 나누어 먹던 어린 시
절의 관성 때문인지도 몰랐다. 결국 길은목은 반의반도 먹지
못한 생선토막을 다시 비닐에 말아서 배낭에 넣은 뒤 성호를
그었다. 이제 길은목은 W-19 지역이 아닌 수도원 소속이었
고, 길은목에겐 만조나 간조, 묵은 기억에 상관없이 해야 할
일이 있었다.

5차 사건.
공소희, 50세, 여.
종말론 교회의 목사 부인. 침수지역에서 산파로 활동하며,
무료로 산모들을 돌봐 준 것으로 알려짐.
5월 9일, 새벽 4시 간조 때 종말론 교회 첨탑에서 투신.
머리가 완전히 파열된 채 사망한 것을 교회 종지기가 발
견.

교회 측이 모든 사건 조사와 조문을 거부.

길은목은 종말론 교회에서 발생한 5차 사건 기록을 되짚었다.

공소희의 투신 사고는 벨라뎃다 수녀에게 착란 증세가 나타난 뒤에 발생한 사건이자 벨라뎃다 수녀가 예고한 것으로 알려진 사건이었다. 물론 벨라뎃다 수녀가 공소희의 이름을 직접 언급한 건 아니었다. 곧 또 한 건의 투신 사고가 일어날 거라고만 했으니까.

길은목은 출렁다리와 물길을 번갈아 가며 이동했다. 옥상들을 가로질러 가는 원통형 공중다리가 좀 더 안전하고 빠른 길이었지만 옥상은 엄연한 사유지였다. 십 년 전에 이방인이 된 길은목은 접근할 수 없는 구조물이었다.

출렁다리는 마을 끄트머리의 콘크리트 폐건물 옥상 난간에서 끝이 났다. 길은목은 출렁다리 끝에 서서 5차 사건 발생지까지의 거리를 가늠했다. 오늘의 목적지이자 공소희의 투신 장소인 검은 첨탑 교회는 길은목의 현재 지점에서 남서쪽으로 1킬로미터쯤 떨어진 곳에 있었다. 검은 첨탑과 십자가는 물에 잠긴 세상과 5월의 하늘 사이에 자리 잡고 있었다.

검은 첨탑 교회는 작은 종말 이전에 꽤 큰 규모의 교회가 있던 자리였다. 처음에 교회가 첨탑을 검게 칠한 것은 메가시티 측의 이주계획에 항의하기 위해서였다. 칠흑 같은 밤바다에 버려진 사람들과 연대하겠다는 의미였다. 하지만 1차, 2차 이주 절차가 마무리되고 메가시티 측에서 시민권을 두고 최후의 통첩을 해 왔을 때 첨탑을 검게 칠했던 교회 관계자들도 떠나갔다.

빈 건물을 차지한 건 팬데믹 생존자들로 이루어진 공동체였고, 공동체는 새로운 형태의 교회가 되었다. 그들에게는 팬데믹과 해수면 상승이 작은 종말이 아니라 최후의 심판이 시작되었음을 알리는 징후였다. 메가시티의 기성종교들은 종말론 교회를 이단으로 규정하고 더러는 악마 숭배자들의 공동체라며 비난을 퍼부었지만, 종말론 교회의 답변은 단순했다. 너희들은 시민으로 선택된 자들에게 구원을 팔고 우리는 젖은 땅에 버려진 자들에게 구원을 판다. 작은 종말 시기의 이단 논쟁은 길은목도 후에야 알게 된 사실이었다.

어릴 적 길은목도 검은 첨탑 교회를 기웃거린 적이 있었다. 거기 가면 공짜로 먹여 주고 재워 준다는 소문을 들었다. 하지만 종지기 영감이 길은목을 알아보는 바람에 문전박대를 당해야 했다. 해적들 심부름꾼을 공동체에 들였다간 괜한 시비에 휘말릴지도 모른다는 이유에서였다. 침수지역에 버려진 자들을 거두겠다던 검은 첨탑 교회에도 개구멍을 드나드는 어린 배달꾼을 위한 자리는 없었다.

하지만 그날 길은목은 종지기 영감 몰래 교회에 숨어들었다. 물품을 배달하는 사람들이 드나드느라 감시가 느슨해진 틈에 얼른 출입문 안으로 뛰어든 것이었다. 어떻게든 거기서 살아야겠다는 절박함 때문은 아니었다. 아까 종지기 영감의 등 뒤에서 들리던 피아노 소리를 조금 더 듣고 싶어서였다. 소리가 들려온 곳은 붉은색 커튼이 드리워진 아치형 창문 너머의 방이었다.

피아노 소리가 그치지 않아서 길은목도 교회 마당의 전정나무 그늘에 발이 묶이고 말았다. 해 질 녘이 되자 아치형 창문에도 그늘이 졌다. 커튼도 붉은빛을 잃었고 피아노 소리도 여틈해졌다. 길은목은 고개를 꺾어 검은 첨탑을 올려다보다가 저 스스로 발길을 돌렸다. 아득히 높고 위압적이던 그날의 첨탑이 십여 년 만에 길은목을 부르고 있었다.

곧장 달려가서 공소희의 죽음을 조사하고 싶지만 길은목과 검은 첨탑 사이에는 1킬로미터의 바다가 자리하고 있었다. 간조 때라면 도서관 뒷길을 따라 육로로 갈 수 있을 텐데 지금은 마을 전체가 물에 잠기고 없었다. 도서관 건물 꼭대기의 원뿔형 구조물이 겨울나무의 뿌다구니처럼 삐죽 솟아 있을 뿐이었다. 지금으로선 그 중간 경유지에 의지하는 수밖에 없었다.

길은목은 숨을 들이마신 뒤 도서관을 향해 잠수했다. 직선거리로 헤엄을 치는 것보다는 사선으로 잠수해서 이동한 다음 건물 외벽을 타고 원뿔형 구조물까지 올라가는 게 체력소모를 줄이는 길이었다. 만조를 앞둔 물속은 어둡고 혼탁했다. 가라앉은 거리의 어렴풋한 윤곽과 십 년 전 기억에 의존하여 방향을 가늠해야 했다. 길은목의 기억이 맞는다면, 공사가 중단된 상가건물 터와 2층짜리 공립유치원 건물 위를 지난 다음, 유치원 입구에 등을 대고 서서 2시 방향으로 100미터쯤 더 나아가면 도서관이었다.

백작약 꽃다발을 가져다 둔 사람은 침수지역의 만조와 간조 시간을 아는 자였다. 검색만 하면 확인할 수 있는 단순 정보였지만 문제는 난민촌과 침수지역의 인터넷망이 먹통이라는 점이었다. 불법 정보 공유와 소요 가능성을 차단한다는 명목으로 메가시티 측에서 인터넷망을 끊어버린 것이었다. 그렇다면 가능성은 두 가지였다. 모종의 경로로 도시로부터 정보를 얻어낼 수 있는 자이거나, 스스로 물때를 예측할 만큼 침수지역을 잘 아는 자이거나.

만조와 간조를 감안하여 움직인 건 백작약 꽃다발의 주인만이 아니었다. 4차 사건 사망자 오채영과 5차 사건 사망자 공소희도 간조를 기다렸다가 투신했다.

간조. 침수지역이 바닥을 드러내는 시간….

그 순간 길은목은 자신이 중요한 무언가를 놓쳤다는 걸 깨달았다. 도시의 길바닥에 익숙해져 버린 탓에 침수지역의 특수성을 간과한 것이었다. 오채영과 공소희의 투신 정황에는 룩스관 꼭대기 층의 원장 수녀는 알 수 없는 요소가 존재했다. 땅바닥의 상태였다.

난민촌 요양원 뒷길과 달리 침수지역의 길바닥은 개펄 상태였다. 간조가 되어도 무르고 두툼한 개흙층이 길바닥을 뒤덮고 있었다. 그런데도 사망자들의 머리는 난민촌 사망자들과 마찬가지로 파열이 되었다. 가능성은 다시 두 가지로 나뉘었다. 사망자들의 두개골이 개펄에 부딪혀도 박살이 날 수밖에 없는 상태였거나 아니면 투신 지점에 딱딱한 뭔가가 있었거나. 오채영의 사망 지점에 대해 알아보지 않고 오인석만 만나고 온 것은 치명적인 실수였다. 일을 바로잡으려면 만조 때 5차 사건 주변인 조사를 마치고, 간조 때 공소희와 오채영의 사망 지점을 차례로 둘러봐야 했다.

공립유치원 옥상으로 보이는 사각의 구조물이 어렴풋하게 보였다. 길은목은 유치원 출입구를 기준으로 진행 방향의 북동쪽으로 꺾어서 나아갔다. 어릴 적 기억대로 100미터쯤 나아갔는데 도서관 건물이 나오지 않았다. 십 년 사이 거리의 구조가 바뀌었고 그 바람에 방향감각마저 흔들린 것이었다. 휴대용 랜턴으로 물속을 비춰보았지만, 도서관 근처 어디쯤인지 알 수가 없었다. 하는 수 없이 길은목은 수면을 향해 헤엄을 쳤다.

거친 날숨을 토해내고 숨을 수차례 들이쉰 다음 주위를 둘러보았다. 하지만 어딘가에 있어야 할 원뿔형 구조물이 보이지 않았다. 유일한 의지처였던 중간 경유지는 그새 물에 잠겼고, 길은목은 공장지대 마을과 검은 첨탑 교회 사이의 바다에 떠 있었다.

배낭 때문인지 아침나절에 물길을 타고 오느라 체력을 소모한 탓인지 온몸의 근육이 빠른 속도로 이완되고 있었다. 길은목은 열두 살의 그 날래던 아이가 아니었고 침수지역도 기억 속 그 공간이 아니었다. 길은목은 바지 주머니에서 사탕을 한 알 꺼내 먹었다.

공장지대 마을로 돌아갈지 검은 첨탑 교회가 있는 마을로 계속 갈지 결정을 내려야 했다. 직선거리로는 공장지대 언덕이 가깝고, 한번 지나온 길이라 잠수를 하더라도 길 찾기가 수월할 터였다. 하지만 만조의 물살을 거슬러 가야 한다는 단점이 있었다. 반면 교회가 있는 마을은 공장지대보다 더 내륙으로 들어간 곳에 있어서 만조 때의 물살을 타면 이동이 용이할 터였다. 하지만 지형 변화 때문에 잠수는 위험할 수도 있었다.

어느 쪽이 생존에 유리한지는 알 수 없는 상황이었다. 결국 길은목은 애초에 가려던 곳으로 향했다. 혀에 굴러다니는 사탕 조각들을 툭 뱉어버린 뒤, 길은목은 검은 첨탑을 향해 다시 잠수했다. 하지만 근육은 아까보다 빠르게 지쳐갔다. 숨이 가빴고, 출렁이는 물살 때문에 방향감각도 무뎌져 버렸다. 어디든 몸을 받쳐줄 곳을 찾지 못하면 오늘 당장 주데카 얼음 연못으로 가게 될지도 몰랐다. 마지막으로 한번 더 방향을 잡아볼 생각으로 길은목은 다시 수면으로 올라갔다.

첨탑은 여전히 멀었고 도서관의 원뿔형 구조물도 보이지 않았다. 하지만 그리 멀지 않은 곳에 끈에 달린 부표가 떠 있었다. 수면 아래 어딘가에 묶여 있는지 부표는 제자리를 지키며 떠 있었다. 길은목은 남은 힘을 다해 부표 쪽으로 헤엄쳤다. 귀퉁이가 쪼개져 나간 낡은 부표들을 서너 개 엮은 것이었다. 길은목은 부표 다발 위로 상체를 밀어 올린 다음 그대로 엎드렸다.

모든 것이 출렁이고 있었다.

17

물속의 만남

부표는 어디론가 흘러가고 있었다. 아니 방향이 일정한 것으로 보아 무언가에 의해 혹은 누군가에 의해 끌려가고 있다고 해야 할 것이다. 길은목은 매 순간 현기증 나는 수렁으로 빠져드는 느낌이었다. 고개를 들어 사태를 파악하고 싶은데 몸은 가눠지지 않았고 간헐적인 암전들로 생각마저 툭툭 끊어졌다.

그래도 알아낸 게 전혀 없지는 않았다. 파도 소리 사이로 거친 날숨소리가 들려오는 것으로 보아 부표를 끌고 가는 힘의 주체는 사람이었다. 부표의 이동 방향 또한 추측할 수 있었다. 부표는 출렁이는 물살을 타고 넘으며 고지대로, 길은목이 가려 했던 검은 첨탑 교회가 있는 마을로 향하고 있었다. 만조를 향해 가는 물의 흐름과 부표의 이동 방향이 같았던 것이다.

남은 건… 부표를 끄는 자의 속에 든 것이 선의냐 악의냐 하는 점이었다.

물에 빠진 사람을 건졌다면 정신을 차리도록 흔들어 깨우는 게 자연스러운 순서였다. 하다못해 이름이라도 물어봤을 것이다. 하지만 부표를 끄는 자는 길은목의 생사여부나 정체에는 도통 관심이 없는 듯했다.

길은목은 남은 힘을 그러모아 고개를 들었다.

상대는 상체의 근육이 발달한 남자였다. 검은 티셔츠 밖으로 드러난 목덜미 뒤와 팔뚝이 그을린 것으로 보아 공장지대 노동자보다는 바다에 나올 일이 많은 직업인 듯했다.

"이봐요!"

길은목이 입을 떼어보았지만, 상대는 무반응이었다. 파도 소리의 간섭으로 목소리가 닿지 않은 건지 일부러 못 들은 척하는 건지는 알 수 없었다. 하지만 길은목은 상대를 이쪽으로 끌어당길 방법을 알고 있었다. 스스로 미끼가 되는 것이었다. 속에 든 게 선의든 악의든, 상대에겐 길은목을 구조해야 할 이유가 있을 터였다.

길은목은 상체를 뒤로 밀었다. 그러자 부표 위에 아슬아슬하게 걸쳐져 있던 몸이 하반신의 무게를 견디지 못하고 물속으로 미끄러져 들어가고 말았다. 물속으로 수직 하강하는 길은목을 향해 검은 옷이 다가왔다. 검은 옷은 순식간에 한 팔로 길은목의 목덜미를 휘감아서 수면으로 솟구쳤다.

"죽기 싫으면 부표 똑바로 잡아요."

길은목의 몸을 부표 위로 밀어 올린 뒤 검은 옷은 다시 부표의 밧줄을 잡아끌고 헤엄을 치기 시작했다. 길은목은 물을 게워내면서 좀 전에 본 것들을 되짚었다. 얼굴은 제대로 보지 못했지만, 상대의 목소리와 전체적인 체형은 확인한 터였다.

키가 크고 젊은 남자였다.

홍한세의 투신 지점에서 백작약 꽃다발을 발견한 이후로 한 번쯤은 현장 주변에서 마주치겠다고 생각했던, 특정 신체 조건을 가진 사람이었다. 물론 이 남자가 백작약 꽃다발을 가져다 둔 사람이라는 증거는 어디에도 없었다. 다만 홍한세, 정일문, 오채영 사건을 되짚어 오는 사이, 거짓말처럼 단 한 번도 본 적이 없는 '키가 크고 젊은 남자'를 이 바다에서 맞닥뜨렸다는 게 께름칙할 따름이었다.

길은목은 바지 주머니를 뒤져서 사탕을 꺼내 먹었다. 바닷물을 너무 많이 삼킨 터라 사탕의 인공 과일 향에 구역질이 더 심해졌다. 하지만 길은목은 사탕을 우득우득 깨물어 삼켰다. 정신이 또렷해지자 비로소 보이는 것들이 있었다. 남자의 목덜미 뒤는 수포 자국과 켈로이드로 가득했다. 길은목의 오른쪽 팔뚝에도 제법 긴 켈로이드가 있었다. 마약 배달 일을 시작할 즈음 단념과 복종이란 걸 배우라며 늙은 해적이 칼로 그은 자국이었다.

남자는 거친 흉터들로 자신이 침수지역 출신임을 증명해 보였다. 적어도 타지에서 넘어온 해적은 아니었다. 목뒤의 흉터는 칼부림의 결과가 아니었다. 누군가 남자를, 아마도 어린 시절의 남자를 칼로 으르고 위협한 증거였다. 그렇다고 부표를 끌고 있는 남자에 대한 의심을 거둔 것은 아니었다.

침수지역에서 나고 자랐다는 사실만으로 증명되는 건 없었다. 다섯 건의 투신 사고나 백작약 꽃다발과 접점이 없다고 하더라도 남자는 그 자체로 위협이 되었다. 열린 바다인 침수지역의 특성상 인신매매는 쉬이 뿌리가 뽑히지 않는 범죄였다. 저 남자가 길은목을 어딘가에 팔아넘기기로 했다면 빠져나가기가 쉽지 않을 터였다. 체격이 좋은 젊은 남자들은 죄다 종말론 교회나 해적들 밑에서 일한다던 오인석의 말도 길은목의 뇌리에 불길한 울림을 주었다.

정체 모를 남자가 끄는 밧줄은 길은목이 막 당도한 인생에 대한 은유였다. 답을 찾으려면 아직 더 가야 하는데 바다 한 가운데서 발이 묶여버린 것이었다. 막다른 곳은 빈민가의 좁은 골목에만 존재하는 게 아니었다. 사면이 트인 바다에서도 길이 끊길 때가 있었다.

152

이 상황을 모면할 탈출구가 어디인지는 알 수 없지만 길은목에겐 해야 할 일이 있었다. 그리고 그 일을 위해선 협상이필요할지도 몰랐다.

"감사 인사가 늦었어요. 구해주셔서 고맙습니다."

"인사는 필요 없어요. 뜰채로 물고기 한 마리 건져낸 거랑비슷하니까."

시큰둥한 대답이 돌아왔다.

"절 어디로 데려가시는 거예요?"

"그건 내 맘 아닌가?"

길은목은 입술을 떨었다. 체온이 떨어지고 있었지만, 정신은 더없이 맑았다.

"저한테 바라는 게 뭔지 모르지만 딱 사흘만 말미를 주세요. 도망 같은 거 안 갈 테니까."

그러자 남자는 제 쪽으로 부표를 힘껏 잡아당긴 다음, 한팔을 부표에 걸치고 쉬었다.

"도망을 안 간다고? 내가 그 말을 어떻게 믿지?"

"약속을 어기고 달아났다가 지옥이 열리는 꼴을 본 적이있습니다. 뭐, 이제는 직업상 거짓말도 못 하게 되었고요."

남자는 대답 대신 고개를 뒤로 꺾어 하늘 쪽으로 얼굴을돋우었다. 하늘을 보는 거지, 고개만 하늘을 향하고 눈은 감고 있는지 그도 아니면 이빨을 드러내고 실소하고 있는지,

길은목 쪽에서는 확인할 길이 없었다.

길은목은 허리춤에 걸어둔 칼을 떠올렸다. 마침 남자와의 거리도 바특했다. 이대로 칼을 휘두르면 목덜미 뒤에 자상 하나쯤은 남길 수 있을 터였다. 하지만 길은목은 노비스였다. 정당방위도 아닌 상황에서 타인의 몸에 상해를 입힐 순 없었다.

"사흘 동안 뭘 하려고?"

남자가 다시 입을 열었다.

"먼저 검은 첨탑 교회 주변을 둘러볼 거예요. 지난 9일에 목사 부인인 공소희 씨가 첨탑에서 투신을 했다고 들었어요. 그 일에 대해 알아볼 생각입니다."

"그 일이 당신이랑 뭔 상관인데?"

"좋은 분이었다고 들었어요. 의인의 죽음은 쉬이 잊히지 않는 법이죠. 실은 공소희 씨의 죽음을 괴로워하는 어떤 분의 부탁을 받고 왔습니다. 공소희 씨가 왜 죽었는지, 정말로 스스로 몸을 던진 게 맞는지 조사하는 게 제 일이죠."

"사흘 동안 그 일의 진상조사를 하겠다는 건가?"

"아니요. 그 일은 이틀 안에 마무리할 것입니다. 나머지 하루는 개인적인 일에 써야 하거든요."

"개인적인 일?"

길은목의 눈길이 검은 첨탑 교회가 있는 마을 뒷산을 더듬었다. 5월의 산은 여틈한 초록빛이었다.

"작은 십자가를 만들어서 저쪽, 만조 수위보다 높은 지대 어딘가에 꽂아두려고요."

"십자가?"

"네. 십 년 전쯤 친구가 죽었는데 여태 무덤을 만들어주지 못했거든요."

남자가 코웃음을 쳤다.

"하나같이 쓸데없고 한심해 빠진 버킷 리스트군. 당장 내가 부표를 빼앗아서 혼자 가 버릴지도 모르는데."

"그럼 혼자서라도 마을까지 헤엄쳐 갈 겁니다. 목사 부인 투신 사고를 조사하고, 사람들의 발길이 뜸한 산자락 어디쯤 십자가 하나를 세우고, 그 밑에다 사탕을 한 움큼 두고 올 거예요."

"그 배낭 안에 그 지긋지긋한 사탕이 들어 있는 모양이군. 외지인이라 값이 나가는 걸 들고 다닐 줄 알았더니."

길은목은 남자의 목덜미 뒤를 보았다.

칼날이 목덜미를 스쳤을 때 저 사람은 몇 살이었을까.

침수지역에는 도시 괴담이랄 게 없었다. 하다못해 난민촌에 떠도는 화장터 괴담 같은 것도 없었다. 해적이 어린애를 잡아다가 몸에 칼자국을 낸 뒤 바다악어 수조에 던져버린다거나, 팬데믹 당시 격리수용소로 끌려간 사람들 가운데 돌아온 사람이 아무도 없다거나, 그들 모두 화장되어 침수지역의 산자락 어딘가에 뿌려졌다거나 하는 식의 괴소문은 애초에 필요가 없었다.

그 모든 게 '사실'의 영역이었기 때문이다.

바다가 오염되고, 해양에서 기원한 바이러스가 세계를 덮치면서 물귀신이나 사람을 잡아먹는 인면어 이야기도 시시해지고 말았다. '잔류인'들을 떨게 만드는 것은 사회 안전망이 무너졌다는 뼈저린 자각과 오염된 바다에서 잡아 온 물고기를 섭취한 대가로 따라올 생물학적 병증이었다. 상상력은 설 자리를 잃은 지 오래였다.

하지만 길은목은 괴담이 눈앞에서 살아나는 걸 목격했다.

"오늘 처음으로 괴담을 믿고 싶어졌어요."

"괴담?"

"네. 예전에, 물에 잠긴 도서관에서 괴담 책을 읽은 적이 있어요. 번역서여서 주인공들 이름은 다 까먹었지만, 내용은 기억해요."

남자는 더 들을 마음이 없는지 부표에서 팔을 내린 뒤 다시 헤엄을 치기 시작했다.

"이름을 부르면 온다는 귀신 이야기였어요. 그때는 얼토당토않은 이야기라 생각했는데… 아니었어요. 괴담은 진짜였어요."

길은목도 부표 밑으로 내려왔다. 한 팔로 부표를 붙잡고서
헤엄을 쳤다.

"윤수야! 한윤수! 한윤수!"

그리고… 검은 옷이 돌아섰다.

이름을 부르면 온다는 괴담 속 귀신처럼 한윤수가 물에 떠
있었다.

18

묵은 사탕

"살다가 한 번쯤은 찾아올 거라고 생각하고는 있었는데 혼자 물에서 허우적거리고 있을 줄은 몰랐지. 재벌을 후견인으로 둔 사람이 이러고 다니는 거 알면 이 근방에 흩어져 사는 해적 잔당들이 모처럼 본업으로 돌아가고 싶어질 텐데. 나도 뭐, 아주 생각이 없는 건 아니야. 널 넘기기만 해도 반년치 생활비는 해결될 테니까."

냉소 가득한 말투로 가려지는 건 없었다.

가늘고 긴 눈매에 커다란 앞니. 1년 열두 달 성난 토끼처럼 생긴 얼굴은 그 애가 분명했다.

"한윤수…."

삶의 예측불허는 익히 안다고 자부했는데 이런 식으로 허를 찔릴 줄은 몰랐던 터였다. 살아남아서 스물두 살이 된 한윤수와 이 가장자리 바다에서 재회할 가능성이 얼마나 될까.

"정말 너 맞아?"

죽었다고 믿고 산 세월이 십 년이었다. 도시로 간 길은목은 정영배 회장에게 부탁하여 수차례나 한윤수를 찾아보았다. 구호 물품을 가지고 침수지역에 들어간 비서진은 매번 새로울 것도 없는 소식을 가지고 돌아왔다. 급수탑 마을에 윤수라는 아이가 살았던 건 확인이 되었으나 수개월 전부터 본 사람이 없다는 것이었다.

몇 해 뒤부터는 상상력마저 틀어 막혀 버려서 꿈에서도 열세 살, 열네 살, 열다섯 살의 한윤수를 그려본 적이 없었다. 할 수 있는 건 기도밖에 없었다. 정영배 회장을 따라 성당에 다니면서 길은목이 가장 먼저 암송했던 기도문도 시편을 인용한 위령의 기도였다. 하지만 스물두 살의 한윤수가, 눈앞에, 살아 있었다.

"말도 안 돼…."

"말이 안 될 건 없어. 앞으로도 계속 한윤수는 열두 살에 죽었다고 믿으면서 살아. 어떤 의미에선 사실이기도 하니까."

한윤수는 다시 헤엄을 치기 시작했고 둘은 바다와 땅의 경계에 다다랐다.

버려진 낚싯배 한 척이 떠 있는 오르막길이었다. 간조 때는 부랑자들의 쉼터로 쓰이는지 배 안에는 빈 술병들과 음식

찌꺼기가 버려져 있었다. 한윤수는 부표를 끌어당겨 낚싯배 측면의 걸쇠에 묶었다.

"그런 눈으로 보지 말지! 기적 같은 게 일어나는 동네가 아니란 거 나도 아니까."

아닌 게 아니라 길은목은 한윤수에게 해명을 바라고 있었다.

두 사람은 저 바다에서 절대 우연히 만나질 사이가 아니었다.

흉터투성이 목덜미의 주인이 한윤수일지도 모른다는 의심이 싹튼 건 의외로 순조롭게 이어지던 대화 때문이었다. 세부 사항을 따져 물었어야 할 상황에도 검은 옷은 길은목의 이야기를 잠자코 들어주었다. 길은목이 직업상 거짓말을 못 한다고 했을 때, 십 년 전에 죽은 친구의 무덤을 만들겠다고 했을 때, 검은 옷은 이미 길은목의 사정을 알고 있다는 듯 아무것도 되묻지 않았다. 하지만 검은 옷이 한윤수 일 수밖에 없다고 확신한 건 '지긋지긋한 사탕'이라는 표현 때문이었다.

지긋지긋한 건 사탕이 아니었다.

열두 살에 둘이 마지막으로 나누었던 대화를 여러 차례 곱씹었다는 뜻이었다. 길은목 앞에서, 사탕에 지긋지긋하다는 수식어를 붙일 수 있는 사람은 이 세상에 그 애 하나밖에 없었다.

"난 줄 어떻게 알아봤냐? 전에 급수탑 마을에서 같이 살았
던 어른들도 날 못 알아보던데."

한윤수가 티셔츠의 물기를 짜내며 물었다.

"물속에서 스쳤을 땐 나도 못 알아봤어."

길은목은 얼른 배낭의 방수포를 벗겨내고 사탕 봉지를 꺼
냈다.

"이거. 네가 지긋지긋하다고 한 사탕."

한윤수는 사탕 봉지와 길은목의 얼굴을 갈마보았다. 까맣
게 그을리고 물에 젖은 얼굴에 작은 균열이 일었다. 웃는 모
습마저 성난 토끼 같던 그 애가 틀림없었다.

"뭐야, 십 년 만의 고향 방문인데 이런 싸구려 사탕을 들
고 온 거야? 이런 건 침수지역에서도 얼마든지 구할 수 있다
고."

한윤수는 사탕 봉지를 낚아채어 뒤적이다가 포도 맛 하나
를 꺼내 먹었다.

"난 아까 다 말했어. 여기 온 용건부터 일정까지. 이젠 네
차례야."

한윤수는 W-19 지역의 경비대 일을 하고 있다고 했다.
침수지역에 들어오는 외지 어선들을 감시하는 방문자들의 명
부를 작성하는 일을 한다는 것이었다.

"그럼 순찰 중에 날 본 거야?"

"아니. 오늘은 비번이라 작업장에 있었어. 경비대 일이 없는 날에는 아는 형님이 하는 고물상에서 일하거든."

침수지역 폐가들을 철거해서 철근 같은 재활용 폐기물을 분리해내는 일을 한다고 했다. 도서관 주변 지형이 달라진 이유도 길은목이 기억하는 주변 건물들이 사라졌기 때문이었다.

"목선 정박지에 사는 애들한테 일감을 줬거든. 만약에 내 또래 여자가 물길을 타고 도시 쪽에서 넘어오거든 그 여자 모르게 노란 깃발로 알려달라고."

"그럼 내가 그쪽으로 오리란 걸 알았단 뜻이야?"

"대비를 해둔 거지. 공식적인 루트로 도시 경찰들과 같이 넘어오는 사람들 명단은 미리 알 수가 있는데, 그쪽 물길은 통제가 안 되니까. 거기 애들한테 가끔 말린 생선이나 쥐여주면서 말해둔 건데 정말로 노란 깃발들이 나부끼는 날이 올 줄은 나도 몰랐다."

길은목은 수돗가에서 갑자기 나타났던 비누를 떠올렸다.

"비누도 네가 준 거야?"

"줬다기보다 그냥 던졌지. 네가 아닌 줄 알았거든. 머리는 너무 짧고 키는 또 너무 크고. 내가 기억하는 길은목이랑 전혀 딴판이어서 난민촌 밀수업자의 심부름꾼인가 보다 했어.

162

그래서 비누만 툭 던져놓고 왔지."

"내가 그렇게 달라졌어?"

"좋은 집에 입양됐으니까 어릴 적 그 얼굴에서 조금 더 성숙해지기만 했을 거라고 넘겨짚었던 거지. 편하게 사는 사람들은 얼굴이 잘 안 바뀌니까. 그런데 내가 아는 그 겁먹은 얼굴이 아니더라고. 차갑고 단단해 보였어."

십 년 동안 한윤수가 죽었다고 믿고 살아온 길은목이었다. 윤수를 인질로 잡고 있던 해적들이 그 애를 기어이 바다악어의 수조에 던졌을 거라고 생각했다. 어릴 적 소원대로 온종일 물이 차오르지 않는 도시에서 살면서도 마음은 만조와 간조 사이 어디쯤을 헤매었고, 삶의 종착지를 주데카 연못으로 정해두고서 행복해지지 않으려고 스스로 모질게 굴었다.

"말이라도 걸어주지, 그랬어. 그랬으면 처음부터 너랑 배를 타고 이 바다를 건넜을 거 아니야. 네가 죽었다고 생각하니까 이 동네에선 배 한 척 빌릴 염치도 없더라고."

"그래도 혹시나 해서 몰래 지켜보긴 했어. 어쨌거나 외지인을 감시하는 건 W-19 지역 경비대 일이기도 하니까."

"언제 나란 걸 알았어?"

"모아이 석상 아지트로 잠수하는 걸 봤어."

"그런데 왜 모르는 척했어?"

"무섭더라고. 너라는 확신이 들면 들수록 겁이 났어. 무려

십 년이 지났고, 나를 찾는 게 아니라 그냥 네 추억을 더듬으려고 아지트에 간 걸 수도 있으니까."

반갑다고 선뜻 다가가고, 악수 한 번으로 재회할 수 있는 사이가 아니란 건 길은목도 알고 있었다.

한윤수 말처럼 많은 시간이 흘렀고 많은 것들이 변했으며 한윤수의 뒤쪽으로 보이는 교회의 첨탑은 지독히도 검었다.

땅으로 올라온 한윤수는 물속에서 눈어림했던 것보다 훨씬 키가 컸다. 172센티미터인 길은목보다도 한 뼘은 더 큰 것으로 보아 180센티 중반은 될 듯했다. 윤수는 오르막길에 퍼질러 앉았다. 물에 젖은 목과 쇄골에도 켈로이드가 보였다.

한윤수의 살을 찢고 지나간 건 무디거나 예리한 그저 그런 칼날이 아니었으리라. 작은 죽음들이 칼날이라는 형체의 물성을 띠고서 윤수의 몸과 정신을 난도질한 것이다. 윤수가 말한 해안 경비대의 후원처나 조직처가 종말론 교회나 이 지역에 정착한 해적들은 아닌지 궁금했지만 차마 물을 용기가 나지 않았다. 길은목은 머릿속이 다시 꽁꽁 얼어붙는 느낌이었다. 윤수가 살아 있는데도, 물기를 뚝뚝 흘리며 자신을 올려다보고 있는데도 주데카 얼음 연못은 사라지지 않았다. 가장 깊은 지옥은 녀석의 생사와 상관없이 여전히 유효했다.

"왜 그러고 섰어? 너도 숨 좀 돌려."

윤수가 제 옆쪽 땅바닥을 두드렸다. 녀석의 손등에도 켈로이드가 있었다.

"자꾸 보니까 옛날 얼굴이 나오네. 말주변 없는 것도 똑같고. 앉아. 쉬면서 사탕이나 먹자."

윤수는 여태 쥐고 있던 사탕 봉지를 바닥에 내려놓았다. 길은목도 그 옆에 자리를 잡고 앉았다.

"메가시티에 가니까 뭐가 좋았어? 질문이 좀 웃긴가?"

"벽장의 좀약 냄새가 맘에 들었어."

윤수는 그 대답에 깃든 것들을 알아차린 눈치였다. 좀약은 뭐든 젖고 썩어가던 게 당연하던 곳에서, 내 것이 낡아지고 부패하도록 버려두지 않는 곳으로 탈출했다는 증거였다.

"사탕 말고 다른 것도 있어."

길은목은 가방을 뒤적거려 방수포로 감아둔 사과를 꺼냈다. 그리고 따지 않은 생수병과 아까 오인석에게 받은 찰광어 구이도 꺼냈다. 찰광어는 물에 젖어버려서 발치에 버리고 사과와 생수병은 방수포를 벗겨서 윤수에게 주었다.

"네 눈에는 내가 아직도 밥을 굶고 다니는 열두 살 어린애로 보이냐?"

"그냥 주고 싶어서."

"지금이 아니면 언제 또 애를 볼 수 있을까, 뭐 그런 치사한 생각을 하는 건 아니지?"

예나 지금이나 윤수는 사람 속내를 읽는 재주가 있었다.

이럴 땐 말머리를 돌리는 것 말고는 방법이 없었다.

"넌 어떻게 지냈어?"

"노예로 팔려 갈 뻔한 걸 교회에서 구해줬어. 해적들한테 몸값을 치르고 날 데려간 거지. 그 뒤로는 계속 교회 공동체에서 살았고. 최근까지도 거기서 지내다가 독립한 지 얼마 안 됐어."

애틋한 감상이 차오르는 와중에도 길은목은 교회 공동체라는 말에 신경이 쓰였다.

"널 구해준 교회가 저기 검은 첨탑 종말론 교회야?"

"응. 정확히는 교회가 아니라 거기 사모님이 구해주신 거지만."

"사모님 성함이 공소희야? 투신 사고로 죽었다는 공소희 씨."

한윤수는 사과즙이 묻은 입가를 훔치며 고개를 끄덕였다.

5차 사건 사망자 공소희와 한윤수 사이에 접점이 있으리라곤 상상도 못 했던 터였다. 그 이음매에는 어딘가 불길한 구석이 있었다.

"사모님 사건을 조사하러 왔다고 했지? 그만두는 게 좋아. 누구 부탁을 받았다는 건지는 모르겠지만 넌 이런 위험천만한 일과 안 어울려."

"이 일이 왜 위험천만하다는 거야?"

길은목과 한윤수의 눈길이 부딪쳤다. 길은목은 이마를 타고 흘러내리는 물기를 털어내고는 말을 이었다.

"4월 18일부터 5월 9일까지 난민촌과 W-19 지역 일대에서 다섯 사람이 비슷한 형태로 자살했는데, 하나같이 자살 동기가 명확하지 않아. 그리고 다섯 사람 다 누구나 인정할 만큼 좋은 사람들이야. 내가 아는 건 여기까지야. 앞서 난민촌에서 두 건의 사고를 조사하고 다녔지만, 위험한 일에 연루된 적은 없어. 내가 하는 일은 그냥 취재기자들이 하는 일 그 이상도 이하도 아니야. 넌 뭘 걱정하는 거야?"

"여기 돌아온 것부터가 위험한 일이지. 방금 물에 빠져 죽을 뻔했다는 걸 까먹은 모양이네."

"그게 다야? 여기가 침수지역이라서? 내가 알던 시절보다 만조 수위가 높아지고 지형들이 조금 달라져서?"

"사모님의 자살 동기를 밝히겠다고 주변인들 들쑤시고 다녀서 좋을 것 없다는 뜻이야. 여긴 메가시티의 법이 적용되는 데가 아니라는 걸 명심해. 그리고 소득도 없을 거야. 너보다 훨씬 노련해 보이던 기자도 문전박대당하고 돌아갔으니까."

CPLC 정지혁 기자 얘기인 듯했다. 길은목이 아는 한 이 투신 사고에 반토막 관심이라도 준 언론인은 정지혁밖에 없었다.

"여기 오르막 골목을 따라 산 방향으로 올라가다 보면 정원에 장미꽃이 있는 2층짜리 여인숙이 하나 있어. 도시의 공무원들이나 경찰들도 가끔 묵어가는 곳이라 외지인이 와도 이상하게 여기지 않을 거야."

한윤수가 자리를 털고 일어났다.

"도시의 경찰들도 더러 온다고? 혹시 해적들과 관계있는 거야?"

"설마. 도시에서 해적한테 관심 두는 거 봤어? 그냥 도망자를 잡으러 오는 거야. 가끔 도시에서 범죄를 저지르거나 큰 빚을 지고 침수지역으로 넘어오는 놈들이 있거든. 아무튼 일몰 전에 방부터 잡아. 내 소개로 왔다 하면 깨끗한 방 내 주실 거니까 내일 아침까진 거기서 지내. 난 야간경비라 지금 가 봐야 해."

"오늘 일몰이 18시 11분이니까, 아직 시간이 있네. 현장 좀 둘러보고 나서 네가 알려준 여인숙으로 갈게. 고마워."

"너 진짜…."

윤수는 사탕 봉지를 주워서 길은목에게 거칠게 떠안겼다.

"여긴 뭐 하러 왔어? 수도원 담장 안에서 꼭꼭 숨어 지내지 여기는 왜 온 거냐고?"

"내가 수도원에 들어간 걸 네가 어떻게 알아?"

"왜? 신문도 없고 인터넷도 막힌 폐쇄구역에서 네 근황을

꿰고 있으니까 소름 돋아? 도시를 오가는 작자한테 귀동냥을
좀 했다. 내가… 네 일을 방해하려고 여인숙에 숨어 있으라는
것 같아? 너한테는 내가 그런 놈이야? 여긴 관광지 바닷가가
아니라 침수지역이야. 해가 수평선 너머로 기울면 여기 사람
들 뇌리에서도 일몰이 시작돼. 누구는 두려워서 집 문을 걸
어 잠그고, 누구는 무법천지의 밤거리를 활개 칠 생각으로
칼을 챙겨 들지. 여긴 신께서도 눈 감은 동네라는 걸 잊었어,
수녀님? 중무장한 도시 경찰들도 여기 오면 밤에는 3인 1조
에 로봇 경찰견까지 데리고 다녀. 그런데 네가 혼자서 뭘 하
겠다는 거야?"

"한윤수…."

"그만 가서 쉬어. 내일 아침에 보자."

윤수는 싸늘한 얼굴로 말을 매조지은 뒤 고무보트들이 묶
여 있는 선착장 쪽으로 떠났다.

오르막 골목과 산길을 따라 ∩형으로 굽은 지형의 저편에
검은 첨탑 교회가 있었다. 교회 건물도 1층 높이까지 물에
잠겼으나 높은 종탑과 검은 십자가가 길은목을 부르고 있었
다.

19

장미 여인숙

윤수 말대로 장미가 흐드러진 여인숙이었다.

길은목은 지금이 5월 말, 성모성월의 끝자락이라는 걸 새삼 실감했다. 두고 온 수도원 담장에도 장미가 한창이었다. 주데카 연못 루시퍼 사진으로 벌을 받기 전, 수녀님들과의 마지막 암불라레 산책 때는 원장 수녀가 직접 필름 카메라를 들고나와서 노비스들과 수녀들의 사진을 찍어주기도 했었다.

그 산책길을 떠나온 지가 아득히 오래된 것만 같았다. 바닥이 꺼져버린 듯한 세상에서 길은목의 걸음을 지탱해주던 유일한 공간이 그 산책로였다. 길은목은 여인숙 창밖의 장미를 내려다보며 기도했다. 수도원의 산책로로 돌아가게 해 달라고 그리고 아직은 이름을 알아내지 못한 어떤 악으로부터 윤수를 지켜달라고….

길은목은 두 번째 기도의 지향이 솔직하지 못했다는 걸 알고 있었다. 아직 이름을 알아내지 못한 악으로부터 윤수를 지켜달라는 말은 한윤수가 다섯 건의 투신 사고와 무관하다는 전제하에 성립하는 것이었다. 목덜미의 흉터들을 보았을 때만 해도, 그 흉터의 주인공이 한윤수라는 사실을 깨달았을 때까지도 길은목은 그가 이번 사건과 아무런 접점도 없다고 확신했던 터였다.

그 확신을 무너뜨린 건 한윤수 본인이었다.

'왜? 신문도 없고 인터넷도 막힌 폐쇄구역에서 네 근황을 꿰고 있으니까 소름 돋아?'

한윤수는 길은목의 근황을 파악하고 있었고 그건 곧 한윤수가 난민촌이나 메가시티와 어떤 식으로든 연줄이 닿아 있다는 뜻이었다. 게다가 5차 사건 사망자 공소희의 주변인이었고, 젊고, 키가 컸다. 길은목은 여태 침수지역과 난민촌을 수시로 드나들며, 키가 크고 젊은 남자 하나를 쫓고 있었다. 홍한세, 정일문, 오채영의 사망 지점에 백작약 꽃다발을 가져다 두고 사라진 사람은 벨라뎃다 수녀와 마찬가지로 이 투신 사고를 하나의 맥락에서 이해하는 인물이었다. 그런데 그자와 유사한 신체조건을 지니고, 5차 사건의 주변인이기도 한 한윤수가 길은목의 사건 조사를 반대하고 있었다.

그게 의미하는 게 무얼까. 길은목은 자책했다. 나는 무엇이

두려운 걸까. 한윤수와 공소희의 접점을 인지한 순간 혹시 백작약 꽃다발에 대해 아는 바가 있느냐고 물었어야 했다. 백작약 꽃다발을 두고 사라진 남자, 사람들의 죽음 언저리를 맴도는 그 사람이 한윤수 너라는 증거는 어디에도 없다. 너는 그저 5차 사건 사망자의 지인에 불과하고, 나는 공소희의 추락지점에서 백작약 꽃다발을 보았느냐고 질문하면 그만이었다. 그런데도 나는 그 질문을 아꼈다.

왜….

머리가 터져버린 시신들과 백작약 꽃다발….

그리고 정지혁 기자에게 떠넘기고 온 그 일….

길은목은 급히 성호를 긋고는 욕실로 들어갔다. 간단히 몸을 씻고 옷을 갈아입었다. 겹겹 방수포도 소용이 없었는지 여벌 옷도 젖어 있긴 마찬가지였다. 그나마 다행인 건 침수지역에선 젖은 옷을 입고 다니는 게 큰 흠은 아니라는 점이었다. 옷을 대충 헹구어서 욕실에 걸어놓고, 다른 짐들은 침대 위에 펼쳐서 말렸다.

원장 수녀에게 받은 메모지도 귀퉁이가 젖어서 글자들이 파르스름하게 번져 있었다. 여러 차례 들여다본 덕에 고스란한 복사본이 머릿속에 들어 있었다. 그래도 길은목은 종이를 조심스레 다루었다. 원장 수녀의 메모지는 일종의 위임장이자 길은목의 침수지역 행이 추방이 아니라는 증거였다.

윤수에게 돌려받은 사탕 봉지는 수건으로 물기를 닦은 다음 벽 쪽에 있는 간이 화장대에 늘어놓았다. 열두 살에 빚진 사탕을 십 년이 지난 시점에 이따위 사탕 봉지로 갚을 수 있으리라 기대한 것 자체가 교만이었다. 물이 차지 않는 산자락에 나무 십자가를 세우고 그 아래 사탕 봉지를 두고 오면 묵은 부채감이 씻길 줄 알았는데 아니었다. 운명은 길은목에게 살아 있는 한윤수를 돌려주었고 그 아이는 뜻밖에도 불길한 투신 사건의 주변인으로 등장했다.

제발 그대로, 사건의 주변에만 머물러 있어, 한윤수. 너 아니어도 충분히 골머리를 썩이고 있던 참이니까.

짐 정리가 얼추 끝나자 피로가 몰려왔다. 침대든 바닥이든 등을 대기만 하면 윤수가 바라는 대로 내일 아침까지 내처 잘 것만 같았다. CPLC 사옥에서 정지혁에게 얻어 마셨던 따뜻한 커피가 그리웠다.

길은목은 밤바람에 머리를 말리려고 창문을 열었다. 창틀에 걸터앉자 여인숙 후원이 내려다보였다. 꽃을 오래 보려면 철쭉을 섞어 심는 편이 나았을 것이며, 색상 대비로 정원을 더 돋보이게 하려면 찔레를 섞어 심어도 좋았을 것이다. 하지만 여인숙 후원은 오직 장미로만 채워져 있었다. 거기엔 주인장 나름의 고집과 철학이 있을 것이다. 가톨릭에서 장미는 성모 마리아를 상징하는 꽃이다. 찔레는 성서에서 저주와

173

황폐를 상징하는 식물이어서 수도원에서는 찔레를 섞어 심는 법이 없었다. 들판에서 자생하는 꽃이 아니라 누군가의 사유지에 심어진 꽃이라면 마땅히 인간이 부여한 사연과 이유가 있기 마련이었다.

백작약….

길은목의 생각은 또다시 백작약 꽃다발로 돌아갔다. 꽃다발을 두고 간 사람에게 백작약은 어떤 의미일까. 길은목이 작약의 꽃말을 곱씹고 있을 때였다. 후원 끄트머리에 있는 헛간과 장미 덤불 사이에 누군가 몸을 숨기고 있는 게 보였다. 아까 길은목은 여인숙 문을 두드리기 전에 장미가 만개한 정원을 먼저 둘러보았었다. 그때의 기억대로라면 정원의 장미는 가장 높이 솟은 줄기가 120센티미터쯤 되었다. 장미 덤불의 높이로 가늠하면 몸을 숨긴 자의 키는 적어도 180센티미터 이상이었다. 길은목은 헛웃음이 났다. 저 그림자가 방금 길은목의 머릿속에서 기어 나온 게 아니라면….

길은목은 창틀 밖으로 상체를 내밀어 휘파람을 불었다. 네 존재를 알아차렸다는 신호 정도는 줘야 할 것 같았다. 잠시 후 그림자가 달빛 아래로 걸어 나왔다. 검은 티셔츠에 같은 색 모자를 눌러쓴, 건장한 체격의 남자였다. 모자 그늘 아래로 여틈하게 웃는 입이 보였다. 그림자는 한참이나 길은목을 올려다보다가 헛간 뒤쪽으로 사라졌다.

여인숙은 해적들의 마약제조 시설이 있다는 산자락과도 가까웠고 검은 첨탑 종말론 교회와도 근거리였다. 해적들의 행동대원이든 교회 경비든 건장한 체구의 젊은 남자들이 얼마든지 있을 수 있다는 뜻이었다. 하지만 모자 그늘 아래 그 웃음은 불특정의 투숙객을 향한 게 아니었다. 그림자는 길은목이 누군지 아는 자였다.

한윤수일 가능성도 있었다. 길은목이 여인숙 안에 안전하게 머무는지 직접 확인하려 했을 수도 있었다. 하지만 제 이름을 대면 좋은 방을 줄 거라던 것으로 보아 한윤수는 여인숙 주인과 잘 아는 사이가 분명했다. 그렇다면 헛간 그늘에서 훔쳐보지 않아도 여인숙 주인에게 길은목이 잘 있느냐고 물어보기만 해도 될 터였다.

윤수가 아니라면… 백작약 꽃다발의 주인?

길은목이 그를 쫓고 있는 것처럼 그자 또한 길은목의 존재를 인지했을 수도 있었다. 실제로 길은목은 조사과정에서 만난 사람들에게 자신의 신분을 밝혀온 터였다. 하지만 꽃다발의 주인이 굳이 길은목을 찾아올 이유가 무언지 알 수 없었다. 투신 사고의 사망자들은 난민촌과 침수지역 사람들이었고 길은목은 우연히 이 사건에 투입된 외부인에 지나지 않았다.

마지막 가능성은 (길은목에겐 가장 내키지 않는 추측이었

175

다.) 한윤수와 백작약 꽃다발 주인이 동일 인물이라는 가설이었다. 윤수는 꽃다발의 주인과 신체조건이 비슷했고 5차 사건 사망자인 공소희와도 아는 사이였다. 또 길은목이 무슨 목적으로 이 마을에 왔는지, 현재 어디에 묵고 있는지 알고 있는 유일한 사람이었다. 윤수의 인생에 길은목이 알지 못하는 세계가 존재한다면….

길은목은 창문을 닫고 1층으로 내려갔다.

배라도 채우면 생각이 정리될 것 같아 저녁밥을 청했다. 해초를 넣은 밥에 염장 생선구이 한 토막과 절임 채소를 곁들인 정식이었다. 생소한 상차림인데도 아는 맛이었다. 아마도 부모님과 살던 시절에, 기억이 거의 유실되고 없는 그 시절에 맛보았던 조합일지도 몰랐다.

"윤수랑 어떻게 아는 사이야?"

50대 후반으로 보이는 주인 여자가 물었다.

"어릴 적 친구입니다. 급수탑 마을에서 같이 자랐어요."

순순히 대답을 한 건 여인숙 주인이 사건 관계자인 한윤수와 아는 사이여서가 아니었다. 주인 여자의 얼굴에서 한윤수에 대한 애정이 엿보였다.

"혹시 오늘 저녁에도 윤수가 여기 왔었나요?"

"아니. 못 본 지 한참 됐어. 밥 한번 먹으러 오래도 말을 들어야지. 윤수 만나거든 내가 서운해하더라고 좀 전해줘."

"네. 그런데 이 근처에 윤수 또래 남자들이 많아요? 젊고 키도 크고 그런 분들이요."

"뭐, 덩치들이 있긴 하지. 혹시 관심이 있어서 그런 거라면 애초에 관두라고 하고 싶네. 먹고 살기 힘든 동네다 보니까 청년들이 좋은 일만 하고 살지는 못하더라고. 그리고 이 근방 탈탈 털어 봐야 우리 윤수 같은 사람 없어, 아가씨."

어째 말머리가 이상한 곳을 향하는 것 같았지만 길은목은 잠자코 있었다.

"그게 아니라 덩치들이 무서워서 그러는 거라면 걱정하지 말고. 옛날과 달리 요새는 민간인들은 잘 해코지 안 해. 자기들끼리 몰려다니며 패싸움하고 칼부림을 더러 하지만 그것도 어쩌다 한 번씩이야. 괜히 소란 피우면 도시에서 경찰만 몰려온다는 걸 자기들도 아는 거지."

"메가시티 경찰이 침수지역 일에도 간섭을 하나요?"

"이 지역 출신 청년들을 고용한 업자들이 해적 잔당에 불법 체류자들이니까."

어느새 주인 여자는 길은목 맞은편에 앉아서 생선 가시를 발라주고 있었다.

"윤수랑은 어릴 적 친구 사이가 다야?"

"네?"

"아까 윤수 이름을 대면서 들어올 때부터 유심히 봤거든.

윤수를 아는 젊은 여자가 이 동네에 들어왔다면 뻔한 거 아니겠어? 저기 교회 사모님 사건이 궁금해서 온 거잖아."

길은목은 하마터면 젓가락을 놓칠 뻔했다.

"그 스캔들, 헛소문이야."

"스캔들이요?"

"윤수랑 사모님 두 사람, 절대 그런 사이 아니야. 그건 내가 장담해. 둘이 애틋하긴 했지. 그런데 절대 사람들이 수군거리는 그런 사이 아니야. 사모님한텐 윤수가 아들 같은 존재였거든."

길은목은 교회에서 지내다가 최근에 독립했다던 한윤수의 말을 떠올렸다.

"그럼 윤수가 교회를 떠난 게 사모님 일 때문인가요?"

"그랬을 거야. 제 발로 나오긴 했지만 사실상 쫓겨난 거지. 윤수가 나오고 나서 한 달쯤 있다가 사모님이 그리됐으니까, 그 사이에 사모님도 교회에서 어지간히 볶였던 모양이야. 윤수가 이 동네에 발길을 끊은 것도 이해가 돼. 오고 싶겠어? 오면 사모님 생각부터 날 텐데."

길은목은 얼른 식사를 마무리하고 일어섰다.

"맛있게 잘 먹었습니다."

"내가 괜한 소리를 해서 기분 상한 건 아니지?"

"아닙니다. 낮에 수영을 좀 많이 했더니 피곤해서요."

"그럼 얼른 올라가서 쉬어요. 아 참, 젖은 옷 있으면 1층 세탁실에 내려와서 짜고 가. 수동이긴 하지만 탈수기가 있거든."

"대충 짜서 욕실에 널어놨어요."

길은목이 내부 계단으로 2층에 올라가는데 주인 여자가 다시 길은목을 불렀다.

"아가씨, 물 가져가야지. 정수기가 여기밖에 없어서 마실 물은 챙겨가야 해."

주인 여자가 물병을 건네주며 말을 이었다.

"그런데 아가씨, 도시에서 온 거 맞지?"

"네. 그건 왜 물으시죠?"

"그럼 아가씨가 맞네."

"뭐가요?"

"윤수가 기다리던 사람. 너는 여자친구도 안 사귀고 뭐 하냐고 농을 할 때마다 윤수가 그랬거든. 기다리는 사람 있다고."

길은목은 주인 여자가 건네주는 물병을 받아서 들고 2층 방으로 올라왔다.

방문을 닫은 뒤 길은목은 긴 날숨을 뱉었다. 누군가의 인생도 바다 냄새처럼 혹 끼쳐올 수 있다는 걸 처음 알았다. 길은목은 성모송을 세 번 암송한 뒤 주머니칼을 바지 허리춤에 걸었다. 이어 검은색 야구 모자를 눌러쓰고 손전등을 챙겨 들었다.

한윤수는 공소희의 죽음에 대해 뭔가 알고 있을 것이다. 해적들 손아귀에서 자신을 구해낸 은인의 죽음을 여타한 자살 사건으로 치부하고 넘어갈 사람이 아니었다. 길은목이 공소희 사건을 조사하는 걸 두고 격앙된 모습을 드러냈다는 건, 외부인이 공소희의 죽음에 접근하면 안 되는 이유가 있다는 뜻이었다. 아니면 길은목에게 감춰야 하는 뭔가가 있거나.

비밀은 검은 첨탑 교회 어딘가에 있을 터였다.

길은목은 숙소 창틀에 올라섰다가 그대로 후원으로 뛰어내렸다.

20

검은 첨탑

검은 바지, 검은 면티 차림에 모자까지 눌러쓴 길은목은 어둑해진 동네 골목에 천연덕스레 녹아들었다. 오르막길을 따라 15분쯤 올라가자 창고형 가건물들이 나타났다. 창고 우측 길을 따라 30분쯤 올라가자 큰 공터와 화장장이 딸린 격리시설이 나왔다. 어릴 적 엄마 아빠를 찾겠다고 몇 번이고 드나들었던 곳이었다. 물론 격리시설에 들어간 사람 중에 다시 마을로 돌아온 사람은 없었다. 아무것도 돌아오지 않았다고 해야 할 것이다. 유언 한 마디, 유품 하나도 허락되지 않았으니까.

그 시절의 진실은 이 산자락에서 찾아질 수 있는 게 아니었다. 그때나 지금이나 격리시설은 메가시티 측의 지침대로 운영되었다. 하여 이곳에서 사건의 내막이나 '왜'를 부르짖어

봐야 소용없었다. 발에 채는 건 무기력한 종결어미뿐이었다. 버려진 것들과 내상을 입은 것들만 해일의 잔해처럼 이 산자락을 떠돌고 부유했다. 스물두 살의 길은목도 그중 하나에 불과했다.

해적들의 양귀비 재배단지는 아마도 격리시설 너머 산 중턱에 있을 터였다. 그들이 어쩌다 W-19에 정착하게 되었는지는 알 수 없었다. 거친 바다를 떠도는 것보다 어느 한 곳에 터를 잡고 사업을 벌이는 편이 경제적으로 유리하겠지만 길은목이 아는 해적들은 열린 바다에서 태어난 다국적 괴물들이었다. 깨지고 썩은 이빨과 자외선과 해풍에 시달린 피부가 갯바위의 따개비를 연상시키던 놈들이었다. 그런 놈들이 해양 유랑 생활을 말끔히 접고 땅에 뿌리를 내린다는 게 선뜻 이해되지 않았다. 길은목이 떠나있던 십 년 사이 침수지역은 길은목의 손아귀에서 완전히 벗어나 버린 듯했다. 안다고 믿었던 것들이 바닷물처럼 손가락 사이로 빠져나가 버렸다.

한윤수….

기도와 악몽, 갓 구운 빵이 놓인 식탁과 포근한 외투가 걸려 있는 옷장, 이른 봄엔 튤립이 피고 5월에는 장미가 피던 동네 성당 앞마당…. 모든 곳에 그 애가 있었다. 하지만 다시 만난 한윤수는 길은목이 잘 모르는 누군가였다.

길은목은 모자를 고쳐 쓰며 공소희 사건을 복기했다. 투신 사고의 진실만큼은 바닷물이 아니라 단단한 자갈처럼 손에 쥐어지리라. 창고 앞 굽잇길을 돌아 반대편 골목으로 접어들자 교회 쪽으로 이어지는 내리막길이 나왔다.

내리막길 초입, 만조의 바닷물이 닿지 않는 고지대에는 높낮이가 다른 건물들이 대여섯 동 늘어서 있었다. 신도들의 공동체 공간이었다. 십 년 전보다 전체적인 규모가 커진 듯했다. 교회를 떠나기 전까지 한윤수도 저 어디쯤에서 먹고 자고 생활했을 터였다.

공동체 건물을 지나 교회 쪽으로 내려가는데 산자락 쪽에서 불빛이 어른거렸다. 길은목은 얼른 참느릅나무 그늘로 몸을 숨긴 뒤 불빛이 지나가기를 기다렸다. 곧이어 용달 트럭 한 대가 방금 길은목이 지나온 굽잇길을 돌아 공동체 건물들 앞쪽에 정차했다.

작업 점퍼 차림 남자들이 트럭 짐칸에서 긴 상자를 꺼낼 때만 해도 길은목은 물품 배달을 왔나 보다 했다. 하지만 건물 안쪽에서 사람들이 들것을 들고나오는 것이었다. 들것에는 축 늘어진 무언가가 실려 있었다.

생명의 징후는 자취를 감추고 고요한 물성만 남은 몸이었다.

시신을 보자 길은목은 저도 모르게 머리 부위부터 확인했다. 백발의 두상이 제 자리에 온전한 형태로 붙어 있었다. 정신 차려, 길은목! 대체 무슨 상상을 하는 거야. 시신은 뚜껑 없는 관으로 추측되는 상자에 담긴 다음, 다시 트럭 짐칸으로 옮겨졌다.

트럭은 다시 오르막길을 따라 떠났다. 노인이 어떤 질환이나 사고로 생을 마감했건 이곳이 침수지역인 이상 추모의 시간은 허락되지 않는다. 시신은 사망 확인 절차를 거쳐 곧바로 화장터 화로로 보내질 것이다. 내리막 골목엔 다시 어둠이 찾아왔다. 길은목은 참느릅나무 그늘을 따라 교회 쪽으로 내려갔다.

교회 건물은 1층 높이까지 물에 잠겨 있었다.

건물 안쪽에서 꿀렁꿀렁 소리가 났다.

물이 울고 있었다.

열린 공간으로 바닷물이 감겨들며 소용돌이가 만들어지는 기척이었다.

교회 정문은 쇠사슬이 감긴 채 물에 잠겨 있었다. 만조나 밤이어서가 아니라 건물 자체가 폐쇄된 듯했다. 공소희가 이곳 첨탑에서 투신을 하고, 곧장 목격자에게 발견된 것으로 보아 교회 건물이 폐쇄된 건 그 이후일 터였다. 새 예배당은 공동체 건물 어딘가에 있을 것이다.

만조 덕에 길은목은 어렵게 담장을 넘는 수고를 덜 수 있었다. 본래 2.5미터쯤 되는 담장은 수면 위로 60센티 정도만 솟아 있을 뿐이었다. 길은목은 담장 아래까지 헤엄을 친 다음 팔을 뻗어 담장을 타고 넘었다.

검은 물이 출렁이고 있었다. 그저 물일 뿐이라는 걸 알면서도 길은목은 소름이 돋았다. 급히 성호를 긋고 속으로 주기도문을 암송하며 첨탑 아래로 헤엄을 쳤다. 방수랜턴으로 첨탑을 비춰보았다. 3층 건물에 정육각형 형태로 솟아 있는 첨탑은 내실이 딸린 종탑이었다. 교회 바닥에서 종탑까지의 전체 높이는 13미터 정도였다. 보통 종탑은 철부지 아이들이 접근하지 못하도록 출입구를 봉쇄해 두지만, 목사 부인인 공소희에겐 문제 될 게 없었을 것이다. 공소희는 9일 새벽에 홀로 첨탑을 올라갔고, 물이 완전히 빠져나간 새벽 4시경에 몸을 던졌다.

CPLC에서 정지혁의 컴퓨터로 확인했을 때 당일 간조는 새벽 3시경이었다. 간조 1시간 후…. 길은목은 잠수해서 첨탑 아래쪽 바닥을 확인했다. 랜턴으로 비추어보고 손으로도 짚어보았다. 역시나 부드러운 점토층이 바닥을 뒤덮고 있었다. 그건 간조가 되어도 공소희의 투신 지점은 축축하고 말랑한 개펄 매트리스가 깔려 있었다는 뜻이다. 급수탑 마을의 바닥도 마찬가지일 것이다. 그런데도 오채영과 공소희의 머리는 난민촌 사망자들과 같은 형태로 박살이 났다. 어쩌면 사망자들의 머리는 바닥과의 마찰로 박살이 난 게 아니라 처음부터 그 형태로 터질 수밖에 없었는지도 몰랐다. 뭔가가 투신자들의 머리를 터뜨린 것이었다.

가능성은 두 가지였다.

변이바이러스가 사람들의 뇌를 장악했거나 인간에게서 비롯된 어떤 악의가 개입되었거나.

변이바이러스가 불러온 참사라고 보기엔 감염자의 수가 미미했다. 그렇다면 남은 건 인간의 악의였다. 누군가 모종의 의도를 가지고, 길은목이 알아내지 못한 어떤 방식으로 일을 주도했다는 뜻이었다.

막다른 길이었다. 더는 물러설 곳 없이 이 결론에 도달할까 봐 얼마나 우려하고 주저했던가. 다시 수면으로 올라온 길은목은 교회 정원에 설치된 구조물을 붙잡고 숨을 몰아쉬었다. 원장 수녀가 정리해준 다섯 건의 투신자살은 연쇄살인이었다. 이 살인의 실체를 밝히려면 모순의 매듭을 풀어야 했다. 명백한 방식으로 목격당한 자살과 피해자들을 죽음으로 몰아간 살인마의 존재.

공소희는 노예로 팔려 갈 위기에 처한 소년을 구해낸 의인이었다. 윤수의 말로 미루어 보면 당시 해적들에게 몸값을 지불한 건 교회 차원이 아니라 공소희 개인이 한 일이었다. 또한 공소희는 침수지역을 돌며 무료로 산파 일을 했던 것으로 알려져 있었다. 의료 시설이 전무하다시피한 동네에서 공소희의 평판이 어땠을지 짐작이 갔다. 공소희의 투신은 벨라뎃다 수녀가 정의한 대로 '선한 자의 죽음'으로 분류될 수밖에 없었다.

선하고 평판이 좋았던 사람들을 죽음으로 몰아가는 살인마가 존재하고, 그는 피해자들의 머리를 터뜨리는 일에 집착하고 있다. 살인마의 존재를 인정하자 살인의 동기를 묻지 않을 수가 없었다. 두개골이 파열된 방식이 살인의 동기와 연관이 있을까. 아니면 살인마가 의도한 일종의 예식이었을까. 놈은 왜 피해자들을 같은 방식으로 죽였을까.

궁금증들을 하나씩 짚어 나가자 맨 나중의 것이 길은목의 머릿속에 똬리를 틀었다.

너는 누구인가….

21

그림자들

공소희의 죽음을 목격한 것으로 알려진 종지기에 대해서는
알려진 게 없었다. 홍한세의 집 주소와 정일문의 사고 현장
위치 등을 알려주었던 정지혁 기자도 종지기의 인적 사항은
알지 못했다. 침수지역 취재 당시 그도 종지기를 만나진 못
했다. 당시 사건을 기억하는 교회 관계자에게서 목격자가 종
지기였다는 정보를 얻었을 뿐이었다. 물론 관계자라는 사람
은 여타한 이유로 목격자의 신상정보를 넘겨주지 않았을 것
이다.

검은 첨탑을 올려다보던 길은목의 시선이 2층 창문에 머물
렀다. 어릴 적 제 발로 교회를 찾아왔다가 공동체 입소를 거
절당한 날, 길은목이 하염없이 올려다보았던 그 창문이었다.
해 질 녘 어스름 속에서 붉은빛을 잃고 차차 검어지던 암막

커튼과 그 사이로 흘러나오던 피아노 소리…. 어린 길은목에게 그 방은 닫혀 버린 구원의 상징이었다. 그 상실감이 스물두 살의 길은목에겐 힌트가 되었다.

기억 속에 각인된 2층 창문의 모습과 만조의 출렁임 속에서 올려다본 창문의 모습이 어딘가 달라져 있었다. 손전등으로 창틀을 비춰보고 나서야 길은목은 그것의 정체를 알아냈다. 수직으로 드리워져 있어야 할 커튼의 선이 미세하게 일그러져 있었다.

암막 커튼은 그 무게감 때문에 다른 재질의 커튼보다 곧게 떨어지기 마련이었다. 그런데도 커튼이 비틀어져 있다는 건 창틀에 놓인 무언가가 커튼의 윤곽을 간섭하고 있다는 뜻이었다. 만조 덕에 수면과 2층 창틀의 위치는 불과 1미터 남짓이었다. 길은목은 위치를 옮긴 다음 다시 랜턴을 비추었다.

유선형의 긴 물체는 꽃병이었다.

그리고 잎이 둥그스름한 뭔가가 꽂혀 있었다. 길은목은 힘껏 도약해서 2층 창틀에 매달리고 싶었지만, 발이 물에 떠 있는 상황이라 반동을 줄 수가 없었다. 대신 손전등을 입에 물고서 손끝으로 벽돌 틈새를 붙잡았다. 물에 젖은 손이 자꾸만 미끄러졌지만, 손끝에 힘을 주고서 순간적으로 상체를 돋우어 꽃병과 창틀을 보았다. 꽃잎은 시들어서 떨어져 내리고 초록의 잎사귀만 남은 줄기들이 꽃병에 꽂혀 있었다.

백작약이었다.

꽃다발의 주인이 이곳에도 다녀간 것이었다.

투신으로 위장된 사건들이 실은 연쇄살인이었을 가능성이 농후해진 이상, 그는 평범한 추모객일 수가 없었다. 사고 현장마다 백작약 꽃다발을 두고 사라진 그는 살인마이거나 최소한 이 사건의 진실을 아는 자였다.

이제는 원장 수녀나 정지혁 기자에게 백작약 꽃다발에 대해 말해야 할 것 같았다. 공소희의 투신 전후 상황을 알려줄 사람은 만나보지 못했지만, 이 사건을 연쇄살인이라는 측면에서 함께 고민해줄 누군가가 필요했다.

자살을 가장한 연쇄살인이 W-19 침수지역과 W-19와 마주 보고 있는 난민촌에 집중되어 있다는 건 범인의 활동 반경을 알려주는 것이었다. 놈은 두 곳을 자유로이 오가며 활동하는 자였다. 경계벽의 관문을 편하게 드나들도록 메가시티의 허락을 받은 자이거나, 정일문처럼 비밀 통로로 오가는 자이거나. 합법적으로 경계벽을 통과할 수 있는 사람들은 제한적인 만큼 확실한 리스트가 존재할 터였다. 원장 수녀나 정지혁 기자라면 명단을 손에 넣을 수 있을 것이다.

W-19 지역에서 난민촌이나 메가시티에 직접 연락을 취할 수 있는 곳은 경계벽 관문 근처에 있는 바이러스 연구소밖에 없었다. 세상에 작은 종말을 불러온 팬데믹은 환태평양조산

대의 해안 도시들에서 시작된 탓에, 국가별로 해안에 인접한 메가시티들은 침수지역마다 변이바이러스와 감염 상황을 조사하는 연구소를 두고 있었다. W-19에도 메가시티 셔을에서 설립한 바이러스 연구소가 있고 그곳 부설기관 중에 방문객 응급 의료지원 센터가 있다. 바이러스 감염 여부를 신속하게 검사하고 유사시에는 메가시티 측에 직접 헬기를 요청할 수도 있는 시설이었다.

연구소는 공장들이 모여 있는 언덕배기에서 검은 첨탑 교회와 반대 방향으로 1킬로미터쯤 떨어진 곳에 있었다. 길은목이 아직 조사하지 못한 1차 사건 발생지 또한 그 부근이었다. 육로가 이어져 있긴 했다. 화장장을 지나 산길로 접어든 다음 경계벽을 따라가면 되었다. 문제는 난민촌과 침수지역 사이의 경계벽에는 발포 권한을 가진 경찰병력이 배치되어 있다는 점이었다. 결국 바닷길을 돌아가는 수밖에 없었고 그러자면 체력을 회복하며 날이 밝길 기다려야 했다.

길은목은 담장 쪽으로 헤엄쳐 갔다. 담을 넘으려고 상체를 걸치는 순간 반대쪽에서 누군가 길은목을 잡아당겼다. 그대로 물속에 처박힌 길은목은 정신을 차릴 틈도 없이 어디론가 끌려갔다. 누군가 목덜미를 낚아채어 오르막 골목 쪽으로 끌고 갔던 것이다.

놈은 수위가 성인 무릎 정도쯤 되는 지점에서 길은목을 패

대기친 뒤 그대로 주먹을 내리꽂았다. 서너 차례 묵직한 마찰음이 울렸고 길은목은 열감이 솟는 얼굴을 싸쥐며 고개를 들었다.

"쥐새끼들이 심심찮게 들이닥쳐서 맘을 놓을 수가 없다니까."

희미한 달빛을 등지고 있어서 얼굴을 볼 수 없었으나 목소리와 체형으로 보아 노인이었다.

장화를 신은 발끝이 명치에 꽂히는 와중에도 길은목은 실망을 감추지 못했다. 차라리 백작약 꽃다발 그놈이었으면 좋을 텐데!

"여기 교회 관계자분이신가요?"

"교회 문 닫은 지가 언젠데 뭘 또 뒤지려고 온 거야!"

입 안 가득 피 맛이 번졌다. 그 순간 해묵은 것들이, 무의식 바닷속에 퇴적해 있던 살의가 솟구쳤다. 엄마 아빠를 데려간 놈들과 남의 팔뚝에 칼자국을 내면서도 낄낄거리던 해적들의 면상에 그리고 이 장화 신은 노인네에게 길은목도 칼을 꽂고 싶었다. 칼날을 깊숙이 박아 넣어 이에는 이를 눈에는 눈을 아니 그 곱절의 고통을 안겨주고 싶었다.

길은목은 물속에서 한쪽 다리를 걸어 올려 노인의 정강이를 걸어찼다. 하필 내리막 방향으로 나자빠진 노인은 상체가 물에 잠긴 채 허우적거렸다.

길은목은 노인이 몸을 일으키지 못하도록 명치를 내리눌렀다.

"왜들 이렇게 불친절한 거야. 젠장!"

어느새 손이 허리춤의 주머니칼을 더듬고 있었다.

구원은 늘 멀었고 주데카 연못은 팔을 뻗으면 닿을 만한 곳에 있었다. 그 얼어붙은 곳으로 굴러떨어질 거면 나도… 칼을 쥐어도 무방한 거잖아! 머릿속이 아득해지고 비강이 욱신거렸다. 그 순간 또 다른 그림자가 달려들어 길은목의 손목을 움켜쥐었다.

"미쳤어?"

그제야 길은목은 제 손에 쥐어진 것을 일별했다. 칼이었다. 그리고 새로 등장한 그림자와 목소리는 길은목이 아는 사람의 것이었다.

"경고했잖아. 여긴 위험한 데라고! 너나 할 것 없이 죄다 미쳐버리는 곳이라고!"

"한윤수…."

길은목은 칼을 떨어뜨렸다.

노인이 컥컥거리며 몸을 일으키고 있었다. 윤수는 길은목의 손목을 잡아끌고 오르막 골목 가장자리의 숲으로 뛰어들었다. 거뭇한 형체들이 다가왔다가 스쳐 지나갔다. 이름 모를 관목과 덤불들이었다. 달빛이 새들지 않는 숲길을 윤수는 익숙한 듯 내달렸다.

5분쯤 숲을 가로지르자 옹벽 형태의 바위벽이 나왔다. 윤수가 먼저 바위를 타고 올라가서 길은목을 끄집어 올렸다. 바위벽 너머는 작은 집들이 있는 주택가였다. 얼기설기한 샛길들을 빠져나오자 여인숙으로 이어지는 골목이 보였다. 검은 첨탑 교회에서 여인숙까지 ∩형태 굽은 길을 직선으로 가로질러 온 것이었다. 굽은 길 사이의 공간은 물에 다 잠겼다고 생각했는데 비탈 쪽 숲이 조금 남아 있었던 모양이었다. 멀리서는 보이지 않는 것들이 있는 법이었다.

윤수는 여인숙 후원에 이르러서야 길은목의 손목을 놔 주었다.

옛친구에 대한 달갑잖은 자각들이 짙은 장미향에 섞여서 몰려왔다. 야간경비를 서야 한다던 녀석이 이 마을 어딘가에 있다가 공소희가 죽은 곳을 다시 찾았다.

"아까 그 노인네, 평범한 동네 할아버지 아니야. 해적들 밑에서 빌어먹고 살았던 놈이야. 당장 칼에 맞아 죽어도 아까울 게 없는 놈이지만… 네가 손에 피를 묻혀가며 상대할 만한 놈은 아니야. 잊었냐, 너 수녀야."

그제야 길은목은 다리가 풀려서 후원 둔덕에 주저앉았다.

보나 수녀 말이 맞았다. 나는 수도원에 있어서는 안 되는 사람이야. 루시퍼 그림이나 쥐고 다니고, 동료 노비스들과 어

194

울리지도 못했다. 틈만 나면 도서관에 틀어박혔고 담임선생이나 다름없는 보나 수녀도 신뢰하거나 의지하지 않았다. 길은목은 제 밑바닥에 미끈거리는 슬러지가 있다고 알고 있었다. 하지만 그 슬러지 속에 칼이 있으리라곤 상상도 하지 못했다.

"은목아, 날이 밝으면 경계벽으로 데려가 줄 테니까 돌아가. 그리고 다시는 여기 오지 마."

길은목은 고개를 들어 한윤수를 올려다보았다.

모자 그늘 아래로 각진 턱이 보였다. 길은목은 금방이라도 그 턱이 벌어지고 녀석이 헤벌쪽 웃어 보일 것 같아서 눈을 질끈 감아버렸다.

"한윤수, 넌 왜 여기 있는 거야? 야간경비라 그러지 않았어?"

22

종지기

"미덥지 않아서 와 봤어. 덕분에 하루치 일당은 날아갔고."

불과 1시간 전만 같았어도 그 말을 전적으로 믿었을지 모른다.

"누군가 공소희 씨의 사망 지점에 백작약 꽃다발을 갖다 두었어. 사실 공소희 씨와 비슷한 형태로 사망한 사람들이 넷 더 있어. 그중에서 아직 조사를 못 한 한 건을 빼고, 나머지 현장들에선 모두 백작약 꽃다발의 흔적이 발견됐어."

바람이 둘을 훑고 지나갔다. 장미향과 물비린내 사이에 민트 향이 섞여 있었다. 싸구려 샤워젤 냄새였다. 숙소 욕실에도 샤워젤이 있었지만 길은목은 찬물로 몸을 헹구는 것으로 샤워를 끝낸 터였다. 다시 물에 뛰어들어야 하기 때문만은 아니었다. 사건 현장으로 가야 한다는 조바심이 샤워젤을 바를 여유조차 허락하지 않았다. 하지만 윤수에게선 민트 향이 났다.

"흰 국화였다면 누군가 추모의 의미로 두고 갔나 보다 했을 텐데 백작약은 누가 봐도 흔한 꽃은 아니야. 화원이나 꽃집이 흔치 않은 난민촌이나 침수지역에선 더더욱 찾아보기 힘든 꽃이지. 그런 백작약 꽃다발을 누군가 투신자들의 사망지점에 갖다 놓았어. 물론 저기 교회는 앞서 확인한 세 건의 경우와 다른 점이 있었어. 백작약이 화병에 꽂힌 채 창틀에 놓여 있었으니까. 교회 바닥에도 점토층이 쌓인 걸로 봐서 교회 건물은 폐쇄된 상태일 거야. 그 뒤쪽 고지대에 있는 건물 중에 하나를 예배당으로 쓰겠지. 그럼 백작약 꽃다발을 화병에 꽂은 사람은 누굴까? 꽃다발을 가져다 둔 사람과 동일 인물일까 아니면 다른 사람일까?"

"내가 뭔가를 대답해야 하는 상황인가?"

"이 사건에 대해 아는 대로 말해줘."

"뭘 말해? 사모님은 내 생명의 은인이고, 나는 교회에서 계속 살다가 올해 독립을 했어. 그게 다야."

"나더러 그 사건을 조사하지 말라고 한 이유는? 아까 그 노인네 같은 위험 요소들 때문이라는 핑계는 안 통해. 잊었나 본데, 나도 침수지역 출신이야. 사람 목숨을 갯강구 취급하는 인간들은 저기 검은 첨탑 교회 아니어도 널리고 널렸어. 그러니까 알려 줘. 내가 이 사건을 조사하면서 특별히 조심해야 하는 게 뭔지."

"길은목…."

"너는 내가 검은 첨탑 교회에 가리란 걸 알고 있었어. 네가 위험하다고 경고한 그 일을 기어이 파고들 거란 걸 알았던 거지."

"그래서 달려왔잖아."

"아니. 검은 첨탑 교회에 네가 경고한 위험 같은 건 없었어. 아까 그 영감? 너는 내가 그 영감 정도는 혼자서도 제압할 수 있다는 것도 알았어. 내가 칼을 치켜들지만 않았다면 멀리서 지켜보기만 했을지도 모르지. 한윤수, 아까 선착장 근처에서 나를 몰아세울 때와 달리 오늘 밤의 넌 여유가 있었어. 민트 향 샤워젤로 몸을 씻고 나를 만나러 올 만큼."

"대체 무슨 말이 하고 싶은 거야?"

"공소희 씨 사망 사건은… 알려진 바와 달리 단순한 투신 사고가 아니야. 자살로 스테이징 된 살인사건이지. 넌 이미 그 사실을 알고 있고, 그래서 내가 공소희 씨 사건을 조사하는 걸 막으려 했던 거야. 그 일이 위험하다고 했던 말도 아마 사실일 거야. 검은 첨탑 교회 사건을 캐고 들면 살인자를 맞닥뜨릴 수도 있고 아니면 살인을 은폐하려는 누군가에게 공격당할 수도 있을 테니까. 그런데 적어도 오늘 밤 나는 안

전했던 거야. 나에게 위협이 될 만한 대상들이 다른 곳으로 이동했거나, 나를 해칠 생각이 없거나 둘 중 하나였겠지."

"지금 날 의심하는 거야?"

"그림을 그려보는 중이야. 네가 입을 닫고 있는 상황에선 이게 최선이니까. 사실 이 이야기의 초반부터 등장하는 인물이 하나 있었어. 투신 사고 사망 지점에 백작약 꽃다발을 가져다 놓고 사라지는 인간이야. 난민촌 CPLC 부근에서 벌어진 사고를 조사하는 과정에서 그 사람의 존재를 알게 됐어. 젊고 키가 큰 남자가 꽃다발을 두고 가는 걸 근처 요양원 직원들이 봤어. 아마 저쪽 급수탑 동네와 검은 첨탑 교회에 백작약꽃을 두고 간 사람과 동일 인물일 거야."

"젊고 키가 크다…. 인상착의가 너무 광범위한 거 아닌가. 고작 그 두 가지 조건 때문에 의심을 받는 거면 좀 억울한데?"

"그게 너라고 한 적 없어."

"그럼 네가 그리는 그림에서 난 대체 뭔데?"

"공소희 씨의 죽음에 대해 알면서도 입을 닫고 있는 사람이지. 너 한윤수잖아. 내가 아는 한윤수는 은인의 참혹한 죽음을 그냥 넘길 사람이 아니야. 난민촌과 침수지역에서 벌어진 투신 사고의 공통점은 사망자들이 하나같이 선한 사람들이라는 점이야. 자살 동기도 명확하지 않고 당연히 유서도 없어. 아마 공소희 씨도 그랬을 거야. 죽을 이유가 없는 사람이 갑자기 첨탑에서 뛰어내렸고…."

길은목은 시선이 잠시 장미 덤불에 머물렀다. 어둠에 뒤섞여 검붉어진 장미들이 버려진 땅의 성모성월을 축하하고 있었다.

"대략 13미터 높이의 첨탑에서 교회 마당으로 추락했는데 머리가 박살이 났어. 아마도 수습이 불가능할 정도로 가루가 됐을 거야. 아주 가루가 됐지. 굳은 지면이라면 가능할지도 모르지만 젖은 퇴적층인 교회 마당과의 마찰로는 불가능한 일이야. 그런데도 네가 이 일을 그냥 넘어간다고? 십 년 전에 도시로 도망쳐 버린 고향 친구의 일거수일투족도 꿰고 있을 정도로 철두철미한 한윤수가?"

"그러니까 네 말은 내가 사모님을 그렇게 만든 살인마를 알고 있다는 거야? 그 일을 파헤쳐서 사건의 진상을 파악했을 거라고? 아니면 내가 그 살인에 가담했다는 뜻인가?"

"네가 어디까지 그 일에 엮여 있는지는 몰라. 내가 그린 그림에서 네가 확실하게 등장하는 부분은 하나야. 백작약 꽃다발을 화병에 꽂아서 버려진 교회 건물 2층 창틀에 올려둔 장본인… 전에 사모님이 오르간을 연주하던 그 방 창틀 말이야."

"그걸 내가 갖다 뒀다는 증거는?"

"지금까지 조사한 바로는 백작약 꽃다발을 갖다 둔 사람은 투신 사고의 외부에 존재하는 인물이었어. 물론 그 사람이 살인자일 가능성도 있어. 하지만 확실한 건 그는 사망자들의 지인이나 주변 인물이 아니라는 점이야. 그는 어떤 이유에선가 투신 사고 사망 지점에 백작약 꽃다발을 두고 사라졌어. 그런데 공소희 씨의 사망 지점에선 꽃다발이 화병에 꽂혀 있더라고. 누군가 꽃다발을 가져다 두었고, 너는 그걸 병에 꽂아서 옛날에 공소희 씨가 쓰던 방 창틀에 갖다둔 거야."

"재미있는 추측이네. 왜 백작약 꽃다발을 갖다 둔 사람과 화병에 꽂은 사람을 분리해? 둘 다 나라고 생각하면 간단할 텐데."

"이번에도 내 대답은 네가 한윤수이기 때문이야. 넌 박애주의자는 아니야. 너한테 의미 있는 사람들은 목숨 걸고 지키려 들지만, 남들한텐 매정하지. 어릴 때도 그랬어. 다른 아이들이 며칠씩 굶고 있어도 절대 먹을 걸 나눠주는 법이 없었지. 네 덕을 본 건 급수탑 마을에서 나 하나였어. 그런 네가 살해당한 사람들을 굳이 찾아다닐 이유가 없어. 만에 하나 CPLC 근처 요양원 근처와 난민촌 경계벽 공사장, 급수탑 마을에서 목격되거나 발견된 꽃다발들도 다 네가 가져다 둔 거라면… 그땐 네가 그들 모두를 살해한 범인이란 뜻이겠지."

한윤수가 고개를 숙이며 웃었다.

"너… 열두 살에 혼자 도시로 떠난 일 때문에 마음 아파하고 그러지 마라. 후회도 하지 말고. 넌 너다운 선택을 했을 뿐이니까. 다시 열두 살 그날로 돌아가도 넌 똑같은 선택을 할 거야. 그리고 십 년이 지난 스물두 살에도 마찬가지야. 길은목. 넌 언제든, 어떤 구실을 들어서라도 나를 네 인생에서 도려낼 준비가 돼 있는 애야."

"무슨 말을 그렇게 해? 네가 입을 열지 않아서 내 생각을 말했을 뿐이잖아."

"열두 살에 도시로 가야만 했던 네 사정이 있었던 것처럼 내 인생에도 나름의 사정이란 게 있지 않겠어? 네가 살아남으려고 발버둥 치는데 나는 그냥 저절로 살아진 줄 알아? 너처럼 수도원에 처박혀서 무엇이 선이고 무엇이 악인지 생각 놀음이나 하며 지내진 않았어. 구원이 없는 세상에는 답도 없는 거야, 길은목."

한윤수는 장미 정원을 가로질러 먼 어둠 속으로 녹아들었다.

여인숙 주인은 찬물에 적신 수건을 건넸다.

"이걸로라도 좀 누르고 있어."

아까 노인에게 맞은 부위가 붉게 부풀어 있었다.

"아니, 어쩌다가 이랬어? 얌전히 자는 줄 알았더니."

"죄송합니다. 저쪽 골목으로 산책을 나갔다가 불한당을 마주쳤어요. 초반에 경황이 없어 몇 대 얻어맞긴 했지만 금방 해결했어요."

길은목은 멋쩍게 웃어 보였다.

"으이그, 빤하지. 윤수 일이 신경 쓰여서 검은 첨탑 근처에 갔던 거지?"

"네? 네…."

"그거 헛소문이래도. 사실 별일도 아닌 걸 거기 목사가 긁어 부스럼을 만든 거야."

"목사가 윤수와 자기 부인 사이를 의심한 건가요?"

"의심이 아니라 아주 공표했지. 젊은 남자가 사모님의 방을 드나드는 걸 본 사람이 있었나 봐. 한 번도 아니고 여러 번, 그것도 밤중에 말이야."

"목사와 목사 부인이 방을 따로 썼던 모양이네요."

"목사는 교회 뒤쪽에 있는 별관에서 따로 생활했어. 여신도들을 제멋대로 불러들이려고 그런다는 소문도 있고. 아무튼 부부 사이는 금이 간 지 오래였던 모양이야. 사모님은 물에 잠긴 교회에서 혼자 생활했다고 하더라고."

길은목은 좀 전에 두 눈으로 목격했던 그 괴괴한 공간을 떠올렸다.

"만조 때 물에 잠기는 곳이면 생활하기 불편했을 텐데요.

혹시 목사가 아내를 거기 가둔 건가요?"

"그건 아닌 것 같아. 그 소문이 돌기 전까지는 목사도 사모님을 함부로 하진 않았어. 교회에서 왕 노릇이나 하고 사는 목사랑은 다르게 사모님은 여기저기 다니면서 좋은 일을 많이 했거든. 동네 사람들하고도 잘 지냈어. 오가다 마주치면 인사도 어찌나 반갑게 하던지, 그렇게 떠나기에는 참말 아까운 사람이야."

여인숙 주인이 눈물을 찍어냈다.

"목사는 아내 방을 드나든 남자가 윤수였다고 의심했던 거군요."

길은목은 개인적인 소회로 변해가는 주인장의 말머리를 다시 돌려놓았다.

"그렇지. 몸이 날래고 키가 큰 남자였다고 하더라고."

"비슷한 신체조건을 가진 사람은 윤수 말고도 많았을 텐데요."

"누가 아니래. 그 교회 청년단에만 해도 그렇게 생긴 놈들이 열댓 명은 될 텐데."

여인숙 주인은 귀엣말하듯 목소리를 낮추었다.

"저기 뒷산에서 양귀비를 재배하는 사업권 일부가 그 교회라는 소문도 있어. 해적 잔당들이 벌린 사업에 교회도 손을 댄다는 게 무슨 뜻이겠어? 해적 세력에 밀리지 않을 힘이 있거나 아니면 해적과 손을 잡았거나 둘 중 하나지."

하지만 검은 첨탑 교회와 해적 잔당은 이번 연쇄살인과는 무관했다. 그들을 움직이는 동력은 밤중의 바다만큼이나 검은 자본이었다. 하지만 다섯 건의 위장 자살 사건은 누군가가 모종의 동기로 그려낸, 기이하고도 개인적인 그림이었다. 물론 검은 첨탑 교회가 종말론적 제의의 일부로서 희생자들을 선택했을 가능성도 있었다. 하지만 정지혁 기자에게 맡기고 온, 난민촌 화장터 사거리 부근의 그 일이 종말론적 제의설에 대한 반박이 되어줄 터였다. 길은목은 길바닥의 끈적거리는 얼룩을 핥고 있던 쥐새끼들을 떠올리며 몸서리치다가 다시 여인숙 주인과의 대화로 돌아왔다.

"혹시 목사 부인의 시신을 발견했다는 종지기가 목사 부인 방을 드나드는 남자도 목격한 건가요?"

"아니. 종지기가 윤수 총각이었어."

"네?"

"도망치듯이 떠나긴 했어도 사모님이 걱정되어 가끔 들여다보고 했었나 봐. 왜 아니겠어. 엄마나 다름없던 사람인데."

길은목은 긴 날숨과 함께 이마를 짚었다. 공소희의 죽음을 목격한 장본인이자 행방을 알 수 없던 종지기가 한윤수였다.

"그럼 키가 큰 남자가 목사 부인 방을 드나드는 걸 봤다는 자는 누구죠?"

"그거야 나도 모르지. 목사가 밤마다 아내를 감시했다는 소문도 있고. 아무튼 종지기가 목사 아내 방을 드나든다는 소문이 돌고 나서 윤수는 쫓겨나다시피 교회를 떠났으니까."

"혹시 돌아가시기 전에 목사 부인이 아팠다는 이야기는 없었나요? 예를 들면 재채기했다거나."

"재채기는 모르겠고, 마지막으로 사모님한테 음식을 가져다주었던 신도들 말로는 머리가 아프다고 이야기했다더라고. 두통약을 가져다줄까 물었더니 그건 또 아니라고 했다는 거야."

"그 얘기는 누구한테 들으신 거예요?"

"누구긴. 저 화장터 직원들이지. 거기 직원들이 가끔 우리 집에서 음식을 시켜다 먹거든. 아니, 그러고 보니까 내가 궁금한 건 아직 못 물어봤네."

여인숙 주인은 잠시 뜸을 들였다가 말을 꺼냈다.

"아가씨도 우리 윤수 좋아하는 거 맞지?"

"네?"

"실은 아까 윤수가 왔었어. 생각해 보니까 아가씨가 산책을 나간 직후였겠네. 그때 내가 물어봤거든. 기다린다던 사람이 2층에 있는 저 아가씨 맞느냐고, 아가씨 좋아하느냐고 말이야. 그랬더니 윤수가 웃더라고. 이기적이고 못돼먹은 애라서 좋대. 착해빠진 사람이면 불안했을 텐데 저만 아는 애라서 다행이래. 뭔 소린지는 지금 생각해도 모르겠지만 원래 누굴 왜 좋아하는지 설명하려다 보면 말이 꼬이는 법 아니겠어? 그러니까 아가씨도 우리 윤수 좀 잘해 줘."

선한 이들의 죽음 그리고 이기적이고 못돼먹은 애….

한윤수는 이 연쇄살인의 맥락을 이해하고 있었다.

central

23

악에 대하여

이 사건의 실체를 알고 있는 사람은 최소 두 명이었다.

이번 미션의 시발점이 된 벨라뎃다 수녀와 5차 사건 희생자 공소희의 주변 인물이자 시신을 발견한 목격자인 한윤수. 하지만 두 사람이 사건의 진상을 알려줄 가능성은 희박했다. 벨라뎃다 수녀는 정신착란이라는 미로 속에 숨어 버렸고 한윤수는 방어적인 태도로 길은목의 접근을 막아서고 있었다.

방으로 올라온 길은목은 몸을 헹군 뒤 침대 곁에 무릎을 꿇고 앉았다. 기도 없이 보낸 하루를 속죄하고 죽음과 비밀로 둘러싸인 이 일에서 부디 제대로 된 길을 찾게 해 달라고 빌었다. 하지만 성호로 기도를 마무리하지 못하고 침대에 엎드려 버렸다.

다 거짓이었다.

정말로 신께 간구하고자 하는 것은 그런 게 아니었다. 둘 말고 셋이 되는 것. 사건의 경위를 아는 자가 벨라뎃다 수녀와 한윤수로 끝나지 않고, 한 명이 더 존재하는 것이었다. 한윤수를 살리려면 그래야 했다. 하지만 그 또한 의문이었다. 윤수의 구원을 염원하는 나의 갈망은 과연 순수한가.

다시 열두 살 그날로 돌아가도 넌 똑같은 선택을 할 거야. 그리고 십 년이 지난 스물두 살에도 마찬가지야. 길은목, 넌 언제든 어떤 구실을 들어서라도 나를 네 인생에서 도려낼 준비가 돼 있는 애야.

윤수의 목소리가 길은목의 뇌리에 진동했다.

결국 길은목은 자신이 바라는 게 무언지 알지 못했으며 그걸 안다고 해서 달라질 것도 없었다. 전체적인 윤곽은 길은목의 머릿속에 있었다. 하지만 퍼즐 판의 정중앙이 비어 있었다. 그건 연쇄살인의 기저에 존재하는 악의, 곧 범행동기였다. 그것만 알아내면 범인의 정체도 드러날 것이다.

꿈을 꾸었다.

길은목은 농무에 싸인 길을 따라가고 있었다. 그 길 끝에서 누군가 길은목을 기다리고 있었다. 키가 큰 남자였다. 남자의 얼굴은 더 짙은 안개에 가려져 보이지 않고 예민해 보이는 턱과 가는 입술만 간신히 알아볼 수 있을 정도였다. 남자는 길은목을 기다린 눈치였다. 불쑥 내민 꽃다발이 그 증거였다. 백작약 예닐곱 송이가 들어찬 꽃다발이었다. 불길한 기시감에 길은목은 뒷걸음질 쳤다. 안개에 가려진 남자가 킬킬 웃다가 길은목의 바로 옆쪽 바닥을 가리켰다.

어두운 빛깔 원피스 차림의 누군가가 반듯한 자세로 누워 있었다. 옷차림으로 보아 수녀였다. 길은목이 다급히 주저앉아 여자를 흔들었다.

이봐요! 괜찮아요?

하지만 그 순간 길은목은 수녀의 얼굴이 보이지 않는다는 걸 깨달았다. 목 윗부분이 사라지고 없었다. 길은목은 구슬을 찾는 어린애처럼 축축한 안개가 내려앉은 길바닥을 더듬고 또 더듬었다. 하지만 손에 잡힌 건 자잘하고 축축한 조각들이었다. 뼈와 살을 한꺼번에 갈아버린 듯, 딱딱하고 무른 질감의 것들이 뒤섞인 혼합체였다. 놀랄 새도 없이 뭔가가 길은목의 다리를 타고 올라오기 시작했다. 쥐떼였다. 난민촌 화장터 삼거리 부근에서 바닥을 훑고 다니던 그 쥐새끼들이었다.

길은목은 몸부림을 치며 잠에서 깨어났다. 잠과 현실의 경계를 넘어오기 직전 길은목이 마지막으로 기억하는 것은 킬킬거리는 웃음소리였다. 놈은 마지막까지 웃고 있었다.

새벽 3시가 조금 지난 시각이었다.

흐릿하게 끝이 물려 있는 악몽을 기도로 쫓으려다 말고 길

210

은목은 주먹으로 베개를 내리쳤다. 선한 사람 다섯이 죽었다. 누군가 그들을 죽음으로 몰아갔다. 그놈을 잡아야 해! 필요하다면 죽여! 걷잡을 수 없는 분노가 치밀었다. 분노는 페카타 카피탈리아(peccata capitalia), 곧 일곱 가지 죄의 뿌리 가운데 하나였다. 절제가 안 되는 분노는 복수와 폭행으로 이어지고 정의와 사랑이라는 가치를 침해하기 때문에 대죄로 이어진다고 배웠다. 하지만 길은목은 칠죄종에 대해 배우던 날 보나 수녀가 했던 말을 기억하고 있었다.

"물론 예외는 있습니다. 어떤 오류나 악이 고의로 행해질 때, 이를 바로잡고자 하는 양심의 반작용으로 일어나는 분노는, 하느님의 의를 지향한다는 점에서 정당합니다."

이 새벽, 길은목은 자신을 보던 보나 수녀의 냉랭한 눈길이 그리웠다. 루시퍼 사진 건으로 벌을 받을 때만 해도 내가 보나 수녀 눈 밖에 났나 보다 하고 말았는데 낯선 여인숙에서 악몽에 시달리다 보니 그의 원리원칙이 그리워지는 것이었다. 아마도 보나 수녀가 길은목을 향해 품었던 분노는 예외에 해당하는 경우였을 것이다. 길은목은 보나 수녀를 위해 성모송을 바친 뒤 자리를 털고 일어났다. 다시 잠들 수 있을 것 같지도 않았다. 멍이 자리를 잡았는지 얼굴 전체가 욱신거렸다.

길은목은 더 이상 원장 수녀의 명령에 따라 움직이는 노비스가 아니었다. 길은목의 혈관을 촘촘히 채운 것은 순도 높은 분노와 살의였다. 나를 죄악으로 이끄는 뿌리가 분노라면 범인의 악의는 어디서 비롯된 것일까. 교만? 인색? 질투? 음욕? 탐욕? 나태? 길은목은 분노를 제외한 나머지 여섯 가지 죄의 뿌리를 나열해 보았으나 이 살인극과 상통하는 것을 찾지 못했다. 결국 죄에 관한 가톨릭 교의나, 악을 선의 결핍 혹은 부재로 해석하는 교부의 사상으로는 답을 찾을 수 없었다. 선한 자들의 죽음은… 종교의 범주 밖에서 일어난 일이었다.

달마저 구름에 가려져 후원은 온전한 어둠에 잠겨 있었다. 창을 넘어온 습한 바람에 겨우 말라가던 옷들이 다시 축축해졌다. 이제 놈의 존재를 기계적으로 짜 맞춰야 할 때였다.

첫째, 놈은 선악의 경계에 집착하고 있다. 선한 자와 그렇지 못한 자를 구분하여 선한 자들만 골라서 범행의 대상으로 삼았다.

둘째, 희생자들은 모두 머리가 터진 채 발견되었다.

애초에 이 연쇄살인극에 대속이나 단죄 따위의 종교적인 의미가 존재하지 않는다면… 범인은 모종의 목적으로 선한 혹은 평판이 좋은 사람들을 살해했다는 사실만 남는다. 살인은 투신자살로 위장되었으며, 피해자들은 모두 같은 형태로 머리가 파열되었다. 놈에겐 단순히 희생자들을 죽이는 게 아니라 그들의 머리를 터뜨려야 하는 이유가 있었다.

길은목은 심장이 뛰었다.

완전 별개의 것으로 보이던 퍼즐들의 윤곽이 맞아떨어진 것이었다. 요양원 뒷길에서 홍한세의 시신을 발견한 목격자의 진술에 살인자의 흔적이 있었다. 그날 현장에 다른 물건은 없었느냐고 물었을 때 목격자는 잔가지를 언급했다.

"강풍에 잔가지가 떨어져 있었던 것 말고는 길 자체가 비어 있었어요."

목격자는 바람에 잔가지들이 떨어져 있었다고 하지 않고 강풍에 잔가지가 떨어져 있었다고 했다. 홍한세가 사망한 4월 26일의 날씨는 평범한 봄날이었다. 강풍이나 비바람이 불었다는 기록은 없었다. 땅바닥에 나뭇가지가 떨어져 있으니 목격자는 당연히 바람 때문이라고 생각했을 것이다. 그런데 그냥 바람이 아니라 강풍이라 한 이유는 현장에 떨어져 있던 나뭇가지가 제법 굵었다는 뜻이리라.

머리가 박살 난 사람의 시신과 굵은 나뭇가지가 의미하는 바는….

범인이 현장에서 뭔가를 뒤적였다는 뜻이다.

놈은 피해자의 머릿속에 있던 무언가를 찾으려 했다.

놈은 옥상에서 항아리를 집어 던지듯, 모종의 방법으로 피해자들을 투신시켰고 그들의 머릿속에서 뭔가를 찾고자 했다. 벨라뎃다 수녀의 말처럼 피해자들은 모두 선한 자들이었고 범인은 오직 선한 자들의 머릿속에만 존재하는 무언가를 찾으려 했다.

24

5월의 장미

길은목은 목격자들의 증언을 되짚었다. 건질 만한 정보가 없다고 여기고 흘려버린 것들까지 다시 복기했다. 3차 사고 당시 정일문의 시신을 지켰던 인부 박지현의 증언에도 나뭇가지가 등장했다.

"바람 때문에 나뭇잎이랑 나뭇가지가 흩어져 있던 것 말고는 눈에 띄는 게 없었는데."

당시에는 길은목도 정일문의 사망 지점에 나뭇가지가 존재하는 게 봄바람 탓이었으려니 하고 말았던 터다. 더구나 요양원 뒷길과 달리 정일문이 죽은 도로는 숲 사이로 난 길이었다. 길에 나뭇가지가 굴러다녀도 전혀 이상할 게 없는 조건이었다. 그런데도 박지현은 나뭇잎과 나뭇가지가 있었다고 증언했다. 그건 평상시에 그 길에서 흔히 보던 잔가지들과는 다른 구석이 있었기 때문이리라. 제법 굵직한 나뭇가지였다거나, 나뭇가지가 시신의 잔해 한가운데 놓여 있었다거나.

살인마가 나뭇가지로 정일문의 뇌 조각들을 헤작였다면….

박지현의 증언에 따르면 정일문이 사망한 뒤 목격자들은 사고 현장을 수습하는 데 필요한 물품들을 챙기러 잠시 현장을 떠나 있었다. 덤프트럭 운전사는 사고 직후 쇼크로 정신을 잃은 상태였으니 살인마는 그 틈을 노려 피해자의 머리뼈 잔해를 뒤적거리다 사라졌을 것이다. 놈은 정일문의 시신에서 원하는 걸 혹은 자신의 궁금증을 해소해 줄 만한 무엇을 찾지 못했다. 원하는 걸 찾아냈다면 연쇄살인이 5차까지 이어지지 않았을 테니까.

놈은 대체 선한 이들의 머릿속에서 무엇을, 왜, 찾으려 했던 걸까.

길은목은 원장 수녀의 메모지를 펼쳤다.

잉크는 죄다 번졌고 종이도 우글우글해졌지만, 어느 글자가 어느 위치에 있었는지 모조리 기억하고 있었다. 길은목은 메모지의 여백에 벨라뎃다 수녀의 이름을 썼다. 원장 수녀의 의뢰를 받고 벨라뎃다 수녀를 면담하는 것으로 시작된 이번 여정은 1독만으로는 파악되지 않는 어려운 텍스트였다. 그러니 재독을 하고 필요하다면 삼독이라도 해야 했다. 하여 다시 벨라뎃다 수녀였다.

길은목은 벨라뎃다 수녀의 이름 아래 '가설 1'이라 썼다. 물길을 타고 침수지역으로 넘어올 때부터 길은목의 머릿속에 존재하던 것으로, 벨라뎃다 수녀가 이 사건을 '선한 자들의 죽음'이라 정의하고, 5차 사건을 예견한 이유를 설명하는 가설이었다. 그동안 이 가설을 입 밖으로 내뱉거나 본격적으로 검토해 보지 않은 이유는 다섯 건의 사건이 표면 그대로 투신자살인지 아니면 정교하게 강요된 자살인지, 연쇄살인인지 확신이 서지 않았기 때문이다. 이제는 그 달갑잖은 가설을 마주할 차례였다.

가설 1. 살인마에게 피해자들의 리스트를 제공한 장본인이 벨라뎃다 수녀다.

벨라뎃다 수녀가 본의 아니게 이번 사건의 설계자 노릇을 했다면 벨라뎃다 수녀에 대한 정보들이 더 필요했다. 길은목은 창가로 갔다. 장미 향이 짙었다. 정원사인 벨라뎃다 수녀라면 장미의 품종과 특징을 줄줄이 나열했을 것이다. 길은목이 아는 장미는 신화와 가톨릭 전통의 장미들, 곧 사변의 장미들밖에 없었다.

장미는 화려한 외양과 짙은 향기, 짧은 생애 때문에 사랑과 죽음, 낙원을 상징한다. 그리스 신화에서 장미는 아프로디

테를 상징하며, 아도니스가 죽어가며 흘린 피에서 피어난 꽃이다. 중세에 이르러 장미는 정신적인 아름다움, 동정 마리아의 상징이 되었다. 붉은 장미는 성모의 사랑, 흰 장미는 성모의 겸손을 뜻했다. 길은목이 아는 장미는 여기까지가 전부였다.

하지만 지난봄, 길은목은 암불라레 산책 시간에 벨라뎃다 수녀가 들려준 이야기를 기억하고 있었다. 정확히는 벨라뎃다 수녀와 보나 수녀의 이야기를 주워들은 것이었다.

"우리 수도원 성당의 고해실에도 장미 조각이 있으면 좋을 텐데요."

"특별한 이유라도 있을까요?"

"고해실 안에 조각된 장미는 비밀을 상징하거든요. 중세 예술품이나 문헌에 이따금 등장하는 '숩 로사'(sub rosa)라는 표현은 단순히 '장미 아래'가 아니라 비밀로 봉인되었다는 뜻입니다. 고해실이나 사석에서 발설한 내용이 절대 다른 곳으로 새 나갈 일이 없으며 그 자리에 영원히 봉인된다는 거지요. 며칠 전에 장미 정원에서 볏짚 덮개를 벗겨내는 작업을 했거든요. 겨울옷을 벗고 봄을 맞는 장미들을 보고 있으려니까 저 장미들 뿌리마다 비밀이 있지 않을까 하는 생각이 들더라고요. 제가 사제는 아니지만, 장미 정원에서 누군가의 비밀을 듣는다면 맹세코 그 비밀을 영원히, 장미 덤불 아래 묻어둘 겁니다."

"정원사의 눈으로 세상을 보는 것도 흥미롭군요, 수녀님."

"그렇지요? 심심할 새가 없다니까요. 올해 성모성월에는 장미 꽃잎을 모아다가 장미 기름을 짜 볼 생각입니다. 향수를 만들어서 경당에도 뿌리고 수녀님들께도 나눠드리고요."

하지만 벨라뎃다 수녀는 장미 기름을 만들지 못하고 격리 병동으로 떠났다.

장미 정원과 비밀….

두 수녀의 대화를 복기하던 길은목은 성호를 긋고는 창을 닫았다.

"그래서였나요, 수녀님?"

훗날 누군가가 이 연쇄살인극을 소설로 엮는다면 책의 첫 장은 장미 정원을 배경으로, 정원사 수녀와 누군가의 비밀 대화 장면으로 시작해야 마땅하다. 연쇄살인이 시작되기 전 벨라뎃다 수녀는 범인과 이야기를 나눈 게 틀림없었다. 주제는 당연히 '선과 악'이었을 것이다.

길은목은 청강생 자격으로 참여했던 <신학대전> 강연을 떠올렸다. 토마스 아퀴나스 연구로 박사학위를 받은 원장 수녀가 수도원의 수녀들과 외부 신청자들을 대상으로 <신학대전> 일부를 설명해주는 특강 형식의 강연이었다. 길은목의 기억이 옳다면 벨라뎃다 수녀도 강연장에 있었다.

당시 원장 수녀는 <신학대전>의 제2부 제1편 '인간 행동의 선악 문제' 편을 설명해주었다. 인간 행위의 올바름은 그 행위가 이성과 영원법(토마스 아퀴나스는 법을 자연법, 영원법, 실정법으로 구분하였다.)의 질서와 합치되는 데에서 나오고, 그것에서 벗어날 때 죄가 된다는 내용이었다.

중세철학과 라틴어 지식이 짧은 길은목은 강연 내용을 다 알아들을 수가 없었다. 하지만 원장 수녀가 긴 강연을 어떻게 매조지었는지는 필기해 둔 덕에 기억하고 있었다.

"선이란 인간 안에 존재하는, 신으로부터 유래한 본성이며, 악은 그 선의 결핍입니다. 그러니 선을 채우면 악은 사라집니다."

길은목은 화장대에 엎어두었던 메모지를 다시 집어 들었다.

가설 2. 벨라뎃다 수녀는 범인과 선악을 주제로 비밀 대화를 나누었다. 또한 선악을 설명하는 데 있어 독토르 콤무니스(Doctor Communis. '인류의 공통학자'라는 뜻으로 토마스 아퀴나스의 별칭 중 하나다.)라 불리는 토마스 아퀴나스의 가르침을 인용하였을 가능성이 크다.

살인마가 벨라뎃다 수녀에게서 선의 개념을 배웠다면….

놈이 찾으려 했던 것은 '선성'이 된다.

악한 자들에겐 결핍된 선, 오직 선한 자들만이 지니고 있는 선성!

길은목은 머릿속으로 가상의 대화를 구성해 보았다.

"악한 자들에겐 '선'이 결핍되어 있고 선한 자들은 신으로부터 유래한 선성을 가지고 있다는 뜻이군요. 그렇다면 수녀님, 선한 자들은 현실에서 어떤 모습인가요? 선한 자들을 만나면 저도 그들 안에서 선성을 찾을 수 있을까요?"

"그럼요."

"혹시 수녀님은 선성을 가진 자들을 알고 계십니까?"

"가만있자, 누가 있을까? 아! 홍한세 씨가 있겠군요. 난민촌에서 아이들을 위한 이발 봉사를 하고 계신 분인데 참말이지 둘도 없는 의인입니다. 의인이란 스스로 의로운 자가 아니라 하느님께 의로움을 인정받은 존재거든요. 홍한세 씨라면 하느님께서도 의인이라 칭하셨을 겁니다. 또… 침수지역 급수탑 마을에 사는 오채영 씨도 있네요. 떠돌이 아이들을 데려다가…."

길은목은 신음을 토하며 머리를 싸쥐었다.

벨라뎃다 수녀는 자신이 이름을 열거한 이들이 어떤 운명을 맞이할지 상상도 못 했을 것이다. 그저 선한 자들의 예로 다섯 명의 이름을 불렀을 뿐이었다. 종교적인 문답으로 시작되었으나 살인마가 벌인 일은 전혀 종교적인 방식이 아니었다. 어느 추리소설에서처럼 십자가 형틀을 사용하지도 않았다. 놈은 다섯 사람의 머리를 차례차례 박살 냈다.

그건 너무나도 유물론적인 방식이었다.

두 번째 가설은 두 가지 문제로 이어진다.

놈은 왜 사람의 머리에서 신성을 찾으려 했을까?

왜 김진유부터 죽였을까?

답을 찾으려면 1차 사건의 피해자인 김진유의 사망 지점으로 가야 했다.

25

언니의 죽음

사건 조사에 뛰어든 지 나흘째 아침.

길은목은 아침 기도를 마친 뒤 1층으로 내려가 이른 아침을 청해 먹었다. 숙박비야 선불로 치렀으니 조용히 짐을 챙겨 떠나면 그만이지만 여인숙 주인에게 확인해야 할 게 있었다.

"혹시 전에 수녀님 한 분이 여기 찾아온 적 있나요?"

"수녀?"

"네. 40대 후반이고요, 수도복 차림이니 눈에 띄었을 겁니다. 추운 계절엔 검은색 수도복을 입고 봄부터 초가을까지는 연회색 수도복 차림입니다. 정식 방문허가증을 받고 왔을 테니 도시의 공무원이 동행했을 테고요."

"공무원들이야 심심찮게 찾아오지만, 수녀를 본 기억은 없는데."

그렇다면 벨라뎃다 수녀와 살인마가 마주한 장미 정원은 여인숙 후원은 아닐 터였다.

"W-19 지역에서 여기처럼 장미를 많이 키우는 것이 또 있을까요?"

"다 뒤져 본 건 아니지만 없지 싶은데. 저 정원은 죽은 우리 남편이 평생 가꾼 거거든. 꽃이 절로 피는 것 같아도 손이 많이 가."

길은목은 감사의 인사를 남기고 여인숙을 나섰다.

검은 첨탑을 등지고 간조의 해변을 따라 걸었다. 1차 사건의 발생지는 공장지대 너머, 경계벽 공사장 부근이었다. 1차 사건 조사를 순서상 마지막에 배치한 것도 사건 발생지의 위치 때문이었다. 길은목은 침수지역에서의 일을 마무리하고 경계벽을 통과하여 난민촌으로 들어갈 계획이었다.

폐자재 콘크리트 덩어리들로 만든 징검다리를 따라 갯벌을 건넜다. 만조 때는 물에 가라앉아서 보이지 않던 것들이 하나둘씩 세상에 모습을 드러내고 있었다.

만조 때는 보이지 않던 것들….

길은목은 상념의 끝을 붙잡고 늘어졌다.

이 연쇄살인극의 실체도 만조의 바다에 잠겨 있다. 살인마의 동선은 그려지는데 여전히 흐릿한 채로 남아 있는 것들이 있었다. 놈은 왜 희생자들을 자살이라는 방식으로 처리했을까. 정말로 선한 자들의 머릿속에서 뭔가를 찾으려 했다면 아무도 없는 곳으로 납치하여 처리하는 게 더 간단하지 않았을까. 투신자살로 위장하면 자신이 추적당할 일은 없을 거라고 확신했던 걸까. 놈과 벨라뎃다 수녀는 언제 어디서 처음 만났을까. 놈은 왜 선한 자들에게 집착하게 되었을까. 그리고 놈과… 한윤수는 어떤 사이인가. 그 모든 질문에 대한 답들이 폴라로이드 사진처럼 차차 짙어지고 선명해지고 나면 이 여정도 끝이 날 터였다.

좌측으로 멀리 경계벽이 솟아 있었다. 경계벽은 다시 10미터 높이의 이중철책으로 에워싸여 있었다. 길은목이 개구멍이라 불리는 땅굴로 난민촌을 드나들던 시절보다 경계가 훨씬 삼엄해진 상태였다. 철책이 땅 아래 깊숙한 곳에 뿌리를 내리고 있다면 땅굴을 파는 것도 불가능할 것이다. 결국 경계벽 자체는 인간의 힘으로 뛰어넘거나 통과할 수 있는 구조물이 못 되었다. 물론 범인에겐 길은목이 파악하지 못한 비밀 루트가 있을 수도 있었다.

20분쯤 더 걸어가자 오래전에 예술인 마을과 무슨 박물관이 있었다는 폐쇄구역이 있었고 그 너머로 경계벽 관문이 보였다. 경계벽 보수 공사와 침수가 더 진행될 경우를 대비한 자동 개폐식 수문 공사를 동시에 진행하느라 타워크레인이 여러 대 솟아 있고 레미콘과 덤프트럭들도 오가고 있었다. 중장비 기사들과 인부들 대부분은 난민촌 사람들이었다. 3차 사건 희생자 정일문이 난민촌과 침수지역을 오갔다는 이야기를 들었을 때 길은목이 추측한 귀환 경로가 바로 덤프트럭이었다. 정일문은 어제 길은목이 왔던 물길을 따라 침수지역으로 들어온 다음, 돌아갈 때는 몰래 혹은 누군가의 묵인하에 덤프트럭에 올라탔을 것이다. 그리고 덤프트럭들이 오가는 이 길에서 김진유가 죽었다.

1차 사건.

사망자: 김진유, 여, 41세.

4월 18일, W-19 지역 경계벽 공사장 부근에서 달리는 트럭에 뛰어들어 사망.

W-19 지역에서 구제 옷을 파는 행상이었음.

여성 부랑자들에게 음식과 의료품을 나눠주었던 것으로 알려짐.

유서는 따로 발견되지 않음.

김진유는 이 연쇄살인의 최초 희생자였다. 김진유는 여성 부랑자들을 대상으로 구호 활동을 하는 과정에서 벨라뎃다 수녀와 접점이 생겼을 것이며 살인마가 선한 사람들의 이름을 물었을 때 가장 먼저 호명이 되면서 이 잔혹한 살인극의 첫 희생자가 되었으리라.

공사장 차로 양옆은 부랑자들로 빼곡했다. 난민촌에서 온 인부들에게 구걸하는 이들도 있고, 타설, 아시바, 조공 등 길은목은 모르는 용어가 적힌 푯말을 들고 일자리를 구하는 사람들도 있었고, 더러 매춘부로 보이는 이들도 있었다. 구제옷 행상이었던 김진유는 난민촌 인부들을 통해 매입한 옷을 침수지역에 되파는 방식으로 일했으며, 돈이 모이면 소금빵과 생리대 같은 물품들을 구매하여 여성 부랑자들에게 나눠주었다. 정지혁 기자 말로는 난민촌 방역센터에서도 매춘부들을 위한 성병 치료제와 콘돔을 김진유에게 기증하기도 했다. 그건 김진유의 구호 활동이 널리 알려졌다는 뜻이며 벨라뎃다 수녀가 만든 리스트의 첫 줄에 이름을 올리는 계기가 되었을 것이다.

길은목은 붉은색 담요를 깔고 앉아 있는 여자에게 김진유에 관해 물었다.

"우리 언니는 그리 죽어서는 안 되는 사람인데."

앞니가 부러지고 없는 중년 여자가 낡은 카디건의 보풀을 뜯어내며 대꾸했다. 김진유가 나눠주는 소금빵으로 살았었다는 여자는 김진유보다 열 살은 족히 더 들어 보였다.

"나이야 내가 많지만 그래도 김진유가 언니였지. 여기선

다들 언니라 불렀거든. 나이가 적건 많건 무슨 상관이래. 언니는… 그냥 언니지."

여자는 목이 메는지 침을 크게 눌러 삼켰다.

"사건 전에 김진유 씨의 몸 상태가 어땠는지 기억나세요? 기침 같은 사소한 거라도 좋습니다."

"머리가 좀 아프다고 목뒤에 부항을 떠 달라고 왔더라고."

"부항이요?"

"내가 부항을 뜰 줄 알거든. 그걸로 돈을 좀 벌면 딱 좋겠는데 도시 놈들이 감염 어쩌고 지랄하면서 부항단지들을 싹 다 가져가 버렸어. 그래도 내가 물에 잠긴 한의원 위치를 알거든. 거기 가서 하나 새로 가져왔지."

"김진유 씨도 부항을 떴었나요?"

"그게 사혈을 뺀다고 될 일 아니라 그냥 가라 했어. 입천장부터 콧속, 눈 뒤쪽, 이마까지 다 욱신거린다는 거야."

여자는 코에서부터 이마까지, 자기 얼굴에 대고 곧은 선을 그어 보이고는 말을 이었다.

"재채기도 한 번씩 하고."

길은목은 목이 탔다.

1차 사건 김진유는 두통과 재채기 증상이 있었고 유가족 말로는 2차 사건 홍한세도 재채기 증상을 보였다. 3차 사건 정일문은 눈의 가려움증을 호소했고 4차 사건의 유가족인 오인석도 누나가 재채기와 비슷한 잔기침을 했다고 증언했다. 또 여인숙 주인에 따르면 5차 사건 희생자인 공소희 또한 두통 증세를 보였다. 피해자들이 모두 죽기 전에 신체 이상 반응을 드러냈다는 건 그 증상들이 살인마가 설계한 패턴의 일부라는 뜻이었다.

길은목은 성호를 그었다.

이 일은 선악에 대한 어설픈 신학적 해석이 초석을 놓고 유물론이 마무리를 지은 살인극이었다.

살인마는 재채기, 눈의 가려움, 두통 등을 유발하는 특정 물질을 피해자들의 머리에 주입한 게 틀림없었다. 그 물질은 피해자들의 뇌에 특정 자극이나 환각을 불러일으키는 방식으로 자살을 유도한 뒤 시한폭탄처럼 때가 되면, 정확히는 피해자들의 몸이 트럭에 부딪히거나 땅에 추락하기 직전에 폭발을 일으켰을 것이다. 놈이 뭔가를 찾겠다고 하면서도 피해자들의 머리를 터트린 이유는 역시나 벨라뎃다 수녀와의 대화에서 찾아야 할 터였다. 놈은 장미 정원에서 벨라뎃다 수녀에게 물었을 것이다.

"수녀님, 착한 사람들이 가지고 있는 선성은 잘 부서지나요?"

"아닙니다. 선성은 그 무엇으로 깨트릴 수 있는 성질의 것이 아닙니다."

길은목은 장미 여인숙에서 점심거리로 포장해 온 주먹밥을 여자에게 건네며 질문을 이어갔다.

"그럼 사고 직후 현장에는 누가 있었는지 기억하시나요?"

"못해도 열댓 명은 됐을 거야. 덤프트럭 기사도 놀라서 뛰쳐나오고, 근처에 있던 인부들도 달려오고 여기 사람들도 몰려갔으니까."

"덤프트럭 기사가 혹시 젊은 사람이었나요?"

"구레나룻까지 허연 노인네였어. 그 일 때문은 아니고 무슨 암에 걸려서 일을 관뒀다더라고."

"그럼 처음 시신에 다가간 사람은 누군지 보셨어요?"

"남자들 대여섯이 둘러싸고 있더라고. 인부들이었겠지."

"그중에 키가 크고 젊은 남자도 있었나요?"

"키 큰 사람이야 여럿 있었지. 이쪽 중장비 기사 중에 장골들이 몇 있거든. 그러고 보니까 젊은 남자도 하나 있었어. 벙거지를 쓴 남자 하나가 언니의 시신을 한참이나 내려다보고 있더라고. 하도 골똘히 쳐다봐서 처음에는 응급처치 그런 걸 하는 줄 알았다니까. 나중에 알고 보니까 응급처치가 통할 상황이 아니었더라고. 그 자리에서 머리가 박살이 났으니까."

"그 사람 얼굴 기억하세요?"

"벙거지를 푹 눌러쓰고 있어서 턱이나 간신히 보이는 정도였어."

"여기 공사장 인부였을까요?"

"처음엔 나도 당연히 그런 줄 알았지. 그런데 사람들이 몰려드니까 급수탑 마을 쪽으로 휑하니 가버리더라고."

김진유의 사망 직후 젊고 키가 큰 남자 하나가 그 시신을 살폈다는 것은 연쇄살인마와 백작약 꽃다발의 그놈이 동일 인물이라는 뜻이었다. 놈은 생각보다 사건 현장 가까이에 존재했으며 사고지점에 백작약 꽃다발을 가져다 두는 기이한 행동 패턴을 보였다.

길은목은 경계벽 공사장 현장 사무소로 달려갔다. 1차 살인은 너무나 쉽게 이루어졌다. 군중들이 보는 앞에서 군중 모두를 자살의 목격자로 만들어버린 것이다. 2차 살인은 8일 후인 4월 26일에 벌어졌다. 그리고 홍한세가 죽은 뒤 닷새 만에 3차 사건이 벌어졌고, 다시 5일 후 4차 사건, 그리고 사흘 뒤 5차 사건이 있었다. 전체적인 윤곽을 보면 살인의 간격이 바특해지고 있는 형상이었다.

5차 사건 이후로 놈은 잠잠했다. 물론 그게 연쇄살인이 막을 내렸다는 뜻은 아니었다. 이제는 난민촌 길거리에서부터 길은목의 뇌리에 떠돌던 불길한 그림을 마주해야 할 때였다. 정지혁 기자와 통화를 해야 했다. 길은목은 현장 사무소 직원에게 신원조회를 신청했다. 침수지역 쪽 현장 사무소는 여타한 업무로 침수지역을 방문한 메가시티 시민들의 비상 대피소 역할도 겸하고 있었다. 지문과 메가시티 등록증 번호로 본인 인증을 끝내고 침수지역 미허가 방문에 따른 벌금 안내서를 받은 뒤에야 전화를 쓸 수 있었다.

수화기 저편에서 길은목의 안부를 걱정하는 말들이 울렸지만 길은목은 곧장 본론으로 들어갔다.

"기자님, 화장터 삼거리 쪽은 살펴보셨어요?"

"우려했던 일이 벌어진 것 같습니다."

"뭔가가 나왔군요."

"네. 골목 근처 폐가옥에서 네 구의 시신이 발견되었습니다. 길은목 씨 추측대로 머리는 사라지고 없었고요."

"머리는 으깨져서 길에 버려졌을 겁니다. 빌어먹을 쥐떼들이 대부분 먹어 치웠을 테지만."

길은목은 욕지기가 솟는 걸 가까스로 삼키고는 말을 이었다.

"혹시 사망자들의 신원이 밝혀진 게 있나요?"

"자율방범대 대원들과 탐문하고 다녔더니 옷차림이 실종된 자기 친구 같다고 증언한 사람이 있긴 했습니다."

"혹시 건달이나 범죄자 같은 부류의 사람 아니었나요?"

"맞아요. 장기밀매 브로커였습니다. 난민촌의 청년들한테 접근해서 위조 신분증을 발급해주고 대가로 특정 장기 포기

각서를 받아내는 악질이었죠. 불법 적출되는 장기의 최종 도달지점이 메가시티여서 곧 경찰이 공식적으로 이 사건을 맡을 듯합니다. 그런데 길은목 씨는 죽은 사람에 대한 정보를 어디서 얻은 거죠?"

"범죄자라는 확신까진 아니었어요. 주변의 평판이 좋지 않은 사람, 일반적으로 악인이라 불릴 만한 사람일 것이라 추측했을 뿐입니다. 나머지 사망자들도 마찬가지일 겁니다."

확실한 단서도 없던 시기에 그저 사건의 단순한 윤곽만으로 어림해 본 것이었다.

의인으로 알려진 다섯 사람의 죽음 그리고 비슷한 방식으로 죽었으나 골목 구석에 버려진 이름 없는 자들의 죽음···. 당시 길은목은 이 죽음이 같은 맥락에서 벌어진 사건이며, 다섯 의인의 죽음과 달리 이들이 뒷골목에 쓰레기처럼 유기된 이유는 그들이 악인이기 때문이리라 생각했다.

침수지역 조사를 얼추 마무리하고 정지혁을 통해 화장터 삼거리의 일까지 확인하고 나자 또렷해지는 것들이 있었다. 살인범은 선한 사람 다섯을 차례로 죽였으나 그들만 가진 특별한 것, 선한 행동의 기원이 되는 물질을 찾아내지 못했다. 그래서 이번에는 악인들의 뇌를 해부하기로 한 것이다. 악이 선의 결핍이라면 악인들의 뇌에는 텅 비어 있는 부분이 존재해야 했다. 그 부위를 찾아내어 선한 자들의 뇌와 비교한다면 김진유와 홍한세, 정일문, 오채영, 공소희를 선인으로 만든 핵심 물질과 조직을 알아낼 수 있으리라 판단한 것이다.

살인마는 인간의 선성과 악성이라는 신학의 문제와 유물론의 양극단을 오가고 있었다. 놈은 선한 자와 악한 자를 가르는 핵심 물질 혹은 조직이 인간의 뇌에 있다고 믿고 있으며 놈은 여정의… 아직 끝나지 않았다.

26

거기 있었다

살인마는 오직 선한 자들의 사망 지점에만 백작약 꽃다발을 가져다 놓았다.

그가 '악인'들의 시신을 어떻게 다루었는지 생각하면 꽃다발엔 분명 특별한 추모의 의미가 있었을 것이다. 놈은 제 손으로 죽여 놓고도 의인들의 죽음은 추모 되어야 마땅하다고 믿고 있었다.

살인마가 벨라뎃다 수녀로부터 다섯 피해자의 이름을 넘겨받았다면 백작약의 의미 역시 정원사인 벨라뎃다 수녀에게서 유래했을 가능성이 컸다. 하지만 선과 악에 관한 신학적 해석을 놈이 현실에서 어떻게 적용했는지를 고려한다면 백작약 역시 벨라뎃다 수녀에게 들은 바를 제 식대로 해석하여 변용했을 수도 있다.

"전화 다 쓰셨으면 난민촌으로 돌아갈 채비를 하시죠."

휴게실 문 너머에서 사무소 직원의 통명스러운 목소리가 치고 들어왔다. 정지혁과 통화를 마친 뒤로 길은목은 5분 가까이 전화기를 붙든 채 생각에 잠겨 있던 터였다.

"아… 네. 한 통만 더 쓰겠습니다."

길은목은 급히 원장 수녀의 집무실 전화번호를 눌렀다. 원장 수녀는 오전 시간에는 웬만해선 외부 일정을 잡지 않고 수도원 내부의 일을 처리하거나 청탁 원고를 쓰는 데 시간을 보내는 편이었다. 예상대로 원장 수녀는 곧장 전화를 받았다. 길은목은 침수지역에서의 일들을 간략하게 보고했다.

"결국 연쇄살인이었다는 말이군요."

"네. 정지혁 기자님한테는 상세히 말씀드리지 못했습니다."

"왜죠?"

"도시의 경찰들을 난민촌 화장터 삼거리 사건에 묶어두어야 해요. 그놈은 우리가 잡아야 해요, 원장 수녀님."

"공개수사가 외려 일을 그르칠 수 있다는 뜻인가요?"

"놈은 일반적인 형태의 범죄자가 아니에요. 경찰의 힘으론 잡을 수 없어요."

"자매님은 놈의 정체를 알고 있군요."

"원장님이 그러셨잖아요. 저와 루시퍼 그림의 연관성이, 겉으로 봐선 별 관련도 없어 보이는 존재들의 연결고리가 흥미

롭다고요. 제가 그놈을 추적하는 방식도 철저히 제 머릿속에서만 감지되는 연결고리들이에요. 경찰에게 설명할 수도 없고, 아직은 온전한 형태의 그림도 아니에요."

"이 시점에 제가 도울 일은 없나요?"

"명단이 필요합니다. 지난 부활 기념 특강 때 원장님께 <신학대전> 주해 강연을 들은 사람들의 명단이요."

"그게 이 사건과 관련이 있습니까?"

"그자가 선악을 구별하는 방식이 아무래도 그날의 <신학대전> 주해 강연과 연관이 있는 것 같아서요."

"<신학대전> 주해라면, 뭐 상당히 비인기 학문이긴 하지만, 도서관에 가면 얼마든지 구할 수 있는 거잖아요. 혹시… 벨라뎃다 수녀와 그자의 접점이 그 강연이었다고 생각하는 건가요?"

"처음에는 저도 그자가 벨라뎃다 수녀님한테 이야기를 들었을 것이라고 생각했어요. 수녀님한테서 선성과 악성의 차이에 대해 듣고, 선한 자들의 예를 질문하고, 다섯 명의 이름을 들었을 거라고요. 하지만 벨라뎃다 수녀님의 태도에 알 수 없는 구석이 있었어요. 벨라뎃다 수녀님은 저한테 이 사건을 부탁한다고 했어요. 정신이 온전치 않으시지만, 그 순간만큼은 진심으로 하는 말이란 걸 알 수 있었어요. 그러면서도 한편으로는 이 사건을 은폐하려고 하고 있어요. 입을 다

물고 계시잖아요."

"죄책감이 깊어져서 정신착란이 온 거지 일부러 뭔가를 감추는 건 아닐 겁니다."

"숩 로사(sub rosa). 벨라뎃다 수녀님이 '숩 로사'에 대해 말씀하시는 걸 들은 적이 있어요. 그때 벨라뎃다 수녀님이 그러셨어요. 내가 사제는 아니지만, 장미 정원에서 누군가의 비밀을 듣게 된다면 영원히 장미 덤불 아래 묻어둘 거라고."

"맙소사! 그럼 그 장미 정원이라는 게 우리 수도원의 정원이라는 건가요?"

"벨라뎃다 수녀님이 그 말씀을 하신 건 수도원 장미 정원에서 볏짚 덮개를 벗겨낸 지 며칠 후였어요. 정확히는 부활절 다음 날 오전이었죠. 언젠가 듣기로 벨라뎃다 수녀님은 해마다 부활절 다음날에 정원의 마지막 덮개를 벗긴다고 들었어요. 볏짚 덮개는 3월이 되면 일찌감치 벗겨내지만 딱 한 장은 남겨두었다가 부활을 축하하는 의미로 벗긴다고 말이지요."

"네, 저도 그렇게 알고 있습니다."

"그리고 벨라뎃다 수녀님이 '숩 로사'에 대해 말씀하신 다음 날 <신학대전> 강연이 있었어요. 부활절을 기념하여 외부인도 신청만 하면 들을 수 있는 특강이었지요. 정리하자면 월요일에 마지막 볏짚 덮개를 벗겼고, 수요일에 벨라뎃다 수녀님이 '숩 로사'를 말씀하셨고, 목요일에 특강이 있었어요. 그리고… 그다음 주 월요일에 1차 사건이 벌어졌습니다."

수화기 저편에서 원장 수녀의 깊은 날숨소리가 울렸다. 길은목은 사무소 직원의 눈치를 살피고는 말을 이었다.

"원장님의 강연이 끝난 뒤 그자가 장미 정원을 지나다가 벨라뎃다 수녀님께 말을 걸었을 거예요."

"하지만 '숩 로사'는 비밀을 이야기할 때 성립하는 겁니다. 그자가 벨라뎃다 수녀에게 신학적 질문을 했다 치더라도 그게 비밀이 될 것까진 없지 않습니까."

"신학적 질문과 관련한 비밀이 있었을 겁니다. 저는 이제 그 비밀의 증거를 찾아볼 생각이고요. 그 비밀이 밝혀지면 사건의 전모가 드러날 겁니다. 일단 그날 수도원에 들어온 외부인의 명단이 필요합니다. 아, 2부 강연 명단만 있으면 됩니다."

"왜죠?"

"저와 벨라뎃다 수녀님은 1부 강연을 들었어요. 벨라뎃다 수녀님은 강연을 듣고 나서 정원 일을 하려던 것이었고요, 저는 다른 노비스 자매들과 마찬가지로 1부 강연만 신청할 수 있었어요. 외부 신청자 중에 남자분들이 모두 2부 강연을 듣게 돼 있으니까요."

노비스들은 꼭 필요한 경우가 아니면 외부 남성들과 교류

할 수 없게 돼 있었다.

"그 백작약 꽃다발의 주인공이라는 젊고 키가 큰 남자가 2부 강연에 왔을 가능성이 있다는 거군요. 잠깐만 기다려요."

수화기 저편에서 서류 더미가 무너지는 소리가 들렸다. 서랍장이 열렸다가 닫히고 원장 수녀가 방 저편으로 종종걸음 쳐갔다. 문이 열리고 닫히고 다시 열렸고 드디어 원장 수녀가 전화기 앞으로 돌아왔다.

"그야말로 이름밖에 없군요. 성별이나 연령, 소속에 대한 정보는 아무것도 없어요. 그런데도 도움이 되겠어요? 혹시 자매님이 용의선상에 올려두고 있는 이름이 있는 건가요?"

"아직 확실한 건 없습니다."

원장 수녀는 2부 강연에 참석한 외부 신청자의 명단을 가나다순으로 읊었다.

이름이 하나하나 호명될 때마다 길은목의 심박이 빨라졌다. 땅이 물러지고 그 아래서 주데카 연못이 입을 벌리고 있는 것 같았다. 천 아무개, 최 아무개를 거쳐 드디어 그 이름이 울렸다.

"한윤수."

길은목은 옅게 신음을 토하며 성호를 그었다.

"뭔가 알아낸 거예요?"

원장 수녀에게 명단을 요청했을 때 길은목이 바란 건 단

240

하나였다. 그 안에 한윤수의 이름이 존재하지 않는 것….

"수녀님, 부탁이 있어요. 우리 아버지한테 연락 좀 해 주세요."

"정영배 회장님이요?"

"네. 특정 분실물 리스트가 필요해요. 아버지라면 알아낼수 있을 거예요."

"강연 참석자 명단에 이어 이제는 분실물 리스트가 필요하다고요?"

"네. 경찰에 알리지 않고 비밀 경로로 잃어버린 물건을 찾는 사람들이 있어요. 아버지도 가끔 그런 방식으로 일을 처리하거든요. 경찰에 알리면 기자들도 냄새를 맡으니까요. 도난 신고가 되지 않은 분실물만 찾아주는 전문가들도 있고요."

"대체 뭘 찾아야 하는 거죠? 보석류인가요?"

"분실물의 분류상 명칭은 의미가 없어요. 어차피 제대로 된 명사로 등록돼 있지 않을 거예요. 분실물에 대한 상세정보가 기록으로 남는 걸 꺼리는 의뢰인들이니까요. 리스트는 그들만의 은어로 작성됐을 겁니다. 중요한 건 시기입니다."

"시기요?"

"네. 올해 4월 초에 분실신고가 접수되었다가 4월 18일 이후에 신고가 취소된 물품들의 리스트면 돼요."

"4월 18일이면… 1차 사건이 벌어진 날이군요. 좋아요. 뭐가 뭔지는 모르겠지만 아버님께 그리 전하도록 하겠습니다. 그럼 자매님도 그만 복귀하도록 해요. 연쇄살인마가 날뛰는 곳에 자매님이 혼자 돌아다녔다고 생각하니 간이 철렁하네요. 보나 수녀님이 이 일을 알면 경을 칠 거예요."

긴 통화를 마친 뒤, 길은목은 사무소를 빠져나왔다.

강연 참석자 명단에서 한윤수라는 이름을 확인한 이상 이대로 돌아갈 수는 없었다. 길은목은 다시 급수탑 마을을 향해 뛰었다.

그날 한윤수가 수도원에 왔다면 길은목의 근황을 꿰고 있던 것도 이해가 되었다. 한윤수는 우연히 강연을 신청한 게 아니라 길은목이 그 수도원에 있기 때문에 강연을 들으러 왔을 것이다. 그 추측대로라면 이 연쇄살인극의 범인은 한윤수여야 한다. 하지만 길은목이 말한 조건에 부합하는 분실물이 정말로 존재한다면 아직 희망은 있었다.

"한윤수…."

해안경비대 사무실의 정확한 위치는 길은목도 알지 못했다. 하지만 아이들이 내건 노란 깃발을 보고 수돗가로 달려왔으니까 목선 정박지를 맨눈으로 확인할 수 있는 곳 어디쯤일 것이다.

"만조에도 물이 차지 말아야 하니까 최소 7, 8층 이상의 건물의 꼭대기 층이나 옥상이겠지. 한윤수, 기다려."

27

숨

급수탑 마을에서 마주친 행인 중에 경비대 사무실의 위치를 아는 사람은 없었다. 정확히는 경비대가 있다는 것도 모르는 눈치였다. 길은목은 이 여정의 많은 대목에서 그러했듯 도시 괴담을 더듬어가는 기분으로 사무실을 찾아다녔다. 방향과 높이가 적당한 건물 두어 곳을 헛걸음한 뒤에야 정답을 한윤수의 기억에서 찾아야 한다는 데 생각이 미쳤다.

어쩌면 경비대도 한윤수가 만든 조직이었을지도 몰랐다. W-19 지역으로 들어오는 수상한 선박을 감시하는 것도 목선 정박지의 어린애들에게 길은목 또래의 여자가 물길을 타고 오면 알리라 한 것도 너무나 한윤수다운 선택이었다. 그렇다면 마을 사람들이 경비대의 존재를 모르는 것도 이해가되었다.

하지만 공소회가 죽기 한 달 전까지 교회에서 살았던 한윤수가 무슨 수로 경비대를 조직한 것일까. 장미 여인숙에서 언쟁을 벌였을 당시 한윤수가 야간경비와 하루치 일당을 언급한 것으로 보면 경비대는 교대 인원과 자본력을 갖춘 조직일 터였다. 물론 방법이 없는 건 아니었다. 한윤수의 뜻을 존중해 주는 후원자가 있다면 가능한 일이었다.

출렁다리를 따라 급수탑 마을을 둘러보던 길은목은 날숨 섞인 실소를 쏟아냈다.

여긴 메가시티가 아니라 W-19 지역이었다. 눈에 보이는 단서들로만 뭔가를 찾으려 하다간 낭패를 보기 십상이었다. 한 달 전, 한윤수는 공소회 씨와의 스캔들로 하루아침에 살던 곳에서 내쫓기는 신세가 되었다. 제 발로 나왔다 하더라도 부모도 집도 없는 녀석에게 이 물의 동네는 그저 막막하고 외로운 공간이었을 것이다.

그때 너는 또 나를 떠올렸겠지, 한윤수.

그러자 물에 잠겨버린 건물들과 어느 해에 사라진 구조물들도 눈에 들어오기 시작했다. 마침내 길은목은 어느 상가건물 옥상에 있던 커다란 볼링핀을 기억해냈다. 만조가 되면 희고 둥근 머리 부분만 간신히 수면 위로 솟아 있던 그 조형물은 길은목과 한윤수가 내기 수영할 때 반환점 노릇을 하던 것이었다. 하지만 어느 해 늦은 봄, 태풍으로 사나워진 바다가 조형물을 휩쓸어가고 말았다.

목선 정박지를 맨눈으로 확인할 수 있는 고층 건물 중에 볼링핀이 있던 자리가 곧장 내려다보이는 곳, 경비대 사무실이자 한윤수의 새로운 아지트는 거기였다. 작은 종말 이전에 어느 대기업이 연수원 용도로 지었다는 8층 건물의 꼭대기 층이었다. 한윤수는 저기에 터를 잡고서 잊히고 유실된 것들을 곱씹으며 지냈을 것이다.

한윤수, 원장 수녀님의 <신학대전> 강연을 들으러 온 게 정말로 너였다면 왜 진즉 날 찾아오지 않았던 거야. 나 스스로 급수탑 마을에 돌아올 때까지 기다렸던 거야?

멀리, 다족류 기계 생명체 같은 급수탑이 솟아 있었다. 기성종교들이 떠나버린 곳에서 남겨진 자들의 토템이 된 구조물이었다. 출렁다리에서 해안경비대 건물 외벽의 철제계단으로 옮겨간 뒤 길은목도 급수탑을 한 번 더 돌아보았다.

8층 복도로 들어섰다. 고흐의 해바라기를 비롯한 명화 모작들과 외국 어느 도시의 야경이 담긴 사진 액자들이 유실 방지용 사슬로 벽면에 고정되어 있었다. 사무실 출입문은 존 윌리엄 워터하우스의 '황금 상자를 여는 프시케' 모작 맞은편에 있었다. '대회의실'이라는 작은 푯말 아래 검정 페인트로 '해안경비'라는 글자가 새겨져 있었다. 길은목은 조심스레 철문의 손잡이를 돌리자 습기에 뻑뻑해진 경첩에서 길고 불쾌한 소리가 났다.

사무실은 불이 꺼진 채 고요했다. 먼지로 뿌예진 창문으로 햇빛이 들어오긴 했으나 길은목의 키를 넘는 파티션들이 어수선하게 공간을 가르고 있어서 사무실은 전체적으로 어둑어둑한 미로 같았다. 출입구 맞은편 창문을 제외한 창들은 굳게 닫혀 있었다. 길은목은 입구 근처 책상에서 십자드라이버 하나를 집어 들고는 탁한 열기가 고인 사무실을 가로질러 갔다. 창밖에서는 건물 모퉁이를 따라 물이 울고 있었고 좀 더 먼 데서는 파도가 쳤다. 사무실에서 들리는 소리는 길은목의 젖은 운동화 아래로 모래가 바스락거리는 소리뿐이었다.

"실례합니다. 여기가 W-19 해안경비대 사무실인가요? 한윤수 씨 자리에 계신가요?"

돌아오는 답은 없었다.

어릴 적 물속에서 숨바꼭질하고 놀던 아이가 어른이 되어 수도원에 들어가면 생기는 능력이 하나 있었다. 존재의 부재로 인한 고요와 의도된 침묵을 청력으로 구분해내는 것이다. 아무리 숨을 죽여도 살아 있는 그것들은 날숨을 감출 수 없었다. 물속의 날숨은 기포를 만들어냈다. 그리고 수녀들의 날숨은 수도복의 바스락거림과 날숨으로 데워지고 가벼워진 공기의 움직임으로 나타났다.

해안경비 사무실에선 그 능력마저 통하지 않았다. 사무실에는 아무도 없었으며 동시에 누군가 존재했다. 고요와 통제된 침묵이 뒤섞여 있었다. 사무실 안쪽은 창문마저 이중으로 닫혀 있어서 물소리의 간섭이 덜한데도 상대의 숨소리가 들리지 않았다. 하지만 분명 누군가 저 안쪽 어디쯤에서 길은목을 기다리고 있었다.

꽃향기가 났다.

달착지근한 장미 향과는 조금 다른, 색에 비유하자면 채도가 짙은 향이었다. 공기의 흐름이 거의 없는 사무실 안쪽에서 향기는 매 순간 짙어졌다 옅어지길 반복하고 있었다. 누군가 꽃냄새가 섞인 공기를 길은목 쪽으로 밀어 보내는 것이었다. 길은목은 그게 백작약의 향기라는 데 남은 수도원 생활 전부를 걸 수도 있었다.

십자드라이버를 고쳐 쥐고 다시 걸음을 뗴었다.

김진유, 홍한세, 정일문, 오채영, 공소희의 죽음을 투신자살이라는 형태로 그려냈던 그자가… 여기 있었다. 사무실은 그자의 의도대로 스테이징 된 상태였다. 놈은 저 안쪽 어딘가에 백작약 꽃다발을 준비해두고서 길은목이 도착하기를 기다렸다. 그렇다면 길은목이 변수가 되어주는 수밖에 없었다.

"내가 생각이 짧았더라고. 이 모든 게 선성과 악성에 대한 신학적 해석에서 비롯되었다고 단정했는데 아니었어. 신학적 해석이 있기 이전에 너의 고민이 있었던 거야. 그 고민거리가 너를 선성의 개념에 집착하게 했던 거지. 선한 자들 다섯의 머리를 박살 내고 그 안에서 뭘 찾으려 했다는 걸 알고부터 네가 일반적인 살인마와 다르다는 걸 알았어. 뭔가… 어린 애 같잖아. 사탕을 꺼내려고 항아리를 깨트리는 철부지 꼬맹이 말이야."

그 순간 4미터쯤 떨어진 파티션 너머에서 검은색 벙거지가 불쑥 솟았다. 벙거지의 그늘과 파티션의 경계면이 거의 일치해서 얼굴은 보이지 않았다. 172센티미터인 길은목의 키를 기준으로 하면 파티션의 높이는 180센티미터, 상대의 키는 파티션의 높이보다 6, 7센티미터는 더 되는 듯했다.

길은목은 다시 1미터쯤 거리를 좁혔다.

"그 백작약은 나를 위한 건가? 난민촌 화장터 삼거리에서 네 구의 시신이 발견되었어. 머리가 없는 시신들이긴 하지만 앞서 다섯 명의 두개골과는 다른 상태로 부서졌을 거야. 이번에는 머리에 들어 있는 게 아니라 비어 있는 부분을 찾아야 했기 때문에 신중하게 열어봤을 거야. 잘 익은 석류 안을 들여다보듯이 말이야. 그런데 선한 자들의 시신은 다섯인데 왜 악한 자의 시신은 넷이었을까. 그간 너의 유치하고도 결벽증적인 행동 패턴으로 보면 악한 자도 다섯이어야 할 텐데. 아직 열어보지 못한 다섯 번째 머리가 혹시… 이거야?"

길은목은 드라이버를 쥐지 않은 손으로 제 머리를 툭툭 건

드려 보였다.

"하지만 이 안에도 네가 원하는 건 없을 거야. 방향을 달리해도 마찬가지일 거야."

그러자 벙거지의 각도가 길은목 쪽으로 미세하게 틀어졌다. 길은목은 속으로 성호를 그었다. 놈을 어린애 같다고 한 것은 진심이었다. 단순한 해법을 찾고 자기감정에 솔직한 어린아이를 대하듯 해야 상대를 이해할 수 있었다. 하지만 딴에는 의미를 부여해 가며 애지중지 틀어쥐고 있는 뭔가를 누가 낚아채 갔을 때 어린애가 어떤 반응을 보일지도 각오해야 했다. 그 순수한 분노가 어떤 결과를 낳으리라는 것 또한….

"나를 못돼먹은 사람, 사악한 인간이 아니라 선악의 양극단을 맘대로 오가며 원하는 것을 취하는 존재로 분류해도 내 두개골 속에는 답이 없을 거란 뜻이야. 선은 존재의 충만함이고 그래서 신의 모상인 인간 안에 존재하는 신성이라 불리지. 반면 악은 선의 결핍이고 말이야. 선과 악은 구분이 되지만 선인과 악인이 따로 있다거나 그 둘 사이에 어떤 존재론적 차이가 있는 건 아니야. 당연히 생물학적, 해부학적 차이도 존재하지 않아. 지금껏 네가 죽인 사람들은 존재론적으로 모두 동일해. 그들은 행위의 목적성과 행위 자체에 있어서 차이를 드러냈지만 똑같은 호모 사피엔스야. 넌 그날의 강연을 잘못 이해한 거야."

길은목은 성호를 긋고는 마지막 파티션을 지나갔다.

둥근 테이블 중앙에는 백작약이 대여섯 송이 꽂혀 있는 세라믹 화병이 있었다. 놈은 그 너머에 등을 보이고 서 있었다. 검은색 청바지에 검은색 바람막이 차림이었다. 생활 방수 처리가 된 바람막이 안쪽으로는 계절에 맞지 않는 터틀넥을 입고 있었는데 그 역시 검은색이었다. 검은 마스크로 가린 얼굴에는 벙거지를 깊이 눌러쓰고 있었고 두 손에는 수술용 장갑을 끼고 있었다.

"나한테 얼굴을 보여서는 안 되는 이유라도 있는 건가?"

길은목이 물었지만, 벙거지는 대답이 없었다.

퍼즐 판의 남은 칸은 하나인데 길은목의 손에 쥐어진 퍼즐 조각은 두 개였다.

물에 빠진 길은목을 건져내고 밤중에 검은 첨탑 교회로 달려왔던 한윤수.

<신학대전> 주해 강연 신청자 명단에 이름을 남긴 한윤수.

그 둘이 정말로 동일 인물이라면 한윤수 내부에서 인격이 분화되었다고 봐야 할 것이다. 수돗가에서 몰래 비누를 던져놓고 사라졌던 한윤수는 절대 사람을 잔혹하게 살해할 수 있는 사람이 아니었다. 하지만 수도원 장미 정원에서 벨라뎃다 수녀에게 자신의 비밀을 털어놓은 한윤수는 이미 아홉 명의

사람을 살해했고, 여기서 멈춰 세우지 못한다면 앞으로 희생자가 더 늘어날 것이다. 그 둘이 한윤수의 서로 다른 인격이라면 세상 어디에도 길은목이 원장 수녀를 통해 정영배 회장에게 찾아봐 달라고 부탁한 분실물은 존재하지 않을 것이다. 또한 강연 당일 한윤수가 벨라뎃다 수녀에게 털어놓은 비밀 또한 통제할 수 없는 자신의 또 다른 인격에 관한 고민 상담이었을 것이다.

반대로 그 둘이 처음부터 다른 인물이었다면….

지금 눈앞에 서 있는 저 사람은 길은목의 친구 한윤수가 아니었다. 벙거지는 아홉 명을 죽이고 그중 선한 자들 다섯의 사망 지점에 백작약 꽃다발을 가져다 두었고 열 번째 희생자로 길은목을 점찍은 상태였다. 놈의 살인 행각은 한윤수와 무관하지만 그런데도 둘은 긴밀한 관계를 유지했을 것이다. 아마도 한윤수는 놈에게 이름을 빌려주었을 것이고 놈은 그 대가로 길은목의 소식들을 한윤수에게 제공했을 것이다.

"네가 내 친구 한윤수든 아니든 어떻게든 나는 이 자리에서 죽는 시나리오이네. 네가 한윤수고, 친구로서 나를 기다렸다면 민트 향 샤워젤을 썼을 텐데 말이야."

그리고 네가 누구든 내 친구 한윤수는 아니야.

길은목은 둥근 테이블을 돌아 벙거지에게 다가갔다.

"인제 그만 얼굴을 보여줘."

길은목이 벙거지를 향해 손을 뻗으려는 순간 놈이 몸을 틀어 길은목의 목을 쥐었다. 길은목은 드라이버를 벙거지와 마스크 사이의 여린 경계면에 꽂아 넣었다. 놈이 제 얼굴을 더듬는 틈에 길은목은 뒤돌아 뛰었다. 최대한 출입구 근처까지 가야 했다. 하지만 벙거지가 무서운 속도로 따라붙었고 곧이어 무색무취의 어둠이 길은목을 덮쳤다.

28

아는 목소리

수술 장갑을 낀 커다란 손이 길은목의 얼굴을 움켜쥐고 있었다.

단단한 팔로 길은목의 상체를 감싸고 있어서 사실상 도주는 불가능했다. 길은목은 마지막 답을 찾기 위해 목숨을 걸었고, 이제 모든 퍼즐이 제자리를 찾아갔다. 하지만 이 진실을 누군가에게 전할 수 있을지 미지수였다. 놈의 팔에 점점 더 힘이 들어가기 시작했고 길은목은 금방이라도 흉곽이 부서질 것만 같았다.

해적이 하나 있었다. 이름이 쉰욕이었던가 쎈욕이었던가, 아무튼 자기네 고향 시장통 말로 '깐마늘'이라는 뜻의 이름을 가진 그는, 체중이 100킬로그램은 됨직한 거구에 말귀가 어두운 중년 남자였다. 일머리가 없다고 다른 해적들한테 얻어

터지고 나면 심부름꾼 아이들에게 화풀이하는 못된 놈이었다. 하지만 그 방식이 몹시도 하찮았다. 발을 탕탕 구르고, 눈을 치뜬 채 말을 더듬다가 결국에는 제 분을 못 이겨 배 난간이나 갑판에 머리를 박으며 괴성을 질러 대는 것이었다. 그때마다 길은목은 그가 실은 중년 남자의 몸에 갇힌 열 살짜리 아이가 아닐까 의심하곤 하였다. 드럼통 같은 몸에서 빠져나오려고 안간힘을 써 보지만 번번이 실패하고 마는 어린애 같았다.

지금 길은목의 숨통을 조이고 있는 놈도 그 시절 깐마늘과 닮은 구석이 있었다. 놈은 뇌 속에 든 것을 찾겠다고 아홉 명의 머리를 박살 낸 살인마였으나 깐마늘과 마찬가지로 거구의 몸체에 갇힌 '무엇'이었다. 그러니 일반적이고 상식적인 접근은 소용없었다. 어린애 대하듯이 혹은 철저히 유물론적인 방식으로 다가가야 했다.

놈은 길은목이 누군지 알고 있었다. 성장기 내내 수영과 격투기를 꾸준히 배웠으며 수도원 입회 전까지 생활 체육센터에서 강사로 일했다는 사실도 꿰고 있을 것이며 당연히 놈은 길은목이 격렬하게 저항하리라고 예상할 터였다. 일이 놈의 계획대로 진행되는 걸 막으려면 변수를 주는 수밖에 없었다.

길은목은 몸에서 힘을 빼고 축 늘어졌다. 물길을 타고 흘러올 때처럼 외부의 힘에 저항하는 대신 몸을 맡기기로 한 것이다. 흔들리면 흔들리는 대로 유속이 바뀌면 바뀌는 대로 몸을 내버려 두었다. 터질 것 같은 폐와 초조한 생각들에 무뎌지고 그저 물의 일부가 되는 것. 길은목은 자신이 놈의 외부 연장체인 것처럼 놈에게 완전히 체중을 실었다.

예상대로 놈이 동요하기 시작했다. 한바탕 육탄전을 예상했으나 길은목이 너무 싱겁게 나가떨어지자 10여 초가량 미동도 없이 서 있었다. 변수를 고려하여 새로운 판단을 내리기까지 시간이 걸린 모양이었다. 이윽고 놈은 길은목의 명치를 조였던 팔을 풀고서 길은목을 출입문 쪽으로 끌고 갔다.

파티션 모서리에 대퇴부나 흉부가 부딪칠 때마다 길은목은 비명을 참느라 입술을 깨물어야 했다. 다음 수순이 뭔지는 불 보듯 뻔했다. 밝은 곳으로 가서 길은목의 뇌를 열어보려는 것이었다. 선한 자와 악한 자의 존재론적 차이가 없다는 설명만으로는 놈을 설득할 수 없었다. 물론 놈도 자신이 세운 가설을 수정하거나 철회하기도 한다. 선한 자들의 머리에서 원하는 걸 찾아내지 못하자 악한 자들의 뇌를 뒤적이기 시작한 게 그 증거다. 하지만 가설에 변화를 주려면 놈이 스스로 책정한 기준치의 실험조건을 만족해야 했다. 그러므로 놈은 악인 다섯의 머리를 터뜨려야 하고 다섯 번째 악인의 것으로서 길은목의 머리가 필요한 것이리라.

파티션의 미로가 끝나고 사무실 출입구 근처, 탕비실 앞 공간에 다다르자 놈은 길은목의 팔을 팽개쳤다. 뜨듯한 햇살이 길은목의 목덜미와 손등에 와 닿았다. <신곡> 지옥 편에서 주데카 연못을 처음 마주했던 날이 떠올랐다. 해적들이 한윤수를 바다악어의 수조에 던졌으리라 믿던 시절이라 주데카 연못 또한 다른 해석의 여지가 없었다. 루시퍼의 불결하고 음습한 콧김 아래 존재하는 그 얼음 연못은 길은목의 영혼을 갈기갈기 찢어놓을 지옥의 바다악어였다. 친구를 배신한 영혼에겐, 해적들에게 볼모로 잡혀 있는 친구에게 돌아가지 않은 아이에겐 영원히 바다악어가 따라붙는다는 사실을 그때 알았다.

벙거지를 쓴 저 존재는… 주데카 얼음 연못으로 가는 길에서 맞닥뜨린 바다악어였다. 그래서 놈은 길은목이 익히 아는 존재였다. 길은목은 속으로 성호를 긋고는 눈을 떴다.

벙거지는 우뚝 선 자세로 길은목을 내려다보고 있었다. 햇살을 등지고 있어서 얼굴은 보이지 않았다.

"이제 얼굴을 보여주고 목소리도 들려줘. 벨라뎃다 수녀님에게 널 보였던 것처럼 내게도 보여줘. 그러면 네가 찾는 답을 알려줄게. 벨라뎃다 수녀님은 네가 뭘 원하는지 몰랐던 거야. 네가 누구인지, 무엇을 궁금해하는지 정도만 알았겠지. 하지만 난 달라. 네가 누군지도 알고, 네가 뭘 원하는지도 알아."

벙거지는 길은목 옆에 한쪽 무릎을 세운 자세로 앉았다.

"내 이름을 알아?"

놈이 처음으로 입을 열었다.

그건 한윤수의 목소리였다. 길은목은 눈물이 나려는 걸 참고 말을 이었다.

"내 친구들이 지금 네 이름을 찾고 있어. 하지만 그게 진짜 네 이름은 아닐 거야. 나는 길은목이고, 세례명은 스콜라스티카야. 하지만 그 이름들이 곧 나는 아니야. 진짜 이름은 오직 나만 아는 거니까. 내가 아는 나는 바다악어에 쫓기며 사는 아이야. 그리고 너는… 엄마한테 사랑받고 싶었던 아이야."

길은목은 조심스레 놈의 얼굴로 손을 뻗었다. 콧등을 완전히 가린 마스크와 그 위에 드리워진 벙거지 그늘….

"우리 엄마를… 알아?"

"그래."

"엄마가 내 얘길 했어?"

길은목이 고개를 저었다.

"엄마가 내 얘기는 하기 싫대?"

"아니야. 네 이야기를 나눌 기회가 없었…."

그 순간 놈이 길은목의 손목을 낚아챘다.

"아직은 보여줄 수 없어."

"왜? 난 어차피 네가 누군지 알아. 그러니까 감출 필요 없어."

"감추는 거 아니야. 다 고치고 나면 그때, 나 스스로 모자를 벗을 거야. 그리고 길은목, 나도 널 알아."

놈이 길은목의 머리카락을 움켜쥐었다.

"너는 답을 가지고 있어. 내가 지금까지 만나본 사람들과는 아주 달라. 선한 사람 다섯과 악한 사람 다섯의 머리를 뒤져봤는데 네 말대로 아무것도 없더라고. 진짜 정답은 길은목 너한테 있는데 말이야."

"악한 사람이 다섯이라고?"

정지혁 기자는 분명 네 구의 시신이라 했다.

"난민촌 화장터 삼거리 근처에서 발견된 시신 말고 한 사람이 더 있는 거야?"

"응. 장미 여인숙 뒤쪽 산길에서 노인 하나를 잡아다가 머리를 열어봤어. 산자락에서 해치웠더니 아직 소문이 안 났나 보네. 아, 너도 아는 노인이야. 그날 교회 앞에서 그 노인이 널 때렸잖아."

"그 사람을 악인이라고 판단한 기준이 혹시 나를 때려서야? 사유지를 불법 침입한 건 나였는데?"

"이상하네. 나는 너도 그 사람을 악인이라고 생각하는 줄 알았는데. 너도 그 사람 죽이려고 했잖아."

놈의 목소리에 의아함이 묻어났다. 억지를 부리려는 것도 아니었고 길은목을 심리적으로 압박하려는 것도 아니었다. 놈은 정말로 그렇게 믿고 있었다. 길은목은 속으로 탄식했다. 만조의 비탈길에서 주머니칼을 치켜들게 했던 그날의 살의가 실제로 죽음을 견인할 줄은 몰랐던 터였다.

"왜? 많이 놀랐어?"

놈의 손이 조금 느슨해졌다.

달아나려면 지금이 최적의 기회였다. 옆으로 몸을 구른 다음 낡은 방충망이 있는 창으로 몸을 날린다면 불가능한 일도 아니었다. 하지만 길은목은 놈에게서 더 들어야 할 게 있었다. 연쇄 살인극의 퍼즐은 모두 제자리를 찾아갔지만 그게 끝은 아니었다. 길은목은 이 낯설고 불가해한 살인마의 머릿속을 해독해야 했다.

"그럼 난 뭐야? 선한 사람도 아니고 악한 사람도 아니면 또 새로운 형태의 실험이 시작되는 건가?"

"그래, 넌 앞의 열 명과는 달라. 넌 선하지도 악하지도 않아. 너는 한윤수가 사랑하는 사람이야."

물에 잠긴 마을에서 서로를 지키고자 했던 진심과, 죄의식과 그리움으로 곤죽이 돼 버린 기억들을 사랑이라는 말에 그리 쉽게 욱여넣어 버리느냐고 되묻고 싶었다. 하지만 길은목은 관두었다. 그 시간을 담아낼 다른 말을 찾을 수가 없어서였다.

"누군가의 사랑을 받는 사람들의 뇌를 들여다보겠다는 건가?"

"응. 이번엔 분명히 있을 거야. 처음부터 너 같은 사람들을 찾았으면 좋았을걸. 너무 멀리 돌아왔어."

"넌 그냥 엄마한테 사랑받고 싶은 거잖아. 왜 우리 엄마는 나를 사랑하지 않을까 고민하다가 엄마가 습관처럼 내뱉던 말을 떠올린 거지? 착하지, 우리 아들! 하지만 원래 그 말은 네 몫이 아니었어. 형인지 동생인지는 모르지만, 아무튼 네 형제의 차지였지. 넌 아마도 꾸지람을 들었을 거야. 못된 녀석, 네 형제도 제대로 돌보지 못해? 나쁜 녀석, 너 같은 건 필요 없어! 그래서 넌 쫓겨났어. 정확히는 엄마가 널 파양하려 했지. 넌 그 길로 집을 뛰쳐나왔고 난민촌과 침수지역을 떠돌아다녔어. 그러다가 그 단순한 답을 얻은 거야. 착한 사람이 되면 엄마에게 돌아가서 다시 사랑받을 수 있을 거라고 말이야. 착해지는 방법을 찾던 중에 우리 수도원에서 <신학대전> 주해 강연을 들었고, 벨라뎃다 수녀님을 만난 뒤에 연쇄살인을 시작했어. 사람들을, 적어도 너한테 아무 짓도 하지 않은 사람들을 열 명이나 죽였어."

"걱정하지 마. 이제 곧 끝나니까. 이제 네 머릿속에 있는 것만 찾고 나면 더는 사람을 죽이지 않을 거야. 나도 살인이 좋았던 건 아니야. 특히 착한 사람들을 죽였을 때는… 부끄러웠어."

"부끄러웠다고?"

"그래."

"부끄럽다는 게 어떤 의미야?"

"내가 그 일을 하지 않는 편이 나았다는 뜻이지. 또 그 일을 해서 미안하고 나도 후회한다는 뜻이지."

부끄럽다, 하지 않는 편이 나았다, 미안하다… 길은목은 놈의 말을 곱씹었다. 길은목의 추측대로 놈이 백작약에 부여한 의미는 정원사인 벨라뎃다 수녀에게서 유래한 것이었다.

"그럼 희생자들의 사망 지점에 백작약 꽃다발을 갖다 둔 것도 그래서야? 그 사람들을 죽인 게 부끄럽고, 후회되어서?"

"그래."

작약의 꽃말은 부끄러움이었다. 그리고 백작약을 보통 작약의 색을 비워낸 것으로 해석하면 부끄러움을 씻어낸다는 뜻이 되었다. 전형적인 라틴어식 뜻풀이였으며 이 또한 벨라뎃다 수녀에게 배운 것일 터였다. '희다'라는 뜻의 라틴어 albus(알부스)에는 '비어 있다'라는 뜻이 있었다. 놈은 선한 사람을 죽여 놓고 자신의 부끄러움, 수치(후회)를 씻기 위해 백작약을 바쳤던 것이다.

"그럼 저쪽 책상에 있던 백작약은 내 몫이야?"

"그래. 너도 죽이고 나면 부끄러울 것 같아서."

신이시여, 에덴동산의 첫 인간들이 금단의 열매를 먹고 부끄러움을 알게 되었다고 하셨습니까. 그러면 살인을 저지른 뒤 백작약 꽃다발을 바치는 이 존재는 누구입니까. 사랑받길 원하고 부끄러움을 느끼는 이 존재는 대체 무엇입니까. 길은목은 신앙의 초석들에 짙고 검은 실금이 가는 걸 느꼈다.

"네 뇌에서 그것만 찾으면 정말 다시는 사람을 죽이지 않을 거야. 다 바꾸고 엄마한테 갈 거니까."

그 순간 길은목은 지금껏 놓치고 있던 부분이 있었다는 걸 깨달았다. 놈이 길은목을 죽이려는 이유는 사랑받는 자들만이 가지고 있는 특별한 뭔가를 찾으려는 것이며 당연히 놈이 바라는 엔딩은 제 엄마에게 돌아가서 사랑받는 아들이 되는 것이다. 하지만 그사이에 뭔가가 빠져 있었다. 연쇄살인의 실체가 무엇인지, 살인마의 정체가 무엇인지 알아내는 데 급급하여 미처 생각지 못했던 게 있었다. 버림받은 존재를 사랑받는 존재로 바꿔줄 물질 혹은 조직을 찾아내어 제 머리에 장착한 다음, 그다음 순서는….

"윤수야, 한윤수."

"내 이름을 아네."

"그래. 어떻게 친구 목소리를 모를 수 있겠어."

"그런데 아까는 왜 모르는 척했어?"

"너 스스로 목소리를 들려주고 얼굴도 보여주길 바랐으니까."

한윤수는 길은목의 머리에서 손을 거두고는 더 바특이 다가앉았다. 길은목을 천천히 몸을 일으킨 다음 윤수의 얼굴 쪽으로 손을 뻗었다. 이번에는 녀석도 잠자코 있었다.

"윤수야, 네가 잘못되면 나도… 백작약 꽃을 주고 싶어질 거야."

길은목은 윤수의 벙거지를 벗겨냈다.

검은 눈동자가 길은목을 가만히 보고 있었다. 길은목은 녀석의 왼쪽 눈두덩을 만져보았다. 드라이버에 찍힌 피부가 아래쪽으로 조금 처져 있었다.

"가자, 윤수야. 네가 오랫동안 찾고 싶어 하던 거, 보여줄게."

"너 스스로 네 머리를 열겠다는 뜻이야?"

"머리를 열지 않아도 돼. 한윤수 네가 상상도 못 할 만큼 간단한 거여서, 밝은 데로 가서 보여주기만 하면 돼."

"그럼 정말로 너한테 그게 있다는 거지?"

"응."

먼저 일어선 길은목이 한윤수의 손을 잡아끌었다. 수술 장갑에 가려진 손으로는 사랑받는 존재가 되고야 말겠다는 욕망이 가늠되지 않았다. 그건 버려지고 방치된 존재의 손이었다.

창가에 다다르자 길은목은 한윤수의 팔을 쓰다듬어 주었다.

"윤수야, 엄마가 널 사랑하지 않는 건 네 탓이 아니야. 누굴 사랑하는 마음은 어떤 행동에 대한 대가도 아니고 특정 기준에 따른 가치판단의 결과도 아니야."

길은목은 한윤수의 팔을 틀어쥐고 그대로 창밖으로 몸을 날렸다.

29

착한 아이의 꿈

신은 너에게 영혼을 주지 않았는데 너는 영혼을 가진 존재들의 상실을 알아.

만약에 네가 신의 엄중한 심판대에 서거나 단테의 지옥으로 끌려가야 한다면… 내가 곁을 지킬게.

길은목은 한윤수를 껴안은 채 바닷속으로 하강했다.

검은 눈이 길은목을 보고 있었다. 나를 속인 거냐고 묻는 눈이었다.

이게 내가 아는 답이야. 사랑에 대한 정의는 사람마다 다르고, 나한테는 이게 답이야. 나에게 사랑은 그 사람한테 살아갈 기회를 주는 거야. 어려서는 바다악어의 수조가 있는 해적신에 버려두고 왔지만, 이번에는 다른 선택을 하고 싶었어. 너를 이 차디찬 물속에 잠재우면 그 아이는 살 수 있으니까.

길은목은 손을 뻗어 한윤수의 마스크를 벗겨냈다. 백색의 얼굴이었다. 눈 아래 찢긴 피부가 물살에 흔들리고 놀란 입은 물이 들어가는 줄도 모르고 벌어져 있었다. 그건… 상처받은 아이의 얼굴이었다. 이윽고 검은자위 안에 붉은 가로선이 그어지더니 한윤수는 잠이 들었다. 바닷물로부터 자신을 보호하기 위해 몸의 동력을 끈 것이었다.

길은목은 물에 잠긴 정방형의 격자 구조물 위에 한윤수를 아니 '한윤수'가 되길 원했던 피조물을 뉘었다. 단백질 폴리머로 이루어진 피부는 드라이버에 찢겨도 피가 흐르지 않고, 얼굴은 보통 인간과 구분이 되도록 순백색으로 처리된 존재였다.

여기 있어, 꼭 데리러 올게.

길은목은 바람막이 점퍼를 벗어서 그 아이의 팔을 격자 구조물에 묶어놓았다.

더는 버틸 수 없을 만큼 폐가 팽창하고 머릿속이 아득해질 즈음 길은목은 수면 위로 솟구쳐 올랐다.

"하아!"

그건 첫 숨이었다.

영혼이 없다고 여긴 기계체도 사랑을 되찾기 위해 몸부림을 친다는 걸 알아버린 이후의 첫 숨이었다. 길은목은 다시는 그 이전으로, 이 세상이 신과 인간의 이야기로만 이루어져 있던 시절로는 돌아갈 수 없다는 걸 알았다.

찰랑찰랑 입술을 건드리는 수면을 보고 있자니 눈물이 쏟아졌다. 저 아이가 겪은 일에는 아직 이름이 없었다. 공학자들과 사회학자, 윤리 철학자들이 앞다퉈 이 현상을 설명하려 들겠지만, 인공지능의 오류나 위험성, 무분별한 안드로이드 개발에 대한 엄중한 경고 따위의 표현을 끌어들이지 않고서 오롯이 저 아이의 욕망과 비극에 주목해줄 사람은 없을 터였다.

저 아이는 작은 종말의 어수선한 세상에 성급히 들이닥친 길가메시였다. 아직 세상은 저 아이를 맞을 준비가 되지 않았는데, 저 아이는 무색무취의 몸으로 작약을 꺾어 나르고, 사람들의 뇌를 열고, 엄마의 사랑을 찾아줄 물질을 찾아 침수된 땅을 헤매고 다녔다. 친구 엔키두의 죽음 이후 영생을 찾아 세상을 떠돌았던 길가메시처럼 안드로이드는 사랑의 핵심 부품을 찾아다녔다.

차마 발길이 떨어지지 않아서 제자리에서 헤엄을 치고 있는데 행인 하나가 밧줄이 달린 부표를 던졌다.

"이봐요, 힘 더 빠지기 전에 얼른 나와요!"

길은목이 출렁다리에 도달했을 즈음 급수탑 부근의 상공에 헬기가 나타났고 30분쯤 뒤 도시의 사람들이 길은목을 구하러 왔다.

"길은목 자매, 대체 그 꼴이 뭡니까?"

구조팀을 끌고 온 사람은 원장 수녀도 아니었고 정영배 회장의 사람들도 아니었다.

"수녀님⋯."

"그 꼴을 하고 돌아다니느라 잊으셨나 봅니다. 우리 수도원 노비스들의 생활지도 담당자는 접니다."

보나 수녀는 길은목의 몸에 담요를 둘러주었다.

"얼굴의 그 멍은 또 뭐예요? 대체 어느 망할 놈이 노비스의 얼굴을 이렇게 만든 거죠? 수도원에 돌아가는 대로 자매님은 수십 장짜리 경위서와 반성문을 써야 할 겁니다. 그리고 후원뿐 아니라 모든 정원의 잡초를 혼자 도맡아서 뽑아야 할 것이고요. 마음 같아선 굴뚝 청소도 시키고 싶은데 아쉽게도 우리 수도원에는 재를 긁어낼 굴뚝이 없군요."

"굴뚝 청소는 왜요?"

"노비스가 뭘 알겠습니까? 우리 수도원의 기록을 보면 심한 말썽을 피운 노비스에겐 굴뚝 청소를 시켰다는 기록이 있어요."

보나 수녀의 노기 어린 목소리가 약이 되었다. 물이 들어찬 것 같던 머릿속이 차차 맑아지기 시작한 것이었다.

"수녀님, 찾아야 할 사람이 있어요. 스물두 살 청년이고요, 급수탑 마을의 빈 건물 꼭대기 층이나 옥상에 갇혀 있을 확률이 높습니다. 만약에 급수탑 마을에 없다면 검은 첨탑 교회 건물도 수색해 주세요. 도시의 경찰에 도움을 청해도 좋습니다."

"자매님이 찾는 사람이 메가시티 시민인가요?"

"아닙니다. 하지만 이 연쇄살인을 저지른 범인이 메가시티 시민이 입양한 안드로이드입니다. 우리가 찾는 사람은 그 로봇에게 납치, 감금된 상태고요. 그러니 경찰도 모른 척하지 않을 거예요."

"이 무슨 얼토당토않은 얘기들인지."

보나 수녀가 한숨을 쉬었다.

"하지만 원장 수녀님이, 침수지역에 가거든 길은목 자매가 무슨 헛소리를 하더라도 일단은 믿어주라고 하시더군요. 당연히 저는 여기가 자매님의 고향이니까 남다른 소회가 있겠거니 정도로 이해했는데, 연쇄살인은 뭐며 로봇은 또 뭡니까. 휴, 그래도 약속은 했으니 움직여야죠. 가 봅시다, 어디가 됐건."

"찾아야 할 사람은 한윤수예요. 저랑 동갑내기 고향 친구고요. 어제까지 살아 있는 걸 제 눈으로 봤고 원래 강한 아이니까 어디서든 잘 버티고 있을 거예요. 수녀님이 그 친구를 구해주세요."

"자매님은요? 우리랑 같이 가는 거 아니었어요?"

"저는 여길 지켜야 합니다. 이 모든 일의 중심에 있는 안드로이드를 저기 바닷속에 묶어두고 왔어요. 그 아이가 바다 밑바닥 퇴적물 아래로 가라앉거나 유실되지 않도록 지켜야 합니다."

"좋아요, 그렇게 하세요. 하지만 길은목 자매님, 앞으로는 언어 선택에 유의하세요. 안드로이드를 일컬어 '그 아이'라고 하는 것은, 신의 창조 질서를 거스르는 언사입니다. 기계는 영혼이 없고 오직 물성만 소유한 존재입니다. 그러니 감정이입은 삼가세요."

<신학대전> 주해 강연이 있던 날, 저 안드로이드가 수도원 정원에서 마주친 사람이 보나 수녀였다면 이 모든 일은 벌어지지 않았을지도 몰랐다. 하지만 안드로이드는 낭만적인 정원사인 벨라뎃다 수녀와 마주쳤고, 자신의 순백색 얼굴을 내보였다.

'저는 안드로이드입니다, 수녀님.'

'세상에…. 선악의 문제에 관심을 두는 안드로이드라니, 신이시여! 하지만 '숩 로사'의 정신에 따라 이 비밀은 이 장미 정원 아래 묻어두기로 하겠습니다.'

그날 두 사람이 주고받았을 말들이 길은목의 귓전에 울리는 듯했다.

보나 수녀는 언짢은 표정을 남기고서 구조대와 함께 떠났다.

일렁이는 물살 아래 어딘가 백색 얼굴의 안드로이드가 잠들어 있다. 아마도 저 아이는 처음부터 공장노동이나 간병 업무 혹은 각종 실험에 동원되는 기능형 안드로이드와는 다른 존재였을 것이다. 언젠가 길은목은 안드로이드 생산 업체에서 비밀리에 감정형 안드로이드를 생산하여 메가시티 고위층에게 분양하려 한다는 이야기를 들은 적이 있었다. 도시의 카페 골목이나 밥집 구석 자리에서 들었다면 도시 괴담쯤으로 치부했을 테지만 그 소리가 들려온 곳은 정영배 회장의 서재였다. 그날 아버지는 감정형 안드로이드 사업에 투자할 것이냐 말 것이냐를 두고 손님들과 긴 이야기를 나누고 있었다.

공학자들이 감정형 안드로이드를 통해 한 인간에 대한 헌신과 애정을 물리적으로 구현해 내었다면 저 백색의 안드로이드가 물리적 방법으로 사랑을 되찾으려 한 것 역시 이해가 되었다. 자신의 전자두뇌가 인간의 뇌를 본뜬 장치라는 사실에 착안하여, 사랑받는 인간의 뇌 속에만 존재하는 부품이나 조직을 찾으려 했다.

길은목은 부표에 연결된 밧줄을 거머쥐고서 안드로이드가

있는 곳으로 잠수해 들어갔다.

멀리서 바라본 녀석은 곤한 꿈을 꾸고 있는 것 같았다. 인공 머리카락이 물살에 나부끼는데도 녀석의 몸에는 무섭도록 차갑고 침착한 물성만 남아 있었다. 안드로이드의 발목에 밧줄을 묶어둔 다음 길은목은 녀석의 얼굴 쪽으로 자리를 옮겼다. 사랑하고 사랑받는 일을 물리적 셈법으로 이해한 게 이 아이의 잘못은 아니었다. 그건 이 안드로이드를 만든 공학적 창조의 본성이었다.

너의 죄를 누구에게 물어야 할지 모르겠어. 네가 벌인 일이 알려지면 많은 사람이 길을 잃게 될 거야. 너의 자의적 판단을 근거로 인간은 스스로 신의 경지에 오르려 할지도 몰라. 자유의지를 가진 피조물을 만들었으니까. 전통적인 신앙과 형이상학은 지금보다 더한 비아냥의 대상으로 전락하고 마음의 갈피를 잡지 못 하는 사람들이 늘어날 거야. 그렇다고 그게 네 탓은 아니야.

너 대신 너희 엄마와 네 형제를 만나볼게.

길은목은 안드로이드의 머리를 쓰다듬어 주고는 수면으로 올라갔다.

30

눈을 맞추다

"분실물 KNM-ER-1809-2WD[1]. 이게 그 안드로이드의 이름이에요?"

길은목은 정영배 회장에게 건네받은 서류를 제 무릎에 내려놓았다.

"그래. 네가 말한 대로 올해 4월 초에 분실신고가 접수되었다가 4월 18일 이후에 신고가 취소된 물품들의 리스트를 찾아봤다. 얼추 시기와 조건이 맞아떨어지는 것 중에 ER-1809라는 이름의 안드로이드가 있었다."

난민촌 방역센터 응급실에는 정영배 회장과 원장 수녀, 정지혁 기자, 메가시티의 사복경찰들이 자리하고 있었다. 한윤

---

[1] 안드로이드의 이름은 초식을 주로 하던 영장류의 식성이 육식으로 전환되던 시기에 살았던 것으로 추정되는 호모 에렉투스 화석 "KNM-ER-1808"에서 따왔다.

수는 사람들 뒤편 침대에 잠들어 있었다. 그는 검은 첨탑 교회의 종탑에서 정신을 잃은 채 발견되어 응급 처치를 받고 잠든 상태였다. 길은목이 물속에 묶어둔 안드로이드는 메가시티의 경찰들이 도시의 연구실로 데려갔다고 했다.

정영배 회장이 길은목의 링거 줄을 확인한 뒤 말을 이었다.

"하지만 네 예상과 달리 4월 18일 이후 신고가 취소되진 않았더구나."

"그럼 소유자가 안드로이드를 계속 찾고 있었던 거예요?"

"아니다. 폐기 처리를 신청했더구나. 방금 네가 읽은 이름 중에 WD는 폐기물 처리(waste disposal)를 뜻하는 코드다."

"안드로이드의 소유주도 밝혀졌습니다. 브로커를 통해 분실신고를 한 탓에 찾기가 쉽지는 않았어요."

정지혁 기자가 반가운 얼굴로 끼어들었다.

"제가 만나본 사람 맞죠? 여기 난민촌 거주자고요."

"그걸 어떻게…. 바다에 추락하기 전에 그놈이 자백하던가요?"

"아니요. 말도 안 되는 것들로 이야기를 엮다 보니 절로 알게 된 거예요. 안드로이드는 피해자들의 사망 지점에 백작약 꽃다발을 가져다 두었어요. 여기 난민촌이나 침수지역에선 보기 드문 꽃이죠. 그래서 안드로이드의 소유주는 백작약이 자랄 만큼 너른 정원을 가진 사람일 거라고 추측했어요. 거기에 더해, 안드로이드를 아들로 입양할 만한 사연과 경제적 여유가 있는 사람이어야 했고요. 그랬더니 2차 사건의 피해자 홍한세 씨의 시신을 발견한 목격자가 떠오르더군요. 지적 장애가 있는 아들을 둔 분이죠. 아마도 소유주는 자기 아들을 돌볼 형제를 만들어주려고 안드로이드 입양을 결심했을 거예요. 하지만 소유주의 기대와 달리 안드로이드는 형제의 보모 노릇을 넘어 아들로서도 사랑받길 바랐던 거죠. 그래서 버려졌고요."

"참 나, 잔혹동화가 따로 없네요. 하여튼 그 기계는 엄마라고 믿었던 사람의 얼굴을 다시는 보지 못하고 죽는 거니까요."

"폐기 처리 신청을 한 뒤에도 소유주는 안드로이드와 같이 지냈어요. 다만 자신의 힘으로 죽일 수 없으니 브로커를 통해 뒤처리를 부탁한 거죠. 홍한세 씨 일로 목격자의 집에 갔던 밤, 그 집 창가에 어른거리는 그림자를 봤어요. 목격자가 말한 아들의 키와는 상당히 괴리가 있는 거구였어요."

홍한세가 죽던 밤, 목격자는 아들을 찾아다녔다고 했다. 위치 추적기를 끄고 사라졌던 아들은 누군가의 제보로 중학교 운동장에서 발견되었다. 그 밤에 목격자에게 아들의 위치를 직접 알려준 이도 안드로이드였을 것이다. ER-1809라는 이름의 로봇은 자신이 착한 아들임을 증명하기 위해 번번이 그 집으로 돌아갔으리라. 난민촌과 침수지역의 경계벽을 뛰어넘고, 굳게 닫힌 엄마의 집 담을 넘어 가족에게 갔던 것이다. 그러던 중 ER-1809는 또 하나의 난제에 직면한다.

네 야무진 꿈대로 착한 아이로 변신한다고 해도 소용없단다. 넌 사람이 아니니까. 시민권을 받을 수도 없고, 보통 사람들 같은 이름을 지을 수도 없어.

엄마의 매정한 선언이 있었던 후에 ER-1809는 아예 인간이 되기로 결심했을 것이다. 마침 놈의 근거리에는 적당한 조건의 인간이 하나 있었다. 한윤수였다. 한윤수라는 이름으로 도시를 누비고, 길은목의 근황을 파악하고 수도원 강의를 들으며 언젠가는 자신이 진짜 한윤수가 되리라는 꿈을 꾸었으리라. 안드로이드의 인공 성대에서 한윤수의 목소리가 울렸던 것도, 제 목소리를 버리고 한윤수의 목소리를 모방했기 때문이었다.

길은목은 간호사에게 청하여 정맥주사 바늘을 제거했다.

"안정을 취했으면 좋겠는데 고집을 꺾지 않겠지?"

정영배 회장이 물었다.

"네, 가 봐야 해요. 그리고… 윤수를 부탁해요."

"그건 걱정하지 마라. 너희가 열두 살이었을 때와 같은 실수는 반복하지 않으마."

정영배 회장도 당시 침수지역에서 한윤수를 찾아내지 못했던 일을 내내 마음에 품고 있었던 모양이었다. 하지만 길은목은 단순히 한윤수의 친구로서 이런 부탁을 하는 게 아니었다.

"사건의 실체를 추적해온 조사관으로서 드리는 말씀이에요, 아버지. 한윤수는 공범이 아닙니다. 한윤수와 ER-1809가 언제부터 알고 지냈는지는 알 수 없어요. 그렇지만 한윤수가 ER-1809의 실체를 알게 된 건 공소희 씨의 죽음 이후예요. 저한테 했던 말들을 조합해 보면 한윤수는 혼자 ER-1809의 뒤를 쫓고 있었어요. 안드로이드가 어떤 맥락에서 살인을 저지르는지도 알고 있었고요. 물론 저한테도 주의를 주었고요. 왜 신고하지 않았느냐고 묻는다면 저랑 똑같은 이유였을 거예요. 도시의 경찰을 움직이게 할 결정적 증거가 없었기 때문이에요. 침수지역 사람이 메가시티 경찰서에 전화해서 안드로이드가 사람을 죽이고 다닌다고 말해 봤자 믿어줄 리가 없잖아요. 윤수가 할 수 있는 일은 ER-1809의 동선을 파악하고, 그 주변부 사람들에게 위험을 경고하는 것밖에 없었어요. 제가 검은 첨탑 교회를 조사하려 했을 때도 한윤수가 불같이 화를 내며 말렸어요. 그러다가 같은 날 밤에는 상당히 여유 있는 모습으로 제 앞에 다시 나타났어요."

길은목은 그날 밤의 민트 향을 떠올리며 말을 이었다.

"아마도 한윤수는 ER-1809가 침수지역 밖으로 이동했다고 파악했을 거예요. 당연히 제가 안전하다고 판단했을 테고요. 하지만 판단과 달리 ER-1809는 다시 침수지역으로 돌아왔고 한윤수를 납치해서 검은 첨탑 교회의 종탑에 감금했어요. 그런 다음 사무실에서 저를 기다리고 있었고요. 한윤수는 공범이 아니라 ER-1809가 벌인 살인극의 마지막 제물이었어요."

"경찰이 면밀히 조사해서 처리할 게다. 물론 한윤수가 침수지역 출신이라는 이유로 부당한 취급을 받는 일은 없을 거야. 최고의 변호인단이 저 아이를 도울 테니 염려 마라."

길은목은 아버지를 안아준 뒤 방역센터를 나섰다.

소유주의 집까지는 원장 수녀와 경찰이 동행하기로 했다. 요양원 뒤편 골목으로 접어들 즈음 원장 수녀가 입을 뗐다.

"그러고 보니 안드로이드를 위한 기도문은 없군요."

원장 수녀의 말처럼 기계를 위한 기도는 어디에도 존재하지 않았다. 길은목은 기계를 위한 천국이 있다는 소리도 들어보지 못했다. ER-1809는 기계적인, 너무나 기계적인 방식으로 엄마의 사랑을 되찾으려 했으나 그가 감당했던 상실에는 분명 인간적인 구석이 있었다. 신의 모상인 인간은 자기 모습을 본떠 안드로이드를 만들었다. 그리고 지능을 가진 안드로이드는 자신의 사유체계를 활용하여 인간을 모방하며 성장하고 있었다. 이 흐름이 세상을 어디로 데려갈지 길은목은 알지 못했다.

소유주의 집에 다다르자 경찰은 뒤로 빠졌다.

"제가 따라 들어갈 상황은 아닌 것 같군요. 무슨 일 있으면 신호를 보내시고요."

그러자 길은목은 원장 수녀를 보았다.

"왜요? 나도 여기 남으라고요? 저 위험한 곳에 자매님을 혼자 들여보내란 뜻인가요?"

"위험하지 않아요. 그러니까 물리적 위험은 없다는 뜻이에요."

길은목은 미덥지 않아 하는 얼굴의 원장 수녀를 남겨놓고 집 안으로 들어갔다.

미리 연락받았는지 ER-1809의 소유주는 정원에서 차를 우려 놓고 기다리고 있었다. 핏불테리어들도 성마른 눈빛으로 정원을 어슬렁거리고 있었다. 며칠 전 밤에 보았을 때보다 정원은 훨씬 화려했다. 티 테이블 주변의 관목들 너머에는 길은목이 이름을 알지 못하는 자잘한 꽃들이 있었고, 오르막계단 가장자리를 따라 흰색과 진홍색 꽃들이 뒤섞여 있었다. 수도원 후원에도 있고 바닷바람이 닿는 마을이면 어디서나 볼 수 있는 해당화였다. 바람을 타고 해당화의 향기가 날아왔다. 해당화의 꽃말은 온화함과 '당신이 이끄시는 대로'

였다. <신학대전> 주해 강연이 있던 날, 벨라뎃다 수녀와 ER-1809가 정문 근처의 장미 정원이 아니라 후원의 해당화 군락지에서 만났더라면 이 일은 일어나지 않았을까?

"홍한세 씨 일로 찾아왔던 그분이군요."

"아드님 일은 안 됐습니다."

"아들 일이라니요? 우리 아들은 여전히 잘 있습니다만."

"소유주분께도 ER-1809라고 해야 알아들으시는 모양이군요. 서류상으로는 '양자'로 입양했던데요."

"그래 봤자 암시장에서 사들인 물건 같은 거죠. 상당히 결함이 많은 물건이었고요. 그런 일까지 벌이고 다닐 줄 누가 알았겠어요?"

"이름은 따로 지어주신 적은 없나요? 어쨌거나 소유주분 기준으로 결함을 인지하기 전까지는 아들이라 여겼을 텐데요."

"이름이 뭐 필요하겠어요. 그냥 형이라 불렀죠. 형아, 상연이 좀 데려와라. 형아, 상연이 뭐 만드는 것 좀 도와줘라, 이러면 되니까요. 아, 상연이는 우리 아들 이름입니다, 유상연이죠. 뭐, 저번 날에는 그놈이 갑자기 자기도 이름이 있다고 하긴 하더라고요. 앞으로는 아무개라고 부르라고 했는데 흘려들었어요. 대체 말이 되는 소리여야지."

"한윤수였을 겁니다. ER-1809는 한윤수가 되길 원했습니다. 자신과 비슷한 신체조건을 가진 데다 진짜 사람이었으니까요. 그 사람의 이름과 신분을 취하면 완벽한 엄마의 아들이 될 수 있을 거라 판단한 거죠."

"그걸 왜 저한테 말씀하시죠? 저는 그놈이 벌인 일과 아무 상관이 없습니다. 안 그래도 위험천만한 하자가 있는 물건을 팔아먹은 업자들을 고소할 생각입니다."

"아들로 입양된 안드로이드가 엄마의 사랑을 원하는 게 '하자'는 아니죠."

길은목은 안드로이드 ER-1809의 백색 얼굴을 떠올리며 말을 이었다.

"이 정원에는 백작약이 없군요. 집 후원 쪽인가요?"

"그놈이 그런 말까지 하던가요? 툭 하면 백작약을 꺾어 가더라니."

"작약의 꽃말은 부끄러움입니다. ER-1809는 사람을 죽였다는 사실을 부끄러워했고, 그 부끄러움을 씻고 싶어서 하얀 작약을 택한 겁니다."

"내 알 바는 아니지요. 아, 그놈이 폐기되는 건 확실하죠? 사람도 죽이고 다닌 놈인데, 살려두면 나랑 우리 아들을 해코지할지 누가 알아요."

그 순간 깊은 바닷속에서 솟구친 듯한 울음소리가 들려왔다. 유상연이었다. 언제부터 길은목과 엄마의 이야기를 듣고 있었는지 그는 가슴을 들썩이며 다음번 울음소리를 길어 올리고 있었다.

"아들! 왜 그래?"

엄마의 손길이 닿자 유상연은 다시 폭발했다.

"아아아악! 으아아아악!"

버려진 바다의 심연에서 상처받은 짐승이 울부짖는 소리였다.

그로부터 한 달 뒤 ER-1809의 폐기식이 있었다.

사실 당장에 용광로에 던져버리라는 여론이 압도적이었다. 하지만 일반적인 폐기 절차는 음모론을 낳을 가능성이 있었다. 사실은 공학자들이 빼돌려서 살려두었다더라, 얼굴과 몸체를 바꾸어 달아났는데 경찰도 행방을 모른다더라, 최근에 어느 침수지역에서 목격되었다더라 등 모든 헛소문을 막기 위해 법원은 참관인들 입회하에 공개 폐기형을 명령했다. 사법 관계자들과 공학자들, 과학기술정보통신부 공무원들이 참석하고 일반 참고인 네 명도 현장에 들어갈 수 있었다. 원장 수녀와 길은목, 한윤수 그리고 유상연이었다.

몸에 전원을 연결하자 ER-1809가 눈을 떴다.

판사가 ER-1809의 폐기 사유를 낭독했다. 열 명을 잔혹하게 살해하고 김진유, 홍한세, 정일문, 오채영, 공소희의 머리를 폭발시킨 원격 조절 마이크로 빔을 도시의 무기 연구소에서 빼돌린 혐의였다. 끝으로 판사는 특수한 사안임을 감안하고 대중의 우려를 고려했다는, 공개 폐기형을 결정한 배경을 설명했다.

형 집행은 ER-1809의 머리에서 전자두뇌를 분리하여 특수 수조에 넣고 폭파하는 순서로 진행될 예정이었다. 담당 공학자가 ER-1809의 머리에 특수 절단기를 대려는 순간 유상연이 자리에서 발을 구르며 소리쳤다.

"형아! 형아!"

그러자 ER-1809의 고개가 참관석 쪽으로 조금 틀어졌다.

"형아! 사랑해!"

ER-1809가 입을 움직였지만, 만일의 사태를 대비해 공학자들이 인공 성대를 제거해 버린 터라 목소리는 들려오지 않았다. 길은목은 물론 ER-1809도 미처 몰랐던 사실이 있었다. 안드로이드가 엄마의 사랑을 갈구하는 사이 누군가는 그를 사랑하고 있었다. 홍한세가 사망하던 밤, 유상연은 괜히 추적기를 끄고 사라졌던 게 아니었다. 그는 엄마의 눈을 피해 형을 찾아갔던 것이다. 엄마에게 모진 말을 듣고 내쫓긴 형이 보고 싶어서 언젠가 형과 함께 갔던 장소들을 헤매고 다녔을 터였다.

"형아! 상연이가 사랑해!"

그 순간 ER-1809의 눈길이 유상연을 거쳐 길은목에게 닿았다. 자신이 누군가의 사랑을 받는 존재라는 사실을 확인받으려는 것이었다. 길은목은 고개를 끄덕여주었다.

"형아! 사랑해! 형아! 잘 가!"

ER-1809는 마지막으로 유상연과 눈을 맞추고는 해체되었다.

31

누군가를 위한 기도

원장 수녀는 한윤수를 난민촌 초소 근처에 내려주었다. 길은목은 벼룩시장을 구경하며 한윤수와 같이 걸었다. 사탕이 쌓여 있는 가판을 지날 즈음 한윤수가 입을 열었다.

"꼼짝없이 누명을 쓰는 줄 알았는데 덕분에 잘 해결됐다. 네가 나 구한 거니까 이제 나 때문에 악몽 같은 거 꾸고 그러지 마."

"난민촌 경계벽 공사장에서 일하게 되었다면서? 잘됐다. 다음에 보러 갈게. 그리고⋯ 사탕 좀 사줄까?"

"기도나 많이 해 줘. 날 위해서든 희생자들을 위해서든 그 멍청한 기계 녀석을 위해서든."

둘은 다시 철책을 끼고 벼룩시장을 따라 걸었다.

"공소희 씨 돌아가셨을 때⋯ 많이 힘들었지?"

"괜찮아. 천국이란 게 있다면 분명 거기 가셨을 테니까."

"자책도 하지 말고."

마음에 지옥을 품고 사는 게 어떤 일인지 길은목은 알고 있었다.

"자책할 시간 없어. 생전에 사모님이 돌봐 주던 사람들이 있어. 이젠 내가 그분들을 돌봐야지. 그러자면 바빠질 거야."

마지막 가판을 지나고 이제 예닐곱 발짝만 더 가면 초소였다.

"마지막으로 뭐 하나만 물어볼게. 아직 풀지 못한 게 하나 있어. 장미 여인숙 주인 말로는 생전에 공소희 씨 방을 드나든 사람이 있었다던데. 그 일로 네가 교회 사람들한테 오해받고 쫓겨났다고 말이야. 네가 검은 첨탑 교회를 떠난 지 한 달쯤 지나고 공소희 씨가 돌아가셨으니까 ER-1809와는 시기가 맞지 않아. 안드로이드가 희생자들의 명단을 손에 쥔 건 4월 13일인데 누군가 공소희 씨 방에 드나드는 게 목격이 된 건 그보다 적어도 일주일 정도, 어쩌면 그보다 더 이전에 벌어진 일이니까."

"그거… 나 맞아. 사모님과 방에서 따로 만났어. 그게 그렇게 이상해? 그 동네 사람들이 말하는 스캔들 그런 걸로 보여?"

"아니. 그냥 궁금했어. 네가 가장 의지하던 사람과 무슨 이야기를 나눴을까 알고 싶었어. 그리고 두 사람이 나누던 이야기를 무사히 잘 끝냈을까 걱정도 되고."

"고맙다. 색안경 없이 바라봐 줘서. 실은 사모님께 글을 배웠어. 사모님은 내가 교회에서 독립해나가길 바라셨거든. 자기 때문에 여기 더 머물고 그러지 말라고."

"그때까지 글을 몰랐던 거야?"

"바보구나, 너. 열두 살 때까지 우리 중에 글을 읽는 사람은 너밖에 없었어. 너는 그래도 부모님께 글을 배웠고 나는 부모님이 신경을 안 쓰던 애라 그냥 나이만 먹었지. 그래도 어릴 땐 불편한 게 없었어. 책이야 네가 읽고 나서 이야기로 들려줬고 그 외에는 헤엄만 잘 치면 되던 시절이니까."

"교회에서도 안 배웠어?"

"거긴 일부러 글자를 안 가르쳐. 목사님과 담당 목자님들이 성경을 읽어주면 그걸 암송하게만 해. 목사님께 특별 안수를 받은 사람만 글자를 배울 수 있어. 너도 알잖아, 거기가 정상적인 교회가 아니라는 거. 사모님은 사람들 몰래 나를 불러서 읽고 쓰는 걸 가르쳐 주셨어."

"글은 다 배웠어?"

"응. 사모님한테 다 못 배운 부분은 ER-1809한테 배웠어. 웃기지? 그놈을 위해 기도해 달라는 말 진심이야."

짧은 악수를 끝으로 한윤수는 초소로 들어갔다.

원장 수녀는 길은목이 차에 오르기 무섭게 핸들을 꺾었다.

"작은 종말이 우리를 낯선 곳으로 데려다 놓은 기분입니다."

원장 수녀가 한숨을 쉬었다. 최근 원장 수녀는 '감히 신인류라 부르지 못한 그들'이라는 다소 애매하고도 감상적인 제목의 칼럼을 가톨릭 월간지에 발표한 터였다. ER-1809 같은 감정형 안드로이드의 문제를 다룬 글이었다.

"모처럼의 외출인데 자매님이랑 맛있는 것도 못 먹고 들어가야 할 판이에요. 이따가 집무실에서 인터뷰가 있거든요."

"괜찮아요. 어차피 저도 얼른 들어가 봐야 해요. 보나 수녀님께 제출할 반성문도 써야 하고요, 특별 청원서도 써야 하고."

길은목은 올해 성탄 때까지 날마다 반성문을 써서 제출하는 벌을 받은 터였다.

"반성문이야 알겠는데 청원서는 뭐죠?"

"하루 휴가를 받아서 난민촌과 침수지역에 다녀오게 해 달라고 청원을 드리고 있어요. 홍한세 씨 유가족분들과 오채영 씨의 동생분을 찾아뵙고 싶어서요. 사건의 전말이야 전해 들으셨겠지만 직접 얼굴 보고 말씀드리고 싶어서요."

"보나 수녀님이 허락하실까요?"

"과제들을 완벽하게 해내는지, 저 하는 거 봐서 결정하신다고 하셨어요. 물론 추가 조건도 거셨어요. 유가족들을 만나러 갈 때 수녀님도 동행하시겠다고요. 난민촌과 침수지역에 저 혼자 들여보내는 일은 없을 거래요."

"보나 수녀님다운 결정이네요. 그럼 그 과제란 게 반성문과 청원서를 쓰는 일이에요?"

"한 가지가 더 있어요. 모래지치를 말끔하게 제거하라고 하셨어요. 날마다 뽑는데도 여름이라 그런지 모래지치가 끝도 없이 올라와서 걱정이에요."

"모래지치 이야기가 나왔으니 말인데 남부 분원에서 정원사 수녀님을 파견해주기로 했어요. 새 정원사 수녀님이 오시면 모래지치 문제도 어떻게 해결이 될 겁니다. 그때까지만 자매님이 고생해요."

사실 길은목은 잡초 제거 작업이 싫지 않았다. 암불라레 산책길을 돌보는 일이라 생각하면 힘들 것도 없었다.

"참, 그 루시퍼 그림은 아직 잘 간직하고 있나요?"

"저번에 정원에서 태웠습니다. 이제 없어도 될 것 같아서요."

"그 그림이 자매님께 무슨 의미인지는 여전히 비밀이고요."

"네. 숩 로사. 저도 장미 정원에 묻어두려고요."

"보나 수녀한텐 안 된 일이네요. 길은목 자매가 그런 흉측한 그림을 소유하게 된 데에는 쉬이 말 못 할 사정이 있을 거라던데, 이제 영영 알 길이 없어졌으니 말입니다."

길은목은 속으로 뜨끔했다.

루시퍼 그림 문제야 해결이 되었지만 보나 수녀가 알면 경을 칠 일을 또 하나 꾸미고 있었다. 길은목의 책상 서랍에는 시처럼 보이는 글을 여러 차례 퇴고한 원고가 있었다.

길 잃은 안드로이드를 위한 기도

주여,
피조물의 피조물인 저들을 살피소서.
세상에 존재하는 것 어느 하나,
당신 손을 거치지 않은 것이 없사오니,
그 차디찬 뇌와 심장들도 돌보소서.

당신의 모상인 인간이 그들을 짓밟지 않게 하시고
인간의 모상인 그들이 인간을 해하지 않게 하시어
죄의 길에서 벗어나게 하소서.

고아들과 방랑자들의 수호성인
성 에두아르도여,
길 잃은 안드로이드들을 위해 빌어주소서.
여행자의 수호성인
성 라이네리오여,
갈 곳을 모르는 안드로이드들을 위해 빌어주소서.

알부스(albus)라는 형용사가 나를 찾아온 건, 대학교 1학년 라틴어 첫 수업 날이었다.

전통적으로 라틴어 강의는 교수님이 칠판에다 'Prima schola eat alba'(첫 수업은 공강입니다)라는 문장을 쓰는 것으로 시작되는데 우리 학교도 예외는 아니었다. 그때 (수업이) 비어 있다, 혹은 없다는 뜻으로 쓰인 알바(alba)는 알부스(albus)의 여성형이다.

본래 알부스(albus)는 비어 있는, 하얀 등의 뜻을 가진 형용사다. 그래서 라틴어 개강을 상징하는 그 문장은 '첫 수업은 비어 있다'도 되지만 '첫 수업은 하얗다'도 된다. 교수님은 두 가지 번역이 실은 같은 뜻이라 했다. 그전까지 나는 '하얀'을 '하얗다'라는 속성이 들어찬 상태로 이해했다. 하지만 알부스(albus)라는 형용사에 따르면 하얀 것은 곧 비어 있는 것이었다. 과학적으로 보아도 타당한 해석이었다. 하얗다는 것은 모든 빛을 반사하여 아무런 색도 남지 않은 상태를 뜻하니까.

그날의 신선한 충격은 두고두고 나의 사물 인식에 영향을 주었다.

특히 하얀색 꽃을 볼 때 그러했다.

아, 참, 아름답게도 비어 있구나.

빛을 다 반사하고 색들을 다 비워냈구나.

미스터리를 쓰기 시작한 후로 흰 꽃이 단서로 등장하는 이야기를 쓰고 싶었는데 <노비스 탐정 길은목>에서 그 꿈을 이루었다. 사건 현장마다 남아 있던 백작약은 작약의 색깔을 비워내고, 작약의 꽃말인 부끄러움도 씻어낸 꽃이었다. 사랑받고 싶었으나 사랑해주는 이가 없던 그 아이를 상징하는 꽃이기도 하다.

그리고 '암불라레'의 길⋯⋯.

길은목이 좋아하던 수도원 산책로도 내 기억 어디선가 가져온 것이다.

라틴어 초급 강의를 듣던 시절, 나는 수도자가 되려는 꿈을 품고 있었다.

수녀님들과 면담을 하고 강의를 듣고, 수도원 행사에 참여하며 훗날 수도자가 된 나를 상상하곤 했다. 하지만 수도원보다 세상에 대한 호기심이 컸던 나는 오래지 않아 그 꿈을 접었다. 돌이켜 보면 수녀님들은 내가 다른 길로 가리란 걸 이미 알고 있었던 것 같다. 갈 때마다 반겨주고 귀여워해 주면서도 수도자의 길을 권하진 않았으니까. 살면서, 연락이 끊긴 친구를 생각하듯 그 수도원을 떠올릴 때가 있다. 작고 아늑하던 성당, 고서들이 꽂혀 있던 도서관 그리고 이름 모를 꽃들이 피어 있던 정원과 산책로. 이 작품을 쓰는 데 그 여틈한 기억들이 도움이 되었다.

하지만 <노비스 탐정 길은목>은 나의 이야기가 아니다.

과거의 경험과 짧은 배움에서 몇 가지 것들을 가져왔을 뿐 길은목은 철저한 타인이다. 언젠가 한 번쯤 만나고 싶은 탐정이었으나 이 작품을 준비하기 전까진 그 이름조차 모르던 사람이었다.

가끔 고통받는 사람들에게 비난과 조롱이 쏟아지기도 하고, 잊지 말아야 할 것들을 망각으로 덮으라 강권하는 목소리가 들리기도 한다. 작품 속 '작은 종말'은 우리 시대에 이미 시작되었는지 모른다. 길은목은 오염된 강과 바다에 뛰어들면서 자신과 세상의 망각에 저항했다. 그리하여 다문다문한 기억과 단서들 사이의 미싱링크들을 찾아내고 사건의 진상을 밝혀내었다.

지금쯤 길은목은 수도원 골방에서 보나 수녀에게 제출할 반성문을 쓰고 있을 것이다. 고된 여정의 피로를 다 씻어내길 바라는 뜻에서 하얀 샤스타데이지 꽃다발을 보내주고 싶다.

몽실북스 K미스터리의 열혈 팬이었다. 그런 내가 첫 장편을 몽실북스에서 출간하게 되었으니 10년 치 행운을 몰아 쓴 느낌이다. 신인의 첫 책을 내주고, 그의 성장을 지켜보는 것도 좋다던 주연지 대장님이 없었다면 불가능한 일이었다. 대장님이 뿌듯해하실 만큼 멋지게 성장하겠습니다.

그리고 이 원고의 첫 독자였던 케드루스 님에게도 감사의 인사를 전합니다. 케드루스 님이 같이 걸어 주어서 길은목이 세상에 나올 수 있었습니다.

끝으로 이 책을 읽어주실 독자님들께도 감사의 마음을 전합니다. 침수지역에 가라앉은 진실들을, 우리가 함께 길어 올렸습니다. 사랑합니다.

하얀 눈이 내리던 어느 날
김아직

노비스 탐정 길은목

1판 1쇄 발행 2023년 02월 10일

지은이 · 김아직
발행인 · 주연지

편집인 · 석창진 **편집** · 박영심
디자인 · 김지영 **일러스트** · 백진연 이찬영
마케팅 · 허은정

펴낸곳 · 몽실북스 **출판등록** · 2015년 5월 20일(제2015 - 000025호)
주소 · 서울 관악구 난향7길 52
전화 · 02-592-8969 **팩스** · 02-6008-8970
이메일 · mongsilbooks@naver.com
네이버 포스트 · post.naver.com/mongsilbooks_kr
인스타그램 · instagram.com/mongsilbooks

ISBN 979-11-89178-74-1 (03810)